Die Fake-Hochzeit des Milliardärs

Sarah J. Brooks

ISBN-13: 978-1977607102

ISBN-10: 1977607101

Dieses Buch ist reine Fiktion. Alle in diesem Buch geschilderten Handlungen und Personen sind frei erfunden. Ähnlichkeiten mit lebenden oder verstorbenen Personen wären zufällig und nicht beabsichtigt.

Für meine Leser

Inhaltsverzeichnis

Kapitel 1

Lilli

„Von dem Fenster da drüben schaut dir ein Typ auf den Hintern.“ Anna lachte und zog mich zurück in das Taxi. „Du solltest ihm etwas bieten.“

Anna war die Art Freundin, die jeden dazu überreden konnte, etwas wirklich Blödes zu tun. Sie war lustig, unbeschwert und ziemlich wild für ihr Alter. Wir hatten uns erst kürzlich kennengelernt, aber sie war eine echte Bereicherung für mein Party-Leben.

„Er kriegt auch so schon genug zu sehen. Ich habe kein Höschen an“, sagte ich kichernd.

Aus Spaß wackelte ich noch etwas mit dem Hintern, während ich mich ins Fenster des Wagens lehnte und mit meinen Freundinnen sprach. Ich war von dem Abend mit reichlich Alkohol und Tanzen etwas wackelig auf den Beinen und nutzte die Gelegenheit, um mich ein wenig zu sammeln, bevor ich zurück zum Haus ging.

„Oh, du Verruchte. Dann wollen wir ihm mal was Richtiges bieten.“ Anna sprang aus dem Wagen und schlang ihre Arme um mich.

Als sie die Tür aufgerissen hatte, war mir mein Gleichgewicht abhanden gekommen und als sie mich umarmte, konnte ich kaum noch aufrecht stehen. Anna war kleiner als ich, aber sie schaffte es trotzdem, mich hochzuheben. Sie behielt ihre Arme um meine Hüften, mein Rock rutschte bis zum Hintern hoch. Ich warf einen Blick zu dem Fenster hinüber, als sie mich herumwirbelte, und sah, dass mein gut aussehender Nachbar mit nacktem Oberkörper in seinem Schlafzimmer stand und uns beobachtete. Ich hatte keine Ahnung, was er wohl von uns denken mochte: ein Haufen Frauen, die es mitten in der Woche so richtig krachen ließen.

Er versuchte nicht einmal zu verbergen, dass er uns beobachtete. Das Licht in seinem Schlafzimmer war an, die Vorhänge waren nicht zugezogen und er stand da mit einem breiten Grinsen auf dem Gesicht. Ich war erst seit ein paar Wochen wieder daheim. Ein sexy Nachbar war auf jeden Fall ein Bonus, wenn man wieder bei seinen Eltern wohnte. Er war irgendwie geheimnisvoll und sah viel besser aus als die Typen, mit denen ich so abhing. Ich schätzte ihn auf ein paar Jahre älter, als ich es war, aber das hielt uns nicht vom Flirten ab.

„Er ist immer noch da“, sagte ich zu Anna, als sie mich abstellte. „Aber ich bin zu betrunken, um noch länger hier draußen zu bleiben. Man sieht sich, Mädels. Ich muss ins Bett.“

“Mach's gut, Lilli“, schrie Amy von der anderen Seite des Autos. „Sei artig. Oder sei nicht artig und geh rüber zu dem heißen Typen.“

„Wir sehen uns, wenn wir uns sehen“, fügte Rebecca hinzu.

„Bist du sicher, dass wir nicht ein bisschen rummachen sollten, damit der Typ da so richtig wahnsinnig wird?“, fragte Anna. „Ich wette, der ist sowieso schon ganz scharf, so wie der auf deinen Arsch glotzt.“

„Nein, Anna.“ Ich musste lachen. „Ich verzichte dankend. Ich will ihm das nicht antun. Außerdem möchte ich dich nicht küssen. Nimm es mir nicht übel.“ Ich kicherte, während ich mich bemühte, nicht umzufallen.

„Na gut. Sag nicht, ich hätte es dir nicht angeboten.“

„Ich verspreche, dass ich das nicht sagen werde.“

„Gute Nacht, super heißer Nachbartyp!“, schrie Anna und warf ihm eine Kusshand zu.

Ich drehte mich zögernd zum Fenster um und machte eine entschuldigende Geste wegen Annas Lautstärke. Es war immerhin 3 Uhr morgens. Sie weckte damit nicht nur die Aufmerksamkeit des heißen Nachbarn, sondern sie weckte ebenfalls die gesamte Nachbarschaft. Die Nachbarn in dieser noblen Gegend von Chicago hatten nicht viel übrig für lärmende Partygirls. Die meisten hier arbeiteten und hatten Familie. Einer hatte meiner Mutter gegenüber, bei einer zufälligen Begegnung im Supermarkt, sogar schon eine Bemerkung darüber gemacht, dass ich ja wohl 'ziemlich viel Spaß' hätte.

Das schelmische Grinsen meines Nachbarn wurde noch breiter, als er die Vorhänge zuzog und das Licht ausschaltete, nachdem ich ihm zugewunken hatte. Er wirkte nicht wie einer, der sich aufregte, wenn meine Mädels und ich nach einer späten

Nacht etwas Lärm machten. Ich hatte ihn nicht allzu häufig am Fenster gesehen, aber hin und wieder schaute er, was der Lärm zu bedeuten hatte. Er trug fast nie ein Hemd, was ihm den Spitznamen 'heißer Nachbar' eingebracht hatte. Ich wusste den Anblick seines muskulösen Oberkörpers durchaus zu schätzen.

Er hatte immer einen Bartschatten und olivfarbene Haut. Sein kurzes braunes Haar war meist strubbelig, als wäre es ihm egal, wie er aussah. Ich hatte keine Ahnung, was er beruflich machte, aber nach dem was ich von meinen Eltern wusste, reiste er viel und hatte keinen normalen Tagesablauf. Mein heißer Nachbar war definitiv älter als ich, aber ich konnte nicht genau sagen, wie viel. Ein Mysterium, das mich beschäftigte. Ich war ihm nie persönlich begegnet, wir flirteten einfach über die Distanz mit kurzen Blicken von Fenster zu Fenster. Er war ideal für heiße Fantasien.

Ich nahm an, er wäre zwischendurch immer mal für längere Zeit verreist, wahrscheinlich machte er irgendetwas hochgradig Geheimes. Jedenfalls dachte ich das, während ich über ihn fantasierte. Ich hatte auch meine Mutter dazu befragt und sie meinte, er hätte nie Besuch. Sie hatte ihn aber hin und wieder mit einem einzelnen Koffer gesehen. Ich habe ihn zu den unterschiedlichsten Zeiten joggen gesehen, ohne irgendeinen erkennbaren Rhythmus. Zumindest nicht in der kurzen Zeit, die ich wieder daheim war. Er blieb oft lange auf und das Licht war praktisch immer an, aber ich hatte bisher noch nie die Gelegenheit gehabt, mich mit ihm zu unterhalten.

„Okay, dann mal los“, sagte ich zu den Mädels und klopfte auf das Autodach.

Der Wagen fuhr los und ich drehte mich um, Richtung Tür. Ich konnte mich kaum auf den Beinen halten, mit den hohen Absätzen war das Kopfsteinpflaster in der Einfahrt eine ziemliche Herausforderung. Meine Mutter hatte darauf bestanden. Offensichtlich hat sie sich dabei keine Gedanken darüber gemacht, wie schwer es dereinst für mich sein würde, morgens um 3 Uhr, mit zehn Zentimeter Absatzlänge und volltrunken, darüber zu gehen.

Die fünf Martinis, die ich den Abend über getrunken hatte, machten sich bemerkbar, als ich versuchte, die Haustür aufzuschließen. Der Schlüssel rutschte mir ständig durch die Finger und benahm sich überaus unkooperativ bei meinem Versuch, ins Haus zu gelangen. Zum Glück hatten meine Eltern einen festen Schlaf, sonst hätte ich mir für all den Lärm ganz schön was anhören müssen.

Als der Schlüssel endlich im Schlüsselloch war, schaute ich zum Fenster des Nachbarn, um zu sehen, ob er mein peinliches Gebaren mitbekommen hatte. Das Licht war aus, also konnte ich nicht sehen, ob er hinausschaute, hoffte aber, dass er es nicht tat. Es sah nicht gerade damenhaft aus, wie ich mit dem Schlüssel herumfummelte und beinahe ins Haus reinstolperte.

Ich zog mir die Schuhe aus, bevor ich die Treppe zur großen Eingangshalle hinaufging und dann den Flur entlang zu meinem Zimmer. Unser Haus war deutlich größer als es hätte sein müssen. Meine Eltern hatten ihr Schlafzimmer im Erdgeschoss und kamen so gut wie nie in den ersten Stock, jetzt wo wir Kinder älter waren. Es gab hier vier Schlafzimmer, jedes hatte ein eigenes Bad und einen begehbaren Kleiderschrank. Meines war auf der Ostseite des Hauses, mit Blick zum heißen Nachbarn.

Ich schaltete das Licht ein, als ich mein Zimmer betrat, und dann sofort wieder aus. Ich wollte nicht, dass mein Nachbar so einfach hier reingucken konnte. Ich wusste nicht, ob er noch auf war, oder ob es ihn überhaupt interessierte, was nachts in meinem Zimmer vor sich ging, aber ich ließ das Licht vorsichtshalber aus. Meine Finger spielten mit dem weichen blauen Vorhang, der mein Fenster verdeckte, als ich es öffnete. Im Dunkel meines Schlafzimmers hatte ich einen guten Blick auf das Schlafzimmer vom heißen Nachbarn. Es war dunkel, also nahm ich an, er war zu Bett gegangen.

Ich machte mir nicht die Mühe, mich auszuziehen, sondern fiel einfach so in mein Bett, wie ich war. Ich schloss die Augen und ergab mich der Erschöpfung, die mir in allen Knochen steckte. Der Morgen würde früher kommen, als mir lieb war. Mit den geöffneten Vorhängen würde ich von der Sonne geweckt, was hoffentlich bedeutete, dass ich ein anständiges Frühstück bekam und joggen konnte, bevor es zu warm wurde.

***

„Wir fahren jetzt, Lillian. Grunze, falls du da oben noch am Leben bist“, rief mein Vater vom Fuß der Treppe.

Ich hörte ihn durch den Neben meines Katers und rollte mich zur anderen Seite, während ich mich für eine Antwort sammelte. Ich hatte ganz offensichtlich den Sonnenaufgang und den frühen Morgen verschlafen, wenn meine Eltern schon bereit zum Aufbruch waren.

„Ich lebe“, antwortete ich, ohne die Augen zu öffnen.

Ich fühlte mich allerdings nicht sonderlich lebendig und jeder Zoll meines Körpers schmerzte vom Kater. Seit ich wieder zu Hause eingezogen war, ließen mir meine Eltern alle Freiräume. Ich konnte kommen und gehen, wann ich wollte, aber sie machten sich dennoch Sorgen um mich. Und sie mochten es gar nicht, wenn ich spät heimkam und sie dann weckte. Mein Vater sorgte sich jetzt immer noch genauso wie damals, als ich noch zur Schule ging, aber wenigstens saß er nicht mehr die ganze Nacht in dem alten Sessel und wartete, bis ich da war.

„Dinner bei Romeo heute Abend, wenn du bis sechs daheim bist. Ansonsten bringen wir dir die Reste mit. Wir lieben dich, Liebling“, sagte meine Mutter. Dann hörte ich, wie die Vordertür zufiel und sie gingen, ohne auf meine Antwort zu warten.

Meine Augen waren total verklebt und meine Lippen so trocken, dass sie rissen, als ich meinen Mund öffnete. Nach einer langen Partynacht gab es für mich immer ein böses Erwachen am nächsten Morgen. Anna schien nie dieses Problem zu haben. Sie war streng genommen noch nicht einmal volljährig und trotzdem hatte sie darin viel mehr Übung als ich. Trinken und Feiern waren eigentlich nicht unbedingt mein Ding, aber seit ich mit meinem Freund Schluss gemacht hatte und wieder bei meinen Eltern eingezogen war, erschien mir das Trinken genau das Passende für diesen Abschnitt meines Lebens. Ich war auf der Suche nach mir selbst. Ich suchte nach der nächsten großen Nummer in meinem Leben und hatte es nicht sonderlich eilig damit, während ich mein Dasein einfach genoss.

Mein Handywecker schaltete sich ein und ich hörte Aerosmith mindestens eine Minute lang an, bevor ich nach dem Gerät griff und es ausschaltete. 10 Uhr. Ich hatte den Alarm gestellt, damit ich nicht verschlief und noch ein wenig Sport machen konnte. Als ich aus dem Bett rollte, machte sich der Wassermangel bemerkbar. Ich war wackelig auf den Beinen und meine Lippen klebten zusammen. Meine Muskeln verkrampften sich schon bei der geringsten Bewegung schmerzhaft und allein bei dem Gedanken an Sport wurde mir übel. Mit dem Kater würde das ein anstrengender Lauf werden. Aber ich hatte nichts, worauf ich mich derzeit freuen konnte außer den Partys und dem Laufen, damit ich beim Marathon starten konnte.

Ich schaute aus dem Fenster, um zu sehen, wie das Wetter werden würde und wurde von der warmen Morgensonne begrüßt. Es war Juni in Chicago und der Tag ließ nichts zu wünschen übrig. Der Himmel war wolkenlos, der Horizont erstrahlte im schönsten azurblau. Ich schlüpfte in meinen roten Lieblings-Sport-BH und die enge schwarze Shorts und machte mich auf den Weg nach unten.

Nachdem ich reichlich Wasser getrunken hatte, verließ ich das Haus in gemäßigtem Tempo. Meine Muskeln mussten sich erst einmal an meinen aktuellen Zustand gewöhnen. Ich vertrat die Ansicht, dass selbst ein kurzer, langsamer Lauf besser war als gar keiner. Aber zwei Häuserblöcke weiter klingelte mein Handy, also fiel ich in ein langsames Gehen und nahm den Anruf an. Ich hatte die größte Hürde genommen, indem ich überhaupt das Haus zum Laufen verlassen hatte. Ein wenig zu gehen war da nicht ganz so schlimm.

„Hey, Monica. Was geht?“, fragte ich meine Freundin von der Arbeit.

„Du musst heute unbedingt meine Schicht übernehmen. Bitte, bitte, bitte“, sagte sie. Im Hintergrund konnte ich hören, wie sich eines ihrer Kinder übergab.

Monica war einer der verantwortungsvollsten Menschen, die ich kannte. Wenn sie mich bat, für sie einzuspringen, dann hatte sie einen triftigen Grund. Einige unserer Kollegen waren ziemlich unzuverlässig und Pünktlichkeit war nicht ihre Stärke. Die Einrichtung bezahlte schlecht, daher fanden sie kaum gut bezahlte Pflegekräfte und Helfer. Aber Monica war verantwortungsbewusst und ich gab mir ebenfalls alle Mühe. Ich übernahm die zweite Tagesschicht vor allem deshalb, da ich dann abends auf Partys gehen konnte, ohne mir Sorgen darüber machen zu müssen, am nächsten Tag pünktlich auf der Arbeit zu sein. Es war meine Art, Verantwortung zu zeigen und gleichzeitig ein wenig über die Stränge zu schlagen.

„Oh, Mann. Wer ist das?“

„Das war Chance. Aber Elizabeth hat auch Fieber. Ich schätze, früher oder später muss sie sich auch übergeben. Ich hoffe, ich stecke mich nicht auch noch an. Ich kann es mir nicht leisten, länger als einen Tag von der Arbeit wegzubleiben.“

„Oje, das tut mir echt leid, Monica. Klar übernehme ich für dich. Meinst du, es reicht, wenn ich mittags anfange?“

„Du kannst anfangen, wann immer du willst. Sie werden froh

sein, wenn überhaupt jemand kommt. Es fehlte sowieso schon Personal, daher waren sie nicht gerade erbaut, als ich mich abgemeldet habe. Ich rufe gleich wieder an und sage Jackson, dass du ab mittags für mich einspringst."

„Ich kann das Geld gut gebrauchen. Ich gebe momentan mehr fürs Trinken aus als ich einnehme . Ich weiß, es macht meinen Eltern nichts aus, dass ich wieder hier wohne, aber ich möchte schon gern bis Ende des Jahres mein eigenes Apartment haben."

„Vielen Dank, ich schulde dir was."

Ich joggte auf der Stelle, während das Gespräch dem Ende zuging. Wenn ich zur Arbeit wollte, musste der Sport etwas schneller über die Bühne gehen. Meine Beinmuskulatur war noch etwas wabbelig, aber immerhin hatten die Krämpfe aufgehört.

„Wenn es deinen Kindern wieder besser geht, dann solltest du mal mit mir und den Mädels ausgehen. Du brauchst mal wieder etwas Abwechslung."

„Klar, klingt gut", sagte Monica wenig überzeugend. Sie sagte immer, sie würde mitkommen, aber die Realität in Gestalt eines Ehemannes und ihrer Kinder hatte eben immer Vorrang, was ja auch nachvollziehbar war.

Nachdem wir das Gespräch beendet hatten, versuchte ich, das Handy wieder in die Tasche am Arm zu stecken, während ich gleichzeitig um eine Häuserecke joggte. Im nächsten Moment prallte ich in einen anderen Jogger, der aus der anderen Richtung um die Kurve gekommen war. Meine Hände pressten sich gegen eine harte Brustmuskulatur und ich stand da wie erstarrt, noch immer wackelig auf den Beinen, und schaute zu dem Mann auf.

„Immer langsam, junge Dame“, sagte er und hielt mich fest, bevor ich umfallen konnte.

Seine große Hand packte meinen Oberarm, die andere stabilisierte meinen Rücken. Alles in einer fließenden Bewegung. Ich war von dem Zusammenprall noch ganz durcheinander und es dauerte einen Moment, bis ich erkannte, in wen ich da hineingerannt war. Mein Atem ging schwer, ich schnappte nach Luft und mein Gehirn verarbeitete endlich, wer er war.

„Oh, Sie sind das“, sagte ich, während ich mein Gleichgewicht wiederfand, und schaute zu meinem heißen Nachbarn auf.

„Ich bin es“, sagte er ruhig und ließ mich los. Er trat einen Schritt zurück, um mir Platz zu machen. „Ich heiße übrigens Devin.“

Mein Herz flatterte, als ich ihn anschaute. Irgendetwas war anders als sonst, aber ich kam nicht drauf. Sein Haar war strubbelig wie immer, sein Gesicht trug den üblichen Schatten eines Bartes, alles wie immer. Er lächelte mich an, ich lächelte zurück, noch immer am Grübeln, was anders war.

Das Pochen meines Herzens behinderte mein Hörvermögen, ich war mir nicht sicher, ob er etwas gesagt hatte oder nicht. Also stand ich einfach nur da und starrte ihn an, während ich überlegte, was ich sagen sollte. Was sagt eine Frau zu dem heißesten Typen, dem sie je gegenüberstand? Ich suchte nach einer witzigen Bemerkung, aber mir fiel absolut nichts ein.

„Du trägst ein Shirt“, sagte ich plötzlich, bevor ich verhindern konnte, dass mir die Worte einfach so aus dem Mund fielen. Das war anders als sonst.

Er brach in schallendes Gelächter aus und nickte zustimmend. Sein Lächeln war perfekt, brillant weiße Zähne in einem perfekt geformten Mund. Seine Lippen kräuselten sich, er hatte Lachfalten. Ich schätzte ihn nun auf etwa Mitte 30, etwa zehn Jahre älter als ich.

„Aber du nicht“, sagte er augenzwinkernd.

„Ich nicht was?“, fragte ich vollkommen verwirrt.

Mein Gehirn war offensichtlich überhaupt nicht in der Lage mit seinem Humor mitzuhalten. Stattdessen stand ich verwirrt da und fragte mich, was er wohl gemeint hatte.

„Du hast kein Shirt an.“

Ich blickte an mir herunter, ob ich wirklich ohne Shirt aus dem Haus gegangen war. Aber er machte sich nur darüber lustig, dass ich einen Sport-BH als Oberteil trug. Ich wurde rot bei dieser Bemerkung und wollte ihm antworten, ohne kindisch zu klingen.

„Ach herrje.“ Ich lachte. „Technisch gesehen stimmt das. Nun, ich mache mich dann wohl besser wieder auf den Weg.“ Ich ging los. „Viel Spaß noch beim Laufen. Oh, und sorry wegen dem Lärm letzte Nacht.“

Ich wollte nicht weiter joggen oder aufhören mit ihm zu

reden. Aber ich konnte auch nicht einfach da stehen und ihn mit mir flirten lassen, ohne die passenden Antworten im Kopf. Meine beste Option war, so schnell wie möglich von ihm wegzukommen und einen Hauch von Mysterium zu hinterlassen. Er brachte mich gewaltig aus dem Tritt. Mein Hirn war eine wabernde Masse und ich redete mit ihm wie ein Kind mit seinem ersten Schwarm. Nichts an diesem Gespräch hinterließ bei ihm den Eindruck, ich sei eine Frau. Vielmehr musste ich ihm wie ein Teenager erscheinen.

„Kein Problem. Dir auch viel Spaß beim Laufen", sagte er und lief los.

Ich konnte nicht anders, ich musste ihm nachschauen, während er zu unserem Wohnblock zurücklief. Sein Körper war ganz klar sein Heiligtum. Jeder Zoll bestand aus Muskeln. Devin hielt die Arme nahe am Körper, den Kopf aufrecht und sprintete die Straße runter. Ich hatte mich bei unserem Gespräch wahrlich nicht mit Ruhm bekleckert.

Anstatt weiterzulaufen, ging ich im Geiste noch einmal unser Gespräch durch. Er hatte mir seinen Namen genannt, aber ich ihm nicht meinen. Stattdessen hatte ich mich wie ein verliebter Teenager aufgeführt, der keine Ahnung hatte, wie man sich mit einem Mann unterhielt. Er war älter als ich, reifer, kontrollierter und ruhiger als ich es je sein würde. Devin hatte mit mir geflirtet und ich hatte ihm kaum in die Augen sehen können. So gern ich auch mit ihm flirten wollte, ich konnte das offenbar besser, solange eine Fensterscheibe zwischen uns war.

Ich beschleunigte etwas beim Joggen, während dieses desaströse Gespräch wieder und wieder in meinem Kopf ablief.

Bald schon war ich praktisch am Sprinten und rannte viel weiter, als ich geplant hatte. Ich kehrte um und rannte den ganzen Weg zurück. Das hätte meine Chance sein können, den Nachbarn zu beeindrucken, aber meine Show war ein jämmerliches Trauerspiel.

Mein Atem rasselte, als ich vollkommen erschöpft auf den Rasen vor dem Haus sank. Ich hatte es nicht langsam ausklingen lassen, sondern war bis zum Haus gesprintet. Es war inzwischen ziemlich warm, was angenehm war, während ich so da lag und nach Atem rang. Schließlich schaffte ich es, ein paar Dehnübungen zu machen und schaute in den Himmel, während ich nach einer Möglichkeit suchte, mit meinem heißen Nachbarn Devin gleichzuziehen.

Als meine Beine wieder stabil waren, ging ich ins Haus, die Treppe hinauf, in mein Zimmer. Ich zog mir die verschwitzten Sachen aus und suchte nach meiner Arbeitskleidung, bevor ich duschen ging. Meine Vorhänge waren noch immer offen und ich ging schnell hin und zog sie zu. Devin sollte nicht zu viel zu sehen bekommen. Aber da war er schon, mitten in seinem Schlafzimmer, nur mit einem Handtuch um die Hüfte, nach dem Duschen.

Schnell griff ich nach dem Vorhang und zog ihn zu. Die Bewegung erregte seine Aufmerksamkeit und er drehte sich zum Fenster. Mein Atem beschleunigte sich, während ich überlegte, was als Nächstes zu tun war. Wenn ich mich weiter hier hinter dem Vorhang versteckte, nachdem er mich eindeutig gesehen hatte, dann benahm ich mich weiterhin wie ein Teenager. Ich war 21 Jahre alt. Devin sollte sehen, dass ich kein kleines Mädchen mehr war. Außerdem konnte ich viel besser flirten, wenn ich nicht reden musste.

Wir begannen ein kleines Katz-und-Maus-Spiel. Ich drehte mich vom Fenster weg, in den Raum, hielt aber den Vorhang fest. Er blieb am Fenster und schaute zu mir hinüber. Ich lächelte bei dem Gedanken, dass er darauf wartete, bis ich mich wieder zum Fenster drehte. Aber ich wollte mich nicht wieder umdrehen und stand stattdessen da wie ein Idiot.

Ich griff nach dem roten Lippenstift auf der Kommode. Dann drehte ich mich wieder zum Fenster um und schrieb mit dem Lippenstift meinen Namen darauf, so dass er ihn lesen konnte, während ich mit der anderen Hand den Vorhang vor mich hielt. Ich sah zu Devin hinüber, der intensiv in meine Richtung starrte.

Nachdem ich meinen Namen fertig geschrieben hatte, blickte ich wieder auf. Er stand noch immer da, mit seinem Handtuch bekleidet, und wartete, bis ich fertig war. Er legte den Kopf auf die Seite und kniff die Augen zusammen, als er es las.

Seine Lippen formten ein „Hi, Lilli“ und ich kicherte.

„Hi“, sagte ich und winkte ihm zu.

Sein Blick war noch immer auf mich gerichtet, seine sexuelle Ausstrahlung war überwältigend. Mir kamen jede Menge schmutzige Gedanken und mir wurde ziemlich warm. Sein Blick verengte sich und ging mir durch und durch.

Nun standen wir da und hatten uns nichts mehr zu sagen. Mit einem Adrenalinschub ließ ich den Vorhang los und warf Devin eine Kusshand zu. Ich stand so da für ungefähr zehn

Sekunden, aber es waren selbstbewusste zehn Sekunden, dann drehte ich mich um und ging ins Bad. Ich hatte ihm einen erhebenden Moment lang einen Blick auf meinen Körper gewährt und war dann im Bad verduftet.

Ich war ganz aufgeregt, als ich das Bad betrat. Das war eindeutig eine ganz neue Stufe des Flirtens zwischen uns. Wir waren keine Fremden mehr, die sich zufällig mal nackt am Fenster gesehen hatten. Wir kannten unsere Namen und ich hatte gerade am helllichten Tag für ihn blankgezogen. Ich konnte nicht einmal behaupten, es läge am Alkohol; ich war wieder absolut nüchtern.

Mein Herz raste noch immer vor Aufregung, als ich mich duschte und für die Arbeit anzog. Ich wollte schnell raus und nicht noch Devin in die Arme laufen, besonders nach diesem Flirt. Ich verließ mein Zimmer, ging die Treppe hinunter, raus zu meinem Auto und fuhr los. Ich schaute mich auch nicht um, ob er vielleicht am Fenster stand oder vor der Tür. Ich wollte nicht wissen, ob er da war, denn ich konnte mich jetzt nicht ablenken lassen.

Meine Willenskraft ließ mich nicht im Stich und ich fuhr die Straße hinunter. Ich hatte keine Ahnung, wie das mit Devin weitergehen würde, aber für dieses Mal hatte ich es aus dem Haus und zur Arbeit geschafft. Und ich hatte nun eine ganze Schicht Zeit, mir zu überlegen, wie es weitergehen sollte mit meinem heißen Nachbarn.

Kapitel 2

Devin

Das Mädchen würde noch meinen Untergang bedeuten. Seit Wochen fühlte ich mich von ihr abgelenkt, aber jetzt hatte sie noch mal richtig nachgelegt. Ich hatte nicht damit gerechnet, dass sie sich nackt präsentieren würde. Lilli, netter Name. Passte gut zu ihr. Und ich hatte jetzt einen Namen für meine herrlich schmutzigen Fantasien.

Mein Körper vibrierte noch immer bei der Erinnerung, wie sie so da stand, hinter dem blauen Vorhang, wie sie ihn losließ, um sich vor mir zu entblößen. Ihr langes rotes Haar fiel ihr über die Schultern und ihre cremige weiße Haut schimmerte makellos in der Sonne.

Lilli war allerdings sehr jung, viel jünger als ich zunächst gedacht hatte. Mit ihren vielen nächtlichen Partys hatte ich gedacht, dass sie Mitte bis Ende 20 wäre. Aber nun, aus der Nähe, schätzte ich sie auf höchstens 21. Ich sollte nicht mit ihr flirten, es konnte nichts Gutes dabei herauskommen. Nun, vielleicht eine heiße Nacht mit jeder Menge Spaß, aber mehr auch nicht. Lilli sah nach Schwierigkeiten aus. Seit sie ins Haus ihrer Eltern zurückgekommen war, hatte sie jede Nacht Party gemacht. Und selbst wenn ich aufgehört hatte, Partygirls zu daten, so konnte ich doch nicht umhin, mir eine Nacht mit ihr vorzustellen.

Mein Schwanz reagierte jedes Mal, wenn ich sie sah. Allein der Gedanke, sie nackt in meinem Bett zu haben, erregte mich. In den letzten Wochen bin ich oft mit dem Gedanken daran eingeschlafen, wie sich ihre weiblichen Rundungen gegen mich pressen. Sicher, ich hätte jede Menge solcher Frauen abschleppen können, aber ich hatte aufgehört, ständig auf Partys zu gehen. Seither war es deutlich schwieriger geworden, Zeit für Frauen in meinem Leben zu finden.

Als es an der Tür klingelte, musste ich wohl oder übel aus meinem heißen Tagtraum in die Realität zurückkehren. Ich ließ Jacob herein. Wir mussten in etwa einer Stunde im Büro sein, aber ich wollte vorher seine Meinung hören zu einer neuen Firma, die ich im Büro einzuführen gedachte. Nicht alle meine Investitionen fließen durch die Firma, ich war entschlossen, dieses Unternehmen notfalls auch allein zu unterstützen, aber das war natürlich riskanter.

„Schön zu wissen, dass es dich freut, mich zu sehen“, sagte Jacob, als er meinen harten Schwanz sah, der noch immer aus meiner Hose drängte.

„Es liegt an dem verdammten Mädchen von nebenan. Du hast ja keine Vorstellung, wie sehr sie mich anmacht.“

„Sicher nur in deiner Vorstellung. Ich dachte auch mal, meine Nachbarin würde mich anmachen. Ich bin zu ihr rüber gegangen und habe sie angebaggert. Sie hat mir in die Fresse gehauen.“

„Au. Zweideutige Signale, was? Aber seien wir ehrlich, du hattest es wahrscheinlich verdient“, witzelte ich.

„Offensichtlich ist es unterhaltsam, aus der Ferne zu flirten, aber als ich was unternehmen wollte, war ich plötzlich der gruselige alte Sack von nebenan."

„Du bist schon etwas gruselig." Ich lachte.

„Blödsinn! Sie hat mit mir geflirtet, kein Zweifel. Ich habe keine Ahnung, wo es schiefgelaufen ist, zwischen ihrem Flirten und meinem nächsten Schritt. Aber egal, sei einfach vorsichtig. Wenn sie noch bei ihren Eltern wohnt, ist sie noch sehr jung, und diese Art von Drama kannst du in deinem Leben nun wirklich nicht gebrauchen."

„Du hast ja Recht. Mit dem Drama bin ich fertig. Davon hatte ich mit Ashley mehr als genug."

„Wie geht es Ashley und Izzy? Hast du die kleine Izzy überhaupt gesehen in letzter Zeit?"

„Nein. Ashley ist der Ansicht, dass meine Besuche Izzy aufregen und sie verunsichern. Das ist das letzte, was ich will. Ich schreibe ihr Briefe, die sie nicht beantwortet. Vielleicht ist es besser, wenn ich warte, bis sie etwas älter ist. Ich war in ihren ersten Jahren ein ziemlich miserabler Vater."

„Blödsinn. Du bist ihr Vater. Und selbst wenn du anfangs oft unterwegs warst, so bist du doch jetzt hier. Du solltest sie sehen können, so oft du möchtest. Bei der Menge Geld, die du Ashley jeden Monat schickst, sollte sie dir erlauben, dass ihr zwei Zeit miteinander verbringt."

„Ich versuche, ihren Standpunkt zu verstehen. Ich habe es einige Jahre ziemlich krachen lassen. Wahrscheinlich kann sie nicht glauben, dass ich ruhiger geworden bin und mich geändert habe. Ashley denkt wohl, ich treibe es mit jeder Frau in Chicago, die nicht bei drei auf den Bäumen ist."

Meine Ex-Freundin hat es gehasst, dass ich so viel unterwegs und auf Partys war, nachdem unsere Tochter geboren war. Es gab dafür keine Entschuldigung. Ich war damals einfach ein schlechter Vater, damit muss ich leben. Aber ich würde mich meiner Tochter jetzt nicht aufdrängen, nur weil ich jetzt reifer und bereit dazu war. Izzy war jetzt zehn Jahre alt, mich einfach in ihr Leben zu drängen, wäre egoistisch. So sehr ich mir auch wünschte, eine Beziehung zu ihr aufzubauen, ich hatte mich geändert und stellte ihre Bedürfnisse nun über meine eigenen. Ashley sagte, es sei nun nicht der richtige Zeitpunkt und ich vertraute ihr, dass sie es besser wusste als ich. Daher hielt ich mich von Izzy fern, außer zu ihren Geburtstagen und zu Weihnachten.

„Würdest du mehr Zeit mit ihr verbringen, könnte sie sich auch besser daran gewöhnen. Ich glaube, dass Ashley deine Zuneigung zu deiner Tochter benutzt, um dich wegzustoßen. Sie ist so weit weggezogen wie nur möglich, um dich von deiner Tochter fernzuhalten."

„Sie ist weggezogen, um näher bei ihrer Familie zu leben. Ich habe 80 Stunden die Woche gearbeitet und war mehr unterwegs als zu Hause. Es war richtig von ihr. Sie brauchte Unterstützung mit Izzy und ihre Familie konnte ihr das geben."

„Ihre Familie hat ihr ausgeredet, mit dir zusammen zu sein."

„Vielleicht war das ganz gut so. Wir passten nicht zusammen. Bevor Izzy geboren wurde, haben wir nichts getan außer

Drogen zu nehmen und auf Partys zu gehen. Ashley hat damit aufgehört, als sie schwanger wurde. Aber ich habe noch bis vor ein paar Jahren damit weitergemacht. Es endete, bevor es hässlich werden konnte.“ Ich holte die Drohne, die ich Jacob zeigen wollte. „Jetzt schau dir dieses Ding mal an.“

Ich schaltete die Drohne ein und benutzte mein Handy, um sie zu steuern. Vor ein paar Wochen, am Strand in Florida, hatte ich eine Gruppe Surfer gesehen, die das Ding über sich fliegen ließen, während sie im Wasser waren. Ich hatte es kaum erwarten können, damit nach Hause zu kommen und zu sehen, was meine Leute davon hielten.

„Was zur Hölle ist das? Eine Art Kamera-Drohne? Davon gibt es bereits Hunderte auf dem Markt.“

„Nein, diese folgt dir, ohne dass sie jemand steuern muss. Du lässt sie schweben und fixierst sie auf eine Person. Dann laufe ich herum und sie folgt mir und filmt mich. Ich sah ein paar Surfer und die Drohne folgte ihnen. Das Videomaterial war der Hammer.“

„Also muss niemand sie kontrollieren?“

„Nein. Sie benutzt automatische Gesichtserkennung und folgt dir. Das ist die Zukunft, meinst du nicht?“

Jacob pflückte die Drohne aus der Luft und schaute sie sich genauer an. Er war derjenige in unserer Gruppe mit dem größten Technikwissen und seine Meinung war mir wichtig, vor allem, wenn es um Investitionen in Technologien ging. Ich fand Unternehmen mit meinem Bauchgefühl, aber Jacob konnte Fehler in den Prozessen und in der Ausrüstung entdecken, die verhinderte, dass wir Geld verschleuderten.

„Ich müsste mich mit den Ingenieuren unterhalten, aber es sieht gut aus. Wo produzieren die?“

„Lass uns im Büro darüber reden, wenn die anderen dabei sind. Ich will nicht alles zweimal erklären, ich wollte nur, dass du sie zuerst siehst.“

„Alles klar, wir sehen uns dann im Büro. Und kümmere dich darum“, sagte er und deutete auf meine Hose. „Das will keiner sehen.“

„Da wäre ich mir nicht so sicher. Cindy könnte sich dafür interessieren.“ Ich zwinkerte ihm zu.

„Devin, Cindy ist lesbisch. Sie will das auf gar keinen Fall sehen.“ Jacob lachte, als er sich wieder auf den Weg zu seinem Auto machte.

Cindy mochte lesbisch sein, aber ich war mir ziemlich sicher, dass sie für beide Seiten spielte. Seit ich sie kannte, flirtete sie mit mir. Vor zehn Jahren war sie die Personalmanagerin meines Tech Startup-Unternehmens. Vor einem Jahr waren wir dann beide der Ansicht, etwas Neues mit unserem Leben anfangen zu wollen. Nach dem Verkauf meines Unternehmens hatte ich zunächst ein wenig herumgesucht, wie ich meine Zeit und mein Geld investieren könnte. Eine Weile habe ich nur gefeiert, aber das wurde irgendwann langweilig.

Capital S Investing wurde vor allem deshalb gegründet, weil ich eine halbe Milliarde Dollar hatte und nicht wusste, was ich damit tun sollte. Dann schaute ich mir kleine Unternehmen an, die gute Ideen aber wenig Kapital hatten. Nach und nach kamen einige meiner Freunde ins Unternehmen, die ähnlich dachten wie ich. Seither haben wir unsere eigene kleine Firma.

Wir trafen uns nicht sehr häufig, vielleicht eine Woche im Monat. Den Rest der Zeit waren wir entweder unterwegs, um uns interessante Firmen anzuschauen, oder wir genossen einfach unser Dasein. Unter der Woche schauten wir uns in der Firma Zahlen an, entschieden über neue Investitionen und ließen uns Projekte vorstellen. Das gab mir ein Gefühl von Normalität und das mochte ich. Aus dem gleichen Grund hatte ich mir ein Haus in einer normalen Gegend gekauft. Ich wollte nicht als der reiche Typ angesehen werden, an den Frauen sich wegen seines Geldes ranschmissen.

Zugegeben, für eine Person allein war das Haus ziemlich groß. Die Gegend von Chicago gehörte zu den nobleren Adressen, mit geringer Kriminalitätsrate. Ich hatte kein Problem damit, mein Haus wochenlang leer stehen zu lassen, allerdings hatte ich auch eine sehr gute Alarmanlage, nur zur Vorsicht. Das Leben in Chicago war so normal, wie ich es mir nur wünschen konnte.

Als ich im Büro ankam, saßen alle um den großen Konferenztisch herum, lachten und aßen. Es war fast Mittag, die übliche Zeit für uns, um anzufangen. Eine Woche lang zu arbeiten, bedeutete nicht, dass wir früh aufstehen wollten, um zur Arbeit zu gehen. Unser Arbeitstag ging von Mittags bis Abends um 8, manchmal länger, je nachdem, woran wir arbeiteten.

„Ich dachte, du wärst diese Woche auf Bali“, sagte Cindy, als ich eintrat.

„Bali?"

„Ja, sagtest du nicht, dass du dir dort ein Surfing-Unternehmen anschauen wolltest?"

„Mist!", rief ich und schaute in meinen elektronischen Kalender. „Stimmt, ich sollte mir diese Firma anschauen, die Surfbretter herstellt. Gut, dass du meine Termine im Blick hast", witzelte ich.

„Ich bin sicher, es wäre dir zwei Stunden vor Abflug wieder eingefallen, wenn dein Handy dich daran erinnert hätte. Und du hättest den Flieger bestimmt noch erreicht."

„Ja, wahrscheinlich." Ich musste lachen bei der Erinnerung, wie wir beide zu einem Flugzeug rannten, auf dem Weg nach New York an einem Wochenende. Wir waren eine halbe Stunde vor Abflug am Flughafen angekommen und schafften es noch durch den Sicherheitscheck und in den Flieger. Es war sicher kein Hindernis, dass wir Tickets erster Klasse hatten, aber es fühlte sich dennoch wie eine erstaunliche Leistung an.

„Zeig ihnen die Drohne", rief Jacob. „Das Ding wird uns reich machen."

Alle lachten über diesen Scherz. Jeder einzelne in diesem Raum war bereits reich. Schwer reich. Alle sieben waren wir hier, weil wir etwas Sinnvolles mit unserem Leben anfangen und kleinen Unternehmen den Start erleichtern wollten. Aber wir waren natürlich Geschäftsleute, Geld zu verdienen, war immer auch Sinn der Sache.

Von außen betrachtet sah unser Büro nicht aus als gehörte es sieben Millionären. Aber wir machten die meiste Arbeit sowieso außerhalb. Die farblosen Wände und das langweilige Mobiliar hatten nichts gemeinsam mit den Startup-Unternehmen, mit denen wir kooperierten. Aber das war uns ziemlich egal. Unsere Konten waren voll und wir mussten niemandem mehr etwas mit einer schicken Einrichtung beweisen. Wir hatten einen Angestellten, Stewart, unseren Buchhalter. Er hielt die Bücher in Ordnung und arbeitete meist von zu Hause aus. Wir hatten keine große Präsenz in den sozialen Medien und machten keine Werbung. Unser einziges Ziel war es, kleinen Unternehmen auf die Sprünge zu helfen und unsere Investitionen in diese Firmen war unser Geschäft. Früher oder später würden wir Leute einstellen müssen, aber im Moment erfreuten wir uns an der Überschaubarkeit des Unternehmens und an der Ruhe, die das mit sich brachte.

Mein alter brauner Bürostuhl quietschte, als ich aufstand und die Drohne hochhielt, damit alle sehen konnten, wie sie funktionierte. Alles hier war so alt, dass ich mir wenigstens keine Sorgen machen musste, falls bei meiner Vorführung etwas zu Bruch gehen sollte.

„Die Drohne hat eine Gesichtserkennungssoftware und wird mir folgen, ohne dass man sie steuern muss“, erklärte ich und spazierte durch den Raum. Ich sah die Erfinder damit am Strand und die Drohne folgte ihnen, während sie surften. Es war der helle Wahnsinn.

„Wie produzieren sie?“, fragte Jacob.

„Ich kenne keine Details. Wir müssten ihnen einen Besuch abstatten und ganz unten anfangen. Sie wirkten noch sehr unerfahren und ich glaube, bisher kam das Geld von Freunden und Familie. Wir könnten sie mit etwas Geld für Werbung unterstützen, das sollte ihnen auf die Füße helfen."

„Wo sitzt die Firma?", fragte Chris.

Chris war der jüngste unserer Gruppe und hatte gerade seinen Job bei Google gekündigt. Seine Fähigkeiten als Programmierer waren hervorragend und er war ganz heiß darauf, bald seine eigene Firma zu gründen. Ich hatte ihn überredet, bei uns zu bleiben, bis er soweit war. Sein langer Bart und das strubbelige Haar gaben ihm eher das Aussehen eines Obdachlosen, man vermutete in ihm sicherlich keinen Millionär.

„Florida. Willst du sie dir anschauen?", fragte ich.

„Sicher. Ich habe diesen Monat weiter nichts vor. Ich würde mir gern anschauen, welche Art Codierung sie verwenden."

„Du weißt, dass die meisten Männer in deinem Alter lieber unter Röcke schauen würden als in Programmiercodes", sagte Sergei lachend.

„Röcke machen mich aber nicht reich."

„Wohl wahr, aber sie haben dennoch auch etwas zu bieten."

Sergei war glücklich verheiratet, schikanierte aber alle anderen, wenn es um Frauen ging. Er und seine Frau kannten sich schon seit Kindertagen und ihre Familien hatten die Ehe arrangiert, als sie auf dem College waren. Meiner Ansicht nach war das keine gute Voraussetzung für eine Ehe, aber Sergei schien glücklich zu sein.

„Danke. Chris, schick eine E-Mail, wenn du da warst, dann

entscheiden wir, ob wir uns mit ihnen treffen. Ich habe keine Vorstellung, wie viel Kapital die wohl benötigen würden, also versuche ein paar Details in Erfahrung zu bringen, wenn du da bist.“

„Mache ich.“

Mein Handy klingelte und ich sah Ashleys Namen im Display. Wenn sie anrief, musste ich drangehen. Sie rief sehr selten an, es sei denn, unsere Tochter war krank oder Ashley brauchte mehr Geld. Genau genommen hatte ich seit ungefähr einem Jahr nicht mehr mit Ashley gesprochen, sondern sie hatte nur Textnachrichten geschickt. Und ihre Eltern waren da gewesen, als ich die Weihnachtsgeschenke für Izzy vorbeigebracht hatte.

„Hey, Ashley, gib mir eine Sekunde“, sagte ich und stellte den Anruf auf stumm. „Ich muss das kurz annehmen. Edward, machst du mit deiner Präsentation weiter, über die Firma vom letzten Monat?“

„Sicher, Devin“, sagte er, als ich den Raum verließ.

Ich deaktivierte die Stummschaltung. „Was ist los? Ist Izzy in Ordnung?“

„Was? Was meinst du?“, fragte Ashley lallend. „Ich rufe nicht wegen Izzy an, sondern wegen dem, was du mir angetan hast. Du hast mich dazu gebracht, dich zu lieben und dann gezwungen zu gehen. Du hast das aus mir gemacht.“

„Ashley, was ist los? Geht es dir nicht gut?“ Ich machte mir langsam Sorgen.

„Es geht mir nicht gut. Ich stecke fest, muss ein Kind allein großziehen, während du jedem Rock nachjagen kannst. Du verdienst es nicht, ständig zu feiern, während ich Verantwortung zeigen muss. Das ist großer Mist."

„Wo ist Izzy?", fragte ich. „Bist du betrunken?"

„Sie ist in der Schule, du Idiot. Wenn du an ihrem Leben teilhättest, wüsstest du, dass sie in der Schule ist."

„Ashley, bist du zu Hause? Soll ich deine Eltern für dich anrufen? Bist du okay?"

„Mir geht es gut. Du rufst niemanden an. Ich wollte dir nur sagen, dass es alles deine Schuld war, wie es gelaufen ist."

„Es tut mir leid, dass es mit uns beiden nicht funktioniert hat. Ich wäre gern häufiger ein Teil von Izzys Leben. Aber du hast gesagt, das wäre nicht gut für sie. Soll ich kommen und sie abholen? Sie könnte für ein Schuljahr hier in Chicago leben, wenn dir das hilft."

„Nein! Du nimmst sie mir nicht weg. Du willst doch nur einfach nicht bezahlen, was du mir für sie schuldig bist. Ich gebe sie nicht her, nur um dir die Zahlungen zu ersparen."

Es war offensichtlich, dass Ashley nicht so nüchtern war wie ich gedacht hatte. Ihr Lallen und der aggressive Ton erinnerten mich daran, warum wir nicht mehr zusammen waren. In betrunkenem Zustand war sie nicht leicht zu ertragen, daran konnte ich mich sehr gut erinnern.

„Das Geld ist mir egal, Ashley. Ich würde sehr gern eine Bindung zu Izzy aufbauen. Sie sieht mich nur zwei Mal im Jahr und immer wenn ich anrufe, sagst du mir, sie sei gerade nicht da.“

„Sie will nicht mit dir reden.“

„In Ordnung. Aber du sagst, es fällt dir schwer, dich um sie zu kümmern. Ich will dir helfen.“

„Du willst mir nicht helfen. Du arbeitest zu viel und bist ständig unterwegs, du könntest dich gar nicht um sie kümmern.“

„Nein, ich würde dann zu Hause bleiben, wenn du ihr erlaubst, herzukommen.“

„Daraus wird nichts. Sie will nicht bei dir leben. Sie hasst dich.“

Ihre Worte waren wie Messerstiche. Ich vermutete, dass Izzy niemals etwas derart gesagt hatte. Es war der Alkohol, der aus Ashley sprach, aber es schmerzte dennoch, wenn sie behauptete, meine Tochter würde mich hassen.

„Wenn du okay bist, dann lege ich jetzt auf. Oder soll ich deine Eltern anrufen, damit sie dich irgendwo abholen? Bist du an einem sicheren Ort?“

„Bin ich. Wieso tust du so, als würde es dich interessieren? Das geht dich alles nichts an!“, schrie sie.

„Ich rufe dich später noch mal an, um mit Izzy zu reden.“

„Nein, sie hasst dich. Ruf nicht an.“

„Ich möchte wirklich gern mit ihr reden.“

„Nun, du kriegst eben nicht immer, was du willst, kapiert?“

Ashley legte auf.

Meine Hände zitterten, als ich das Handy in meine Tasche steckte. Ich ging nach draußen, um mich wieder zu beruhigen. Am liebsten wäre ich sofort in ein Flugzeug gestiegen, um zu Ashley zu fliegen. Ich könnte einfach zu Izzys Schule gehen und sie mit mir nach Hause nehmen. Wenn Ashley öfter so drauf war, sollte Izzy nicht bei ihr aufwachsen. Aber ich fragte mich nun, was Ashley meiner Tochter wohl über mich erzählt hatte. Hasste Izzy mich wirklich?

Wenn ihre Mutter ständig hasserfüllte Kommentare über mich abgelassen hatte, dann dürfte das Izzys Ansicht stark beeinflusst haben. Sie hätte dann nur Schlechtes über mich gehört, gar nichts Nettes. Mir wurde übel bei dem Gedanken, was Ashley alles gesagt haben mochte.

Vielleicht geschah es aus Zorn über Ashley, vielleicht war es echte Sorge, auf jeden Fall wählte ich die Nummer ihrer Mutter. Ich musste irgendjemanden darüber informieren, in welchem Zustand Ashley sich befand, nur um sicherzugehen.

„Mrs. Edwards, hier ist Devin“, sagte ich, falls sie meine Nummer nicht mehr kannte. Wir hatten nur selten Kontakt, daher konnte ich nicht sicher sein.

„Hi, Devin. Was kann ich für dich tun?“

„Ich hatte gerade einen besorgniserregenden Anruf von Ashley. Sie klang ziemlich betrunken und …“

„Sie hat ein paar harte Wochen hinter sich. Ich gehe gleich zu ihr rüber und schaue nach ihr. Danke für deinen Anruf.“ Sie legte auf, bevor ich noch etwas sagen konnte.

Ganz offensichtlich kam es für sie nicht sonderlich überraschend, dass Ashley betrunken war. Sie wirkte nicht einmal erstaunt, dass ich es war, der sie angerufen hatte. Aber Mrs. Edwards konnte mich nie besonders leiden und ich würde sie jetzt nicht noch einmal anrufen, um nachzuhaken. Sie würde nach Ashley sehen und das war jetzt erst einmal das Wichtigste. Ich kehrte zurück in die Besprechung, wo Edward gerade die Zahlen unserer letzten Investition präsentierte.

„Alles in Ordnung?", flüsterte Jacob.

„Nur Ashley. Kannst du mir die Nummer von den Anwalt geben, den du mal erwähnt hattest?"

„Klar. Willst du das Sorgerecht haben?"

„Nein. Nun, ich weiß es noch nicht. Ich will nur meine Möglichkeiten kennen."

„Ich schicke sie dir."

„Danke."

Den ganzen Tag über musste ich an Izzy denken. Ich hatte mich so lange fern gehalten, weil ich dachte, es wäre das Beste für sie. Jetzt allerdings bekam ich eher den Eindruck, dass sie mich brauchte. Aber ich war so lange kein Teil ihres Lebens gewesen, dass es sicher schwer für uns beide sein würde, mich daran teilhaben zu lassen und der Vater zu sein, den sie brauchte. Sobald ich aus Bali zurück war, würde ich in Jacksonville Halt machen und meine Tochter besuchen. Sie sollte mehr von mir haben. Sie sollte wissen, dass ich sie liebte und immer für sie da war.

Kapitel 3

Lilli

„Ich komme vorbei und hole dich ab“, sagte ich zu Anna, während ich in meine Tennisschuhe schlüpfte und mich für das Laufen fertig machte.

„Ich laufe nicht. Du bist verrückt, wenn du denkst, ich würde laufen.“

Unsere letzte Partynacht war etwa eine Woche her und ich hatte seitdem keine Zeit gehabt, mich mit Anna zu treffen. Ich arbeitete viel und half meiner Mutter mit ihrem Rosengarten, was anstrengend war. Rosen zu pflanzen und zu hegen stand nicht gerade ganz oben auf meiner Prioritätenliste, aber meine Mutter mochte es, wenn ich ihr im Garten half und Zeit mit ihr verbrachte. Und ich wiederum mochte es, wenn ich ihr einen Gefallen tun konnte, da ich ja nicht einmal Miete zahlte.

„Ich verlasse soeben das Haus und werde in Kürze bei dir sein. Mach dich bereit“, sagte ich und legte auf.

Bevor ich das Haus verließ, schaute ich rüber zu Devin, um zu sehen, ob er da war. Es war schon ein paar Tage her, dass ich ihm auf der Straße begegnet war. Seither hatte ich nichts mehr von ihm gehört oder gesehen. Die Vorhänge in seinem Schlafzimmer hatten sich seither nicht mehr bewegt, also nahm ich an, er sei vielleicht auf einer Geschäftsreise oder ähnliches.

Anna wohnte nur ein paar Blocks entfernt, der Weg zu ihr war ideal zum Aufwärmen. Der Himmel war bedeckt, es sah nach Regen aus, daher wollte ich bei Anna sein und sie aus dem Haus gelockt haben, bevor sie einen weiteren Grund hatte, keinen Sport zu machen. Nicht, dass sie es nötig gehabt hätte. Sie war sehr dünn, kaum ein Gramm Fett zu viel an ihrem Körper. Ich wollte sie dennoch zum Sport überreden. Ich war dann entspannter, wenn ich mit ihr reden konnte und ich wusste, dass es ihr ebenso erging.

Annas Haus war ungefähr so groß wie meines und genauso leer. Sie war das jüngste Kind und hatte vier Brüder, die alle am College waren oder bereits woanders ihr eigenes Leben lebten. Als einziges Mädchen wurde Anna verwöhnt, sogar mehr als ich. Sie durfte tun und lassen, was sie wollte, nie wurde sie von ihren Eltern kontrolliert. Sie reisten viel und ließen ihr jede Menge Geld da. Sie trank mehr als ich, feierte mehr als ich und redete wie ein Seemann.

„Ich laufe nicht“, sagte Anna, nachdem sie mir in einem Sportdress die Tür geöffnet hatte.

„Das ist ein schickes Outfit für jemanden, der nicht Laufen will.“

Anna trug ein leuchtend pinkes Top, das eine Nummer zu klein wirkte und drohte, von ihren Brüsten gesprengt zu werden. Dazu trug sie schwarze Leggings, ihr Haar war zu einem Pferdeschwanz zusammengebunden. Für eine Yogastunde war das sicherlich das richtige Outfit, aber zum Laufen sah es nicht gerade bequem aus. Ihre Brüste würden wie blöde herumwippen in dem kleinen BH.

„Das ist ein nettes Outfit, nicht wahr?" Sie drehte sich um die eigene Achse und bewunderte sich selbst. „Wir könnten gehen, wenn du willst."

„Gehen verbrennt keine Kalorien, Anna. Zieh einen richtigen Sport-BH an und dann joggen wir los."

„Ich kann nicht. Jason ist vielleicht in der Nähe."

Ich war baff. Ich konnte mich nicht erinnern, je von einem Jason gehört zu haben, erst recht nicht, dass einer hier in der Gegend wohnte. Meine Verwirrung musste mir deutlich im Gesicht gestanden haben, denn sie lächelte und deutete auf das Nachbarhaus.

„Mr. Hartley." Sie lachte.

„Oh mein Gott, hast du immer noch eine Schwäche für den Typen?"

„Hey, du hast doch auch ein Auge auf deinen Nachbarn geworden", gab sie zurück.

„Mein Nachbar ist ein heißer Single. Du stehst auf einen verheirateten Vater eines Kleinkindes."

„Er ist nicht verheiratet. Die Scheidung ist endlich durch. Ich habe einige andere Frauen in der Nachbarschaft darüber reden hören. Er ist ein heißer alleinerziehender Vater und alle Frauen wollen ihn. Aber ich werde ihn als erste kriegen."

„Können wir darüber während des Gehens reden?"

Anna schwärmte ständig für jemanden. Sie war immer gleich Feuer und Flamme für jeden gut aussehenden Mann, der ihr über den Weg lief. Es war schwer, den Überblick nicht zu verlieren.

„Na gut, aber lass uns hier entlang gehen, dann können wir auf seiner Straßenseite zurückkommen“, beharrte sie.

Nachmittags war es in unserer Nachbarschaft ziemlich still, daher trieb ich dann gerne Sport. Die meisten Leute waren entweder auf der Arbeit oder in ihren Häusern. Selbst die Muttis waren um diese Zeit mit ihren Kindern beschäftigt. Anna und ich gingen durch die Seitenstraßen nach Norden, zu einem Radweg, der hinter unseren Häusern verlief.

„Wie geht es deinen Eltern?“, fragte ich als wir den Radweg erreichten.

„Schsch, sag nichts, lach einfach, als ob ich etwas Witziges gesagt hätte.“

„Was?“

Anna packte meine Hand und hielt sie fest, als ein Mann und dessen Sohn uns entgegenkamen. Als sie nur noch wenige Schritte von uns entfernt waren, drückte Anna meine Hand ganz fest.

„Au!“

„Lache“, verlangte sie mit einem breiten Lächeln.

„Oh, haha. Anna, du bist ja so lustig.“ Ich spielte ihr Spiel mit.

„Hey, Jason, wie geht es dir und Clyde denn heute?“ Anna drehte sich von mir weg und konzentrierte sich ganz auf ihn.

„Hi, Anna. Alles bestens. Clyde ging es heute Morgen nicht

so gut, daher bin ich heute zu Hause geblieben, aber jetzt geht es ihm wieder besser. Erstaunlich, wie schnell sich das manchmal wieder ändert, nicht wahr?“

„Oh, ja, die kleinen Kerle sind immer schnell wieder auf den Beinen. Zögere nicht, mich anzurufen, wenn du einen Babysitter brauchst. Ich stehe jederzeit zur Verfügung. Das gilt auch dafür, wenn du ein wenig Hilfe im Haus brauchst“, bot Anna an.

Sie hatte eine Hand in die Hüfte gestemmt und ihre Brust in seine Richtung herausgestreckt. Er konnte gar nicht anders, als hinzuschauen. Und wer würde es ihm verübeln? Sie bot sich ihm ja praktisch auf einem Silbertablett an.

„Danke, Anna. Ich habe deine Nummer ja noch. Genießt ihr beide mal euren Spaziergang.“

„Um genau zu sein, wollten wir joggen. Man muss ja was für die Figur tun“, sagte Anna und begann, auf der Stelle zu laufen. „Man sieht sich.“

„Viel Spaß euch beiden“, sagte Jason, den Blick fest auf Annas hüpfenden Busen gerichtet.

Ich folgte Anna joggend den Weg hinunter, bis wir aus seinem Blick verschwunden waren. Dann blieb Anna stehen und stützte sich mit den Händen auf den Knien ab, um wieder zu Atem zu kommen. Es war offensichtlich, dass sie nicht in Form war.

„Nun, er sieht gut aus.“

„Ist er nicht himmlisch? Ich werde mit ihm vögeln bis meine

Beine nachgeben und ich nicht mehr geradeaus gucken kann."

„Wow, okay", sagte ich. Das war eine sehr deutliche Vorstellung, die sie da von sich und Jason hatte.

„Ist er nicht der bestaussehendste alleinerziehende Vater, den du je gesehen hast? Ich meine, die blonden Haare und die blauen Augen. Wow, ich werde schon feucht, wenn ich nur an seine Hände auf mir denke."

„Vielleicht solltest du erst einmal Sex haben, bevor du die alleinerziehenden Väter verführst?"

„Nur weil ich Jungfrau bin, heißt das nicht, dass ich nicht weiß, wie es geht. Ich bin ja so bereit für ihn. Ich könnte ihn sofort haben, wenn ich wollte."

„Wie wäre es, wenn du noch wartest und wir unseren Weg fortsetzen?" Ich musste lachen. „Ich denke, du solltest Sex haben, aber mit einem netten Typen in deinem Alter, damit du eine richtige Beziehung haben kannst. Dieser Typ bleibt nicht lange."

Anna wischte meinen Vorschlag mit einer Geste beiseite und beschleunigte ihre Schritte. Sie hatte sich vorgenommen, ihre Jungfräulichkeit zu verlieren, redete aber immer von diesen älteren Typen. Ich konnte mich nicht einmal erinnern, wann sie zuletzt mal über jemanden in ihrem Alter gesprochen hätte.

„Wie läuft es denn mit deinem Flirt mit einem alten Mann?", fragte Anna und brachte das Thema damit auf mich.

„Im Moment denke ich an so ziemlich alles andere als an ihn. Ich muss Geld sparen für eine eigene Wohnung, gestern ist mein Auto kaputt gegangen und steht jetzt auf irgendeinem Polizeihof, weil ich das Geld für den Abschleppdienst nicht hatte. Ich schwöre dir, ich arbeite hart, aber das Geld reicht trotzdem irgendwie nie."

„Das ist doch Mist. Ich bin sicher, deine Eltern würden dir mit der Wohnung helfen."

„Sicher würden sie das, aber ich bin doch erwachsen. Ich muss auch alleine klarkommen. Und ich will sie nicht um noch mehr Geld bitten."

„Was hältst du davon, wenn wir heute Abend ausgehen?", fragte Anna, als ob Trinken und Feiern die Antwort auf alle Sorgen war.

„Ausgehen und Trinken löst meine Probleme leider so gar nicht."

Ein paar Regentropfen fielen, wir schauten hinauf in die Wolken und machten uns auf den Rückweg. Wir beschleunigten, um nicht vollkommen durchnässt bei Annas Haus anzukommen.

„Also, willst du ausgehen?", fragte Anna lachend.

„Ich würde schon gern. Aber ich würde auch Monica dazu einladen. Sie muss einfach mehr unter Leute gehen."

„Lade ein, wen auch immer du willst", bot Anna an.

Sie hatte von ihren Eltern eine Kreditkarte ohne Limit bekommen. Ich wollte sie nicht ausnutzen, aber ich hatte wirklich gerade nicht das Geld zum Feiern.

„Nur dieses eine Mal, ich zahle es dir zurück", sagte ich.

„Lilli, du musst mir nichts zurückzahlen, das ist schon in Ordnung.“

Wir rannten, als der Regen stärker wurde. Die kalten Tropfen bereiteten mir eine Gänsehaut. Es war ein relativ warmer Nachmittag gewesen, aber mit dem Regen kühlte es merklich ab.

„Wer eher bei dir ist“, sagte ich und beschleunigte sofort.

Anna konnte nicht mithalten, war ein ziemliches Stück hinter mir, als ich schon die Einfahrt rauf lief und dann den Code für den Zugang zur Haustür eintippte. Ich wünschte, meine Eltern hätten auch so etwas, dann müsste ich nicht ständig mit dem Schlüssel rumfummeln. Aber meine Eltern waren nicht so begeistert von neuen Technologien.

„Himmel, Mädel, wie kannst du so schnell laufen“, schnaufte Anna und stolperte hinter mir ins Haus.

„Ich trainiere regelmäßig. Das solltest du auch tun. Dünn zu sein heißt nicht automatisch auch gesund zu sein, weißt du?“

„Ich bin neunzehn, Lilli. Ich kümmere mich nicht um so etwas. Was ist mit deinem Auto passiert? Ich dachte, du fährst das alte von deinen Eltern?“

„Stimmt. Und das hat den Geist aufgegeben. Mein Ex-Freund hat das Auto behalten, das wir gemeinsam gekauft hatten, daher haben mir meine Eltern ihr altes gegeben, ein echter Schrotthaufen. Und jetzt habe ich eben keines mehr. Ich muss jemanden finden, der mich zur Arbeit fährt oder ich muss den Zug nehmen.“

Anna schaute mich entgeistert an. Ich musste lachen. Die Vorstellung, jemand könnte tatsächlich mit dem Zug fahren, überstieg ihre Fantasie. Wenn sie nicht selber fuhr, nahm sie ein Taxi. Es gab für sie nur diese beiden Möglichkeiten und bewies, wie verwöhnt sie war. Aber ihre Eltern schien das nicht zu stören. Ich habe nie gehört, dass sie ihr mal Vorwürfe gemacht hätten, weil sie zu viel Geld ausgab, oder Sachen kaufte, die sie nicht hätte kaufen sollen.

„Den Zug? Warum solltest du das tun?"

„Anna, es gibt Menschen, die müssen arbeiten. Ich kann nicht immer mit meinen Kollegen mitfahren. Ich kann den Zug nehmen, halb so wild. Es sind doch nur vier Blocks."

„Aber du arbeitest manchmal bis Mitternacht."

„Ja, und der Zug fährt bis 2 Uhr nachts."

„Nein, das kann ich nicht zulassen."

Sie setzte sich neben mich auf die Stufen der Treppe. Sie war eine gute Freundin geworden, aber unsere Lebensstile unterschieden sich doch erheblich voneinander. Und ich fühlte mich schon privilegiert. Ich wohnte in einer guten Gegend und es war nicht weit bis zum Zug. Eine der Kolleginnen musste eine ganze Meile laufen, um zum Bahnhof zu gelangen, und das in einer nicht gerade guten Gegend.

„Es ist okay, Anna, wirklich. Ich kann es mir bestimmt leisten, das Auto reparieren zu lassen."

„Ruf mich einfach an und dann hole ich dich ab. Egal, um welche Zeit."

Es war eine nette Geste, aber Anna feierte mehr als ich und war oft im Norden der Stadt unterwegs, mit ihren alten Schulfreunden, die dorthin gezogen waren. Ich wusste, dass ich mich nicht darauf verlassen konnte, dass sie mich wirklich fahren würde, aber ich wollte das jetzt nicht stundenlang diskutieren.

„Okay, ich melde mich, wenn ich Bedarf habe."

„Dann erzähl mir jetzt endlich, was mit deinem sexy Nachbarn gelaufen ist. Bist du zu ihm rüber und ihr habt wild geknutscht?"

„Anna! Nein!", lachte ich. „Ich habe ihn praktisch über den Haufen gerannt, beim Joggen."

„Lass uns was essen beim Reden." Ich folgte ihr in die Küche. „Wie wäre es mit Apfelkuchen?"

„Das ist Zucker pur, Anna."

„Na und? Willst du welchen?"

„Nein, ich esse einen Apfel. Und ich kann nicht fassen, dass ich dir noch nichts von meiner Begegnung mit ihm erzählt habe. Sein Name ist Devin und aus der Nähe ist er noch viel heißer. Ich habe kaum ein Wort rausgebracht. Ich bin mir ehrlich gesagt nicht sicher, ob ich überhaupt einen sinnvollen Satz zustande gebracht habe."

„Er ist ein Mann, ihr müsst nicht reden. Schling deine Arme um ihn und gib ihm einen fetten, feuchten Kuss. Das sollte die Sache ins Rollen bringen."

„Du bist eine geile Jungfrau, weißt du das? Aber nein, das

werde ich nicht tun. Allerdings habe ich etwas … also, du hättest das bestimmt auch gemacht."

Ich konnte nicht aufhören zu lachen bei der Erinnerung an meinen Flirt mit Devin an meinem Schlafzimmerfenster. Anna hätte bestimmt so etwas gemacht, kein Zweifel. Sie war Expertin im Flirten mit Männern.

„Was hast du getan?"

Sie riss die Augen auf und schaute mich erwartungsvoll an. Ich erklärte ihr, wie ich meinen Namen ans Fenster geschrieben hatte und beschrieb Devins schockiertes Gesicht, als ich den Vorhang losließ und er mich nackt sah.

„Es war sehr erregend", sagte ich schließlich.

„Ich weiß. Flirten ist wie eine Droge. Man kommt immer wieder dahin zurück, sucht nach einem neuen Kick. Wie lief es dann diese Woche? Noch mehr heiße Flirts?"

„Ich glaube, er ist auf Geschäftsreise oder so, denn ich habe ihn nicht gesehen. Aber was mache ich beim nächsten Mal? Wie kann ich weiter mit ihm flirten, ohne vollkommen verzweifelt zu wirken?"

„Gute Frage. Es darf nicht so aussehen, als wärst du auf sein Interesse angewiesen. Vielmehr solltest du ihn ignorieren und gar nicht mit ihm flirten. Soll er doch den nächsten Schritt machen. Er wird eine passende Situation herbeiführen. Und wenn du ihn dann am Kragen hast, dann setzt du zum finalen Schlag an."

„Finaler Schlag heißt, wir treiben es miteinander?"

„Nein! Du kannst jetzt noch nicht mit ihm schlafen, selbst wenn du es wirklich willst. Er muss es so nötig wollen, dass er sich nicht mehr auf seine Arbeit konzentrieren kann. Du musst seine Gedanken dominieren, so sehr, dass er dich anfleht, ihn endlich ranzulassen."

„Ich glaube, das wird mir etwas zu kompliziert", sagte ich lachend. „Ich bin nicht der Typ dafür. Das ist eher dein Metier."

„Ach was, Lilli. Ich habe auch nicht mehr zu bieten als du. Du kannst jeden Typen haben, den du willst. Allein dein Haar ist für viele Kerle schon die Erfüllung ihrer Träume. Und dann hast du noch einen heißen Körper, der sie rasend machen kann."

„Weißt du, nicht jede Beziehung dreht sich ums Scharfmachen."

„Die mit deinem Nachbarn aber schon, also hör mir zu. Schau nicht rüber zu ihm. Nicht mal ansatzweise. Guck immer woanders hin, lass die Vorhänge zu. Lass ihn eine Weile zappeln."

Ich fand es lustig, wie ernst Anna meinen Flirt mit Devin nahm. Ich wäre nie im Leben auf ihre Strategie gekommen. Ich konnte nur daran denken, ihn wiederzusehen und mit ihm zu flirten, vielleicht sogar nochmal mit ihm zu reden. Mir wäre nie der Gedanke gekommen, ihn komplett zu ignorieren. Es würde mir sehr schwerfallen, nicht hinüber zu schauen zu seinem Haus, wenn es dunkel war.

„Ich werde mich bemühen. Dann lass uns jetzt mal

überlegen, was wir heute Nacht anziehen. Ich habe irgendwie nichts Vernünftiges in meinem Schrank."

„Ach, ich habe jede Menge neue Sachen. Probieren wir ein paar aus."

Es war schwer, nicht ein wenig neidisch auf Anna zu sein. Sie war reich, schön und Männer warfen sich ihr zu Füßen, wenn wir ausgingen. Von außen betrachtet wirkte ihr Leben ziemlich perfekt. Ich nahm an, es war vielleicht nicht immer auch alles Gold was für sie glänzte, aber bisher hatte ich nicht den Eindruck, dass es irgendwelche Schwierigkeiten in ihrem Leben gab.

Ganz im Gegensatz dazu hatte ich das Gefühl, dass mein eigenes Dasein eine Fülle von Problemen war. Ich hatte endlich einen Typen gefunden, den ich mochte, war mit ihm zusammengezogen, nur um dann festzustellen, dass er mich betrog. Ende der Beziehung. Ich hatte Schwierigkeiten, einen guten Job zu finden, und den jetzigen mochte ich nicht sonderlich. Meine Eltern hatten zwar die Möglichkeiten, mir unter die Arme zu greifen, aber ich wollte auf eigenen Beinen stehen.

„Wow, das ist es", sagte Anna und hielt mir ein Stück schwarzen Stoff hin.

„Was ist das?"

„Ein Kleid."

„Oh nein. Das ist kein Kleid. Es ist nur ein kleines Stückchen Stoff."

„Lilli, das musst du unbedingt heute Abend anziehen. Das passt super zu seinem Haar. Und deinen Teint bringt es total gut zur Geltung."

Ich betrachtete das kleine Stück Stoff und zog es auseinander, um zu sehen, ob ich da überhaupt reinpasste. Es sah eher wie ein Handtuch aus als wie ein Kleid.

„Man sieht ja, wo die Bräune aufhört, wenn ich das anziehe. Hast du keine Kleider in normaler Länge? Ich mag es nicht, wenn Männer mir die ganze Zeit an den Arsch fassen."

„Das heißt doch nur, dass sie dich scharf finden."

„Aber es ist unangenehm."

„Trag es einfach, Lilli, bitte." Anna schaute mich mit ihren großen Augen an, also nahm ich das Kleid und wollte mich auf den Weg machen.

„Ich probiere es an, aber wenn es meinen Hintern nicht bedeckt, trage ich eines von meinen eigenen Kleidern. Hol mich um 9 Uhr ab. Ich mache noch ein Nickerchen, dann bin ich bereit."

„Klingt nach einer Menge Spaß heute Nacht. Ich rufe noch ein paar Mädels an."

„Wir sehen uns später."

Kapitel 4

Devin

Nach einer Woche auf Bali freute ich mich darauf, mich mit Jacob auf einen Drink zu treffen und Neuigkeiten aus der Firma zu erfahren. Wir trafen uns in einem kleinen Club namens Lively, vor allem, weil sich dort immer eine Menge heißer Mädchen herumtrieben und Jacob sich für später ein Date aufreißen wollte.

„Mann, du bist ja braun geworden", sagte Jacob, als ich zu ihm an die Bar des Lively trat.

„Das liegt wahrscheinlich daran, dass ich eine Woche am Strand von Bali zugebracht habe."

„Wie war die Firma mit den Surfbrettern?"

„Gefiel mir ganz gut. Als Investition für unsere Firma nicht sehr lohnend, aber ich habe ihnen ein bisschen Geld gegeben und wir haben eine Beteiligung von 10 %. Eigentlich brauchte ich nur einen guten Grund, regelmäßig nach Bali zurückzukehren."

„Also ist das eine Solonummer für dich?"

„Ja, ich glaube, die anderen haben so ziemlich die Nase voll von den vielen Surfer-Firmen, die ich anschleppe. Das Risiko für eine so kleine Investition stört mich nicht. Sie hatten einen guten Businessplan und werden dieses Jahr eine kleine

Wachstumsrate aufweisen. Es sähe wahrscheinlich besser für sie aus, wenn sie in die USA kämen, aber sie bestehen darauf, auf Bali zu bleiben."

„Auf der Arbeit ist jedenfalls derweil nichts Aufregendes passiert. Aber ich habe die Drohne mitgenommen beim Fahrradfahren. Der Hammer. Hat mich die ganze Zeit verfolgt. Guck dir die Aufzeichnungen an." Jacob holte sein Handy hervor und spielte eine Aufzeichnung von seiner halbstündigen Radtour ab.

Ich bestellte mir etwas zu trinken und hatte davon schon die Hälfte ausgetrunken, bis ihm klar wurde, dass er mir nicht den ganzen Film zeigen musste. Auf jeden Fall bestätigte es mir, dass sich eine Investition für unsere Firma in diesem Fall sehr lohnen würde.

„Was sagen die anderen dazu?"

„Noch nicht viel. Einige sind unterwegs, wir haben die ganze Woche über wenig gesprochen . Beim nächsten Treffen können wir da ja nachhaken. Was hast du noch so vor?"

„Ich werde mich entspannen und mir die Zahlen der Drohnenfirma noch einmal genauer anschauen. Und wenn ich mich mit Ashley einige, werde ich diese Woche noch nach Florida reisen, um meine Tochter zu besuchen. Ich habe Ashley die ganze Woche nicht erreichen können und wenn ich ihre Mutter anrufe, habe ich den Eindruck, dass sie etwas vor mir verheimlicht."

„Hast du mit Izzy geredet?"

„Nein. Die verdammte Zeitverschiebung. Immer wenn ich

angerufen habe, war sie gerade in der Schule. Ich hatte außerdem den Eindruck, als wenn sie derzeit bei Ashleys Eltern wohnt. Keine Ahnung, was mit Ashley los ist."

„Du solltest das Sorgerecht beantragen. Immerhin ist sie auch deine Tochter."

„Das würde ich liebend gerne tun. Aber vergiss nicht, sie kannten mich schon, als ich noch ein ziemlich wildes und verantwortungsloses Leben geführt habe. Ich muss noch einiges verbessern, bevor ich den Antrag stellen kann. Der Richter muss ja bloß meine Vorstrafen anschauen, dann lacht er mich aus und schmeißt mich raus."

Wir genossen unsere Drinks und den Anblick der vielen hübschen Mädchen im Club. Es war auf jeden Fall ein guter Ort, um jemanden aufzureißen. Dutzende von Mädchen waren auf der Tanzfläche, aber nur wenige Männer.

„Du bist heute nur hier, um mir den Rücken zu stärken", sagte Jacob ernst. „Ich will mich flachlegen lassen."

„Ha, okay, kein Problem. Wir finden schon ein Mädchen für dich."

„Auf drei Uhr. Oh, guck dir bloß diese Hintern an." Jacob war schon runter von dem Barhocker und fast auf dem Weg zu den beiden Mädchen, einer Blondine und einem Rotschopf, bevor ich mir die beiden genauer ansehen konnte.

Ich packte ihn an der Hand und zog ihn zurück zur Bar, denn ich hatte gerade bemerkt, dass der Rotschopf Lilli war. Die Blondine war die Freundin, mit der ich Lilli einmal gesehen hatte, die Freundin, die ihr in der Einfahrt fast das Kleid vom

Leib gerissen hatte.

„Warte. Die kenne ich."

„Ein guter Grund, hinüber zu gehen und mit ihr zu reden", sagte Jacob.

„Nein, das ist meine Nachbarin."

„Oh, Mann. Devin, du hast diesen scharfen Hintern in der Nachbarschaft? Ich wüsste, was ich täte, wenn sie neben mir wohnte."

„Sie ist zu jung", widersprach ich.

„Was auch immer. Sie ist hier, also ist sie alt genug. Geh und sprich mit ihr", verlangte Jacob. „Ich möchte ihr heiße Freundin kennenlernen."

Ich wollte schon nachgeben, da sah ich, dass Lilli fast stürzte und sich an ihrer Freundin festhalten musste. Sie war noch betrunkener als die anderen Nächte, wenn ich sie heimkommen sah. Eigentlich hätte ich hingehen und ihr helfen wollen, aber sie und ihre Freundinnen lachten nur darüber und setzten sich in einen der Tische.

„Ich glaube, das ist keine gute Idee. Lass uns jemand anderes finden."

„Na gut, wie ist es mit der da?" Jacob hatte kein Problem, sein Interesse schnell zu verlagern und deutete auf eine Braunhaarige am anderen Ende der Bar.

„Einverstanden, die soll es sein", sagte ich lachend.

Während Jacob und ich mit der Gruppe Frauen am anderen

Ende der Bar redeten und flirteten, konnte ich nicht anders, ich musste hin und wieder zu Lilli hinüberschauen. Sie hatte ein Wasser vor sich stehen und blieb einen Moment sitzen. Aber schon bald war sie wieder auf der Tanzfläche mit ihren Freundinnen und rockte den Saal. Alle Männer schauten ihr zu, so wie ich.

Ihre weiblichen Rundungen füllten das enge schwarze Kleid perfekt aus. Es war unglaublich kurz und machte mich schier wahnsinnig. Wie sie sich zur Musik bewegte, machte mich an. Ein junger Mann tanzte sie von hinten an und sie ließ ihn eine Weile gewähren, dann schob sie ihn von sich und kehrte zu ihren Freundinnen zurück. Offenbar war Lilli nicht hier, um jemanden aufzureißen, sondern nur, um etwas Dampf abzulassen und zu tanzen. Ich blieb auf Distanz und half Jacob auf die Sprünge, damit er eine Frau abschleppen konnte.

Zwei Stunden später war ich in ein belangloses Gespräch mit einer Frau verwickelt, deren Namen ich mir nicht merken konnte. Jacob war mit seiner Auserwählten auf der Tanzfläche und ich behielt immer ein Auge auf Lilli und ihren Freundinnen, die viel Spaß hatten.

Lilli hatte aufgehört zu trinken, aber sie war noch immer ziemlich betrunken, als die Gruppe schließlich aufbrach. Sie war ziemlich wackelig auf ihren High Heels unterwegs und ich verspürte den Drang, ihr unter die Arme zu greifen.

„Ich muss leider los“, sagte ich zu der Frau neben mir. „War nett, dich kennenzulernen.“

„Hier ist meine Nummer, ruf mich doch mal an“, sagte sie,

reichte mir ein Stück Papier und umarmte mich kurz.

Ich eilte auf die Tanzfläche und teilte Jacob mit, dass ich abhauen würde. Dann schlüpfte ich zur Tür hinaus und folgte Lilli und ihren Freundinnen. Ich ging zu meinem Auto und wartete, bis die Mädchen im Taxi saßen. Ich hatte das unbestimmte Gefühl, ich sollte vor ihr zu Hause sein, da sie meine Hilfe benötigen würde, um ins Haus zu kommen.

Ich fuhr den Wagen in die Garage und schaltete das Licht aus. Dann wartete ich neben meinem Auto und beobachtete, wie Lilli und ihre Freundinnen mit dem Taxi ankamen. Anders als beim letzten Mal blieben die Mädchen nicht, sondern ließen Lilli einfach nur aussteigen, bevor sie wieder davon fuhren.

Sie schwankte ziemlich auf dem Kopfsteinpflaster der Einfahrt und musste sich gegen das Auto ihrer Eltern lehnen, um ihre hochhackigen Schuhe auszuziehen. Ich beobachtete aus der Ferne, ob sie ins Haus gelangte. Sie hatte manchmal Probleme mit dem Schlüssel.

Sie brauchte beinahe fünf Minuten, um ihre Schuhe auszuziehen, wobei sie mit sich selber sprach und fluchte. Es war niedlich, wie sie schließlich auf Zehenspitzen die zwei Stufen zur Tür hinauf schlich und in ihrer Tasche nach dem Schlüssel suchte.

Ihre Hände wühlten in der kleinen Tasche herum, konnten den Schlüssel aber offensichtlich nicht finden. Schließlich klingelte sie, aber niemand öffnete. Als sie sich auf die Treppe setzte, konnte ich mich nicht länger zurückhalten und ging hinüber.

„Kann ich dir helfen, ins Haus zu kommen?“, bot ich an.

„Oh, der heiße Nachbar“, murmelte sie.

Ich musste lachen. Da saß sie mit ihrem knappen Kleidchen und schaute mit ihren wundervollen Augen zu mir auf. Betrunkener Mund tut Wahrheit kund, so sagte man doch. Ich nahm ihre Hände und zog sie behutsam auf die Füße. Sie klammerte sich an das Geländer, um nicht wieder umzufallen.

„Ist da drin wirklich ein Schlüssel?“, fragte ich und deutete auf ihre Tasche.

„Ich fürchte nicht. Ich habe schon alles abgesucht“, sagte sie ernst, als wäre die Tasche größer als ein Stück Brot.

„Würde es dir etwas ausmachen, wenn ich auch noch einmal nachschaue?“

„Kein Ding, heißer Nachbar. Oh, warte. Devin. Dein Name ist Devin. Jetzt fällt es mir wieder ein.“

„Ja, das stimmt. Und du heißt Lilli. Ich erinnere mich sehr gut.“

Sie wurde knallrot. Offenbar war ihr wieder einfallen, dass sie sich mir neulich erst nackt präsentiert hatte. Sie sah mich nicht an, als sie mir die Handtasche reichte. Ich konnte nicht aufhören zu grinsen. Sie war einfach süß. Sie hatte sich so verführerisch gegeben und jetzt war sie so schüchtern. Es machte mich ganz verrückt und wollte sie noch mehr.

„Verdammter blauer Vorhang“, murmelte Lilli, während sie darauf wartete, ob ich den Schlüssel fand.

„Ist deine Familie zu Hause? Vielleicht wacht einer von ihnen auf, wenn du lange genug klingelst?“ Ich konnte den Schlüssel nirgends entdecken.

„Nein, habe ich ganz vergessen: Sie sind für eine Woche nach Cancun gereist. Sie haben mir das Auto überlassen. Ich habe den Haustürschlüssel an den Autoschlüssel gemacht. Aber den hatte ich natürlich nicht mit, war ja ohne Auto unterwegs. Ich trinke nicht, wenn ich fahre“, verkündete sie stolz.

„Das ist sehr verantwortungsvoll. Gibt es einen anderen Weg ins Haus?“

„Vielleicht. Aber ich kann gerade nicht so klar denken.“ Sie kicherte und rutschte dann wieder am Geländer herunter, bis sie auf den Stufen saß.

„Es ist nass. Besser, du bleibst stehen“, sagte ich, legte meinen Arm um sie und hielt sie in einer aufrechten Position. „Gab es heute etwas zu feiern?“ Es war vielleicht sinnvoll, sie am Reden zu halten.

„Nein, ich war nur mit Freunden aus.“

„Du gehst gern feiern, was?“

„Ich bin kein irres Partygirl, weißt du? Ich habe einen Job. Und ich komme nie zu spät. Aber ich habe gerade mit einem Mistkerl von Freund Schluss gemacht und musste wieder bei meinen Eltern einziehen. Die letzten Wochen waren eher nicht so toll.“

Lilli schlang ihre Arme um meinen Nacken und lehnte sich gegen mich. Mein Körper reagierte sofort auf diesen engen Körperkontakt und die Vorstellung von ihren Lippen auf meinen.

„Ich denke, wir sollten ins Haus gehen“, sagte ich. Es kostete mich Mühe, ihren Reizen zu widerstehen.

„Wir könnten einfach zu dir rübergehen“, schlug sie vor.

Vor ein paar Jahren hätte ich sie umgehend mit zu mir genommen nach so einem Angebot. Sie war nüchtern genug, um noch klar sprechen zu können und sie wollte mich. Aber ich war nicht mehr derselbe Mann, egal wie gern ich sie in meinem Bett haben wollte. An diesem Abend wäre es einfach nicht anständig gewesen.

„Du bist sehr schön, Lilli. Und ich würde dich sehr gern einmal zu mir einladen. Aber heute Nacht ist es besser, wenn du einfach ins Bett gehst.“

„Ich denke, es würde dir gefallen, mich in deinem Bett zu haben“, sagte sie und ließ ihre Hand über meinen Schritt und meinen erregten Körper gleiten.

Frustriert schob ich ihre Hand weg.

„Ich kriege dich schon irgendwie in dein Haus. Stütz dich für einen Moment am Auto ab.“ Ich geleitete sie zum Wagen.

Ihre Beine waren zu wackelig, also hob ich sie hoch und trug sie zum Wagen. Sofort nutzte sie die Gelegenheit und zog mich an sich, die Arme um meinen Nacken geschlungen. Ihre Zunge war gepierct. Ich stellte mir vor, wie sie mit dem Piercing auf der Zunge an meinem Schwanz leckte und wurde noch härter.

„Lilli, ich werde dich einen Moment hier sitzen lassen, während ich hinter dem Haus nach einem offenen Fenster schaue. Weißt du, ob die Alarmanlage an ist?“

„Ich finde, du solltest hier bleiben“, sagte Lilli, schlang ihre Beine um meine Hüften und presste sich an mich. „Willst du denn nicht bei mir bleiben?“

„Mehr als du dir vorstellen kannst. Aber ich werde dennoch jetzt einen Blick auf die Fenster werfen. Gibt es eine Alarmanlage?“

„Sie ist nicht an. Das Ding macht mir Angst, wenn ich spät heimkomme, daher habe ich sie nicht angemacht.“

„Okay, bleib hier. Ich bin gleich wieder da.“ Ich löste mich schweren Herzens von ihr und ging in den Garten.

Mir war etwas schwindelig von dem Drang, Lilli direkt auf der Motorhaube nehmen zu wollen. Die sexuelle Spannung zwischen und war nicht zu leugnen. Ich wollte sie. Ich wollte sie schmecken, sie berühren, sie vögeln. Aber ich würde dem Drang nicht nachgeben. Sie war nicht in der Lage, eine vernünftige Entscheidung zu treffen. Und ich war nicht mehr der Mann, der eine solche Lage ausgenutzt hätte.

Ich versuchte es an jedem Fenster hinter dem Haus, bis ich eines fand, das offen war. Es führte in ein Badezimmer und war gerade groß genug, dass ich mich durchzwängen konnte. Ich rutschte direkt in eine Badewanne und suchte dann den Weg zur Haustür, um Lilli hereinzulassen.

„Du hast es geschafft!“, schrie sie und rutschte von der Motorhaube, während ihr Kleid nach oben rutschte.

Sie zog es sofort wieder runter, aber ich hatte dennoch

Gelegenheit, einen Blick auf ihr schwarzes Spitzenhöschen zu erhaschen. Beim letzten Mal hatte sie unter dem knappen Kleidchen gar nichts angehabt.

„Warte, ich helfe dir“, sagte ich und reichte ihr meine Hand. „Ich bringe dich in dein Zimmer und gehe dann nach Hause.“

Lilli antwortete nicht, sondern ging hinauf zu ihrem Zimmer. Ich blieb dicht hinter ihr, für den Fall, dass sie das Gleichgewicht verlor. Sie war sehr unsicher auf den Beinen und ich war mir nicht sicher, ob sie es ohne Hilfe bis in ihr Zimmer geschafft hätte. Auf der obersten Stufe rutschte sie aus und wäre fast vornüber gekippt. Ich packte sie und hielt sie fest, bis sie wieder stabil genug warum, um weiterzugehen.

Ich schaltete das Licht in ihrem Zimmer ein, aber Lilli schaltete es sofort wieder aus. Das grelle Licht hatte sie geblendet.

„Kein Licht.“

Lilli packte meinen Hosenbund und zog mich zum Bett. Sie biss sich auf die Lippen, als ihr Blick über die Wölbung in meiner Hose glitt. Unmöglich, es zu verbergen. Ich war so hart allein bei dem Gedanken, sie nackt vor mir zu haben.

„Du bist jetzt sicher in deinem Zimmer angelangt und ich gehe nach Hause.“

Lilli zog sich das Kleid von den Schultern und ließ mich dabei nicht aus den Augen. Ich schluckte schwer, als das Kleid über ihre Brüste glitt.

„Ich glaube, du möchtest noch bleiben“, sagte sie leise,

beugte sich vor und drückte ihre Lippen gegen meinen Hals. „Ich glaube, du möchtest mir helfen, dieses Kleid auszuziehen. Und dann möchtest du mit deinen großen, kräftigen Händen über meinen Körper streichen."

„Ja, all das möchte ich in der Tat", sagte ich lächelnd. „Aber ich werde jetzt nach Hause gehen."

„Geh nicht", wisperte sie und schob das Kleid tiefer.

Ihr schwarzer Spitzen-BH und das Höschen bettelten geradezu um meine Aufmerksamkeit. Sie stand einfach da und wartete darauf, dass ich meine Meinung änderte. Aber sie schwankte und konnte kaum die Augen offen halten. Sie musste ins Bett und sonst gar nichts.

„Leg dich hin, ich hole dir eine Decke."

„Spaßbremse." Sie kicherte und folgte meiner Aufforderung, ins Bett zu gehen. „Geh nicht." Ihre Hand griff nach meiner und hielt sie fest.

Sie drehte sich zur Seite und zog mich mit sich, bis ich auf der Bettkante saß. Ich schaute mich ein wenig um, aber es schwer zu sagen, was sie interessierte. Sie war zu alt, um noch Poster aufzuhängen, aber zu jung für Familienfotos. Es gab Bilder von Städten und ein paar Fotos drüben auf dem Bücherregal. Die Wände waren schlicht hellbraun und in der Mitte des Zimmers lag ein großer Teppich.

Ich blieb etwa fünf Minuten bei ihr sitzen, bis ich sicher sein konnte, dass sie eingeschlafen war. Es war mir schwer gefallen, ihr zu widerstehen, aber es war das Richtige. Mit dem Alter hatten sich meine Ansprüche deutlich verändert. Es war nicht mehr spaßig, ein betrunkenes Mädchen abzuschleppen. Inzwischen bevorzugte ich sie nüchtern und in der Lage, ein Gespräch zu führen.

Ich hatte mich über die Jahre ziemlich verändert. Wahrscheinlich kam das automatisch, wenn man älter wurde, aber vielleicht hatte es auch damit zu tun, dass ich nun Vater war und nicht mit ansehen konnte, wenn Frauen schlecht behandelt wurden. Lilli war jemandes Tochter und sie verdiente es, sich sicher zu fühlen, wenn ich ihr in ihr Zimmer half.

Ich ging hinunter, holte ein Glas Orangensaft und ein paar Kopfschmerztabletten und brachte sie ihr hinauf. Sie würde sie brauchen, wenn sie aufwachte. Nach einer solch wilden Nacht würde sie morgen auf jeden Fall einen Kater haben.

Kapitel 5

Lilli

Die Art, wie meine Lippen aneinander klebten, war der erste deutliche Hinweis, dass ich einen ausgewachsenen Kater hatte. Ich streckte die Zunge heraus, um sie zu lösen und leckte darüber. Dies war der Teil des Trinkens, den ich nicht mochte. Aber es war auch der Teil, den ich praktischerweise jedes Mal vergaß, wenn ich mit meinen Freundinnen unterwegs war.

„Ich werde nie wieder etwas trinken“, murmelte ich und rollte zur Seite, um nach meinem Handy zu greifen.

Bedauerlicherweise befand sich das Telefon nicht auf dem Nachttisch. Stattdessen fasste meine Hand in einen Behälter mit Flüssigkeit. Ich guckte durch ein halb geöffnetes Auge und fand ein Glas Orangensaft und eine Nachricht auf dem Schränkchen.

- TRINK MICH – stand auf dem Zettel. Meine Augen fuhren hin und her, während ich versuchte, mich zu erinnern, was letzte Nacht geschehen war und von wem die Nachricht stammen könnte. Meine Eltern waren verreist, daran erinnerte ich mich jedenfalls.

Ich presste die Handballen gegen meine Augen und kramte in meiner Erinnerung. Dann rollte ich zur Kante und setzte mich auf. Je mehr ich grübelte, desto unwohler wurde mir.

- NIMM MICH – stand auf einem zweiten Zettel, daneben

lagen Kopfschmerztabletten. Die Packung kam mir bekannt vor, daher vertraute ich der Sache und nahm beides. Mein Hirn wurde langsam wach und ein paar Erinnerungsfetzen tauchten auf.

Ich wusste, wer den Saft hinterlassen hatte.

Ich sprang auf und zog den blauen Vorhang beiseite. Vor Devins Haus stand kein Auto. Als ich so da stand, in meiner Unterwäsche, fiel mir auch alles andere wieder ein.

Wie peinlich. Ich musste sofort Anna anrufen. Sie konnte zwar auch nicht viel tun in dieser Angelegenheit, aber ich brauchte dringend ihren Rat, was ich jetzt machen sollte.

„Warum rufst du mich an? Du weißt doch, dass ich mindestens zwölf Stunden Schlaf brauche“, sagte sie mürrisch.

„Ich bin in meiner Unterwäsche aufgewacht, in meinem Bett. Und Devin hat mir Orangensaft und Tabletten dagelassen.“

„Wer ist Devin?“

„Der heiße Nachbar!“, schrie ich ins Telefon. „Der heiße Nachbar musste mir helfen, ins Haus zu kommen, weil ich den Schlüssel vergessen hatte. Ich habe mich ihm praktisch aufgedrängt und er hat nichts getan. Stattdessen hat er mir was zu Trinken und Tabletten gegen den Kater hingestellt. Oh mein Gott, ich werde vor Peinlichkeit sterben.“

„Ich höre deine Worte, aber mein Gehirn kann das noch nicht verarbeiten. Also, dieser heiße Nachbar, Devin, war in deinem Schlafzimmer?“

„Mann, Anna! Du verstehst mich nicht. Ich habe mich ihm

an den Hals geworfen, mehr als einmal, und er hat nichts unternommen. Weniger als nichts. Er hatte Mitleid mit mir, daher der Saft und die Tabletten."

Es entstand eine lange Pause, Anna machte ein paar Geräusche. Ich hoffte, sie würde so weit aufwachen, dass wir uns vernünftig unterhalten konnten. Ich suchte unterdessen nach meinen Sportklamotten und zog mich um. Sobald wir fertig waren, würde ich loslaufen.

„Wie sehr hast du dich ihm denn aufgedrängt?", fragte sie schließlich, nachdem sie hörbar etwas getrunken hatte.

„Ziemlich. Ich habe versucht, ihn zu küssen. Ich habe ihm in den Schritt gefasst. Ich habe ihm meine Arme um den Hals geschlungen und ihm gesagt, dass ich ihn will. Ich glaube, das war alles, aber sicher bin ich mir nicht. Es ist alles noch ein wenig verschwommen."

„Oh, das ist alles, ja?", fragte Anna lachend.

„Das war es dann, oder? Ich habe es komplett vergeigt. Jetzt hält er mich für eine Schlampe, die sich jedem an den Hals wirft, der ein bisschen nett zu mir ist, wenn ich was getrunken habe."

„Nein, da lässt sich noch was draus machen. Er ist offensichtlich ein anständiger Kerl. Ich kenne wohl nicht viele Männer, die nein gesagt hätten, wenn du ihnen in den Schritt packst. Du warst betrunken, richtig?"

„Das weißt du doch."

„Das ist gut, Lilli. Das ist sogar großartig. Er hatte zu viel

Respekt vor dir, als die Lage auszunutzen. Das heißt, er steht wirklich auf dich."

Ich konnte ihre Logik zwar nicht ganz nachvollziehen, war aber doch ein wenig beruhigt. Mich in Devins Gegenwart peinlich zu benehmen, wurde ja scheinbar zur Gewohnheit und das gefiel mir ganz und gar nicht. Nicht, dass sich mit dem heißen Nachbarn etwas von Dauer entwickeln würde, aber ich wollte auch nicht als jemand erscheinen, der ich nicht war.

„Was mache ich also, wenn ich ihm das nächste Mal begegne? Bei meinem Glück mache ich dann wieder einen kompletten Idioten aus mir."

„Hm, du hast zwei Möglichkeiten. Du kannst so tun, als erinnertest du dich nicht, aber das würde bedeuten, du hättest jeden Typen einfach ins Haus gelassen. Keine gute Idee." Anna sprach eher mit sich selbst als mit mir. „Du musst Herrin der Lage sein. Bedanke dich bei ihm, dass er sich wie ein Gentleman benommen hat. Aber du musst ihm auch zu verstehen geben, dass du scharf auf ihn bist."

„Oh, kein Problem", sagte ich mit einer gehörigen Portion Sarkasmus. „Ich kriege in seiner Gegenwart kaum ein Wort heraus. Ich kann unmöglich gleichzeitig dankbar und flirty sein. Du überschätzt meine Fähigkeiten."

„Blödsinn, Lilli. Du schaffst das. Aber du musst bereit sein. Es muss bei eurer nächsten Begegnung passieren. Wenn ihn drüben siehst, geh hinüber und klingel. Sobald er dich sieht, musst du bereit sein."

Anna klang ernst. Ich stellte mir vor, wie sie in ihrem

Zimmer auf und ab lief, während sie eine Strategie entwarf, wie Devin mich nicht für ein albernes kleines Mädchen halten würde. Ich musste meine Worte vorher üben. Spontan würde ich auf keinen Fall das Richtige sagen.

„Was sage ich ihm denn?“

„Hm, flirten und anerkennen, was er getan hat... lass mich nachdenken.“ Ihre Stimme verschwand im Badezimmer. Anna kümmerte sich nicht darum, was Menschen am anderen Ende der Leitung so zu hören kriegten.

„Vielleicht sollte ich mich einfach bedanken, dass er mich heile bis in mein Zimmer verfrachtet hat“, schlug ich vor.

„Nein! Auf gar keinen Fall. Das klingt langweilig.“

„Ich will jetzt joggen. Können wir das später noch besprechen?“

Ich zog mich um und trank den Saft. Meine Füße waren geschwollen und passten kaum in meine Laufschuhe. Anna dachte offenbar noch immer nach.

„Du musst wissen, was du ihm sagen willst, sobald ihr euch begegnet. Das ist wichtig“, tadelte sie mich. „Berühr ihn am Arm. Egal, was du sagst, sieh zu, dass du ihn am Arm berührst und ihm fest in die Augen schaust.“

„Okay.“

„Sag ihm, du hast von einem sexy Typen wie ihm geträumt, der dich ins Bett gebracht hat.“

„Oh Gott, das sage ich auf keinen Fall.“

„Lillian Baxter, du wirst eine solche Gelegenheit nicht ungenutzt lassen."

„Ich denke darüber nach, während ich laufe und schreibe dir später. Einverstanden?"

„Na gut. Aber wenn du nichts vorbereitet hast, dann lächle einfach nur und geh ihm aus dem Weg. Nicht reden. Erst wenn wir beschlossen haben, was du sagen wirst."

Ich rollte mit den Augen. Anna machte es so unglaublich kompliziert. Ich wollte doch nur einen Rat, wie ich mich verhalten sollte, wenn ich ihm das nächste Mal über den Weg lief. Ich war mir nicht sicher, ob ich nach dieser Peinlichkeit überhaupt ein Wort rausbringen würde. Wahrscheinlich würde ich einfach rot werden, wenn ich ihn sah und gar nichts sagen. Das wiederum würde ihm bestätigen, dass ich eine dumme Gans war und ganz bestimmt niemand, mit dem er je etwas haben wollen würde. "Okay, ich schreibe dir später. Ich muss erst mal laufen und den Alkohol verbrennen."

„Bis dann. Ich gehe wieder ins Bett."

Ich trank einen Liter Wasser, setzte meine Sonnenbrille auf, drehte die Musik auf und lief los. Das Gefühl der Straße unter meinen Füßen war genau das, was ich jetzt nach der durchzechten Nacht brauchte. Meine Muskeln entkrampften sich, als ich einen Hügel am Ende der Straße hinauflief, dann bog ich nach Süden ab.

Der Radweg hinter unserem Haus verlief über etwa 20 Meilen. Ich war noch nie weiter als fünf Meilen darauf gelaufen. Ich lief an einem Bach entlang und dann durch ein Waldstück.

Ich hatte manchmal ein ungutes Gefühl, alleine zu laufen und blieb meist auf dem Hauptweg.

Nach etwa einer halben Stunde drehte ich wieder um und lief nach Hause, allerdings in deutlich langsamerem Tempo. Zwischendurch ging ich auch und dehnte meine Muskeln, während ich durch unser Viertel kam.

Ich überquerte die Straße, als neben mir an einem Stoppschild ein schwarzes Auto hupte. Ich lächelte und ging weiter Richtung Zuhause. Die Sonne blendete mich, daher konnte ich nicht erkennen, wer in dem Auto saß. Wahrscheinlich jemand aus der Nachbarschaft.

Das Auto bog um die Kurve und fuhr langsam neben mir her. Mein Puls beschleunigte. Wohin sollte ich laufen, falls mich jemand angriff? Die Fensterscheibe fuhr herunter, jemand lehnte sich hinaus. Ich verlangsamte und schaute ins Auto, um zu erkennen, wer das war.

„Hi, Lilli, sieht aus, als ginge es dir heute wieder besser“, sagte Devin.

„Ja, das stimmt“, antwortete ich und mein Hirn schaltete sich ab. Was sollte ich ihm sagen?

„Soll ich dich mitnehmen? Du siehst müde aus.“

„Nein danke. Ich muss den Alkohol aus dem System kriegen. Aber danke, dass du mir gestern geholfen hast, ins Bett zu kommen.“

„Kein Problem, das Vergnügen war ganz meinerseits.“

Mein Herz schlug einen Purzelbaum.

Sein Vergnügen! Er sagte so etwas und mein Hirn setzte einfach aus. Ich wollte etwas Schlagfertiges erwidern, aber da kam nichts. Ich konnte nichts anderes tun, als ihn wortlos anzustarren.

„Ich muss weiter. Ich habe Hunger. Seit dem Frühstück gestern hatte ich nichts mehr“, sagte ich mit einem nervösen Lachen.

„Komm mit zu mir und iss ein Sandwich“, bot Devin an. „Ich war gerade einkaufen, ist also alles garantiert noch schimmelfrei.“ Er lachte und deutete auf die Tüten hinten auf der Rückbank.

„Okay. Ich komme rüber.“

„Großartig. Bis gleich. Ich lade erst einmal alles aus.“

Er fuhr wieder los und ich musste mich zusammenreißen, um nicht aufgeregt auf und ab zu hüpfen. Ich hatte gerade zugesagt, bei ihm zu Hause ein Sandwich zu essen. Ich war nicht einmal so nervös oder verlegen gewesen, wie ich befürchtet hatte.

Mit diesem neu gewonnenen Selbstbewusstsein eilte ich den Hügel hinauf, ab nach Hause. Ich machte unterwegs eine schnelle Geruchsprobe unter den Achseln. Ich stank nach Rauch und Alkohol von gestern Abend und nun auch noch nach Schweiß. Ich brauchte dringend eine Dusche.

Aber es gab kein Zurück mehr, ich hatte schon zugesagt und Devin stand vor der Tür und lud die Einkäufe aus.

„Ich kann nur ein paar Minuten bleiben“, sagte ich und nahm ihm eine Tüte ab.

„Macht nichts. Ich bereite sofort die Sandwiches zu. Setz dich, es wird nicht lange dauern."

Ich ging durch das spärlich möblierte Haus. Es sah irgendwie kaum bewohnt aus. Die Möbel wirkten unbenutzt. Alles wirkte so neu, ohne den geringsten Kratzer.

Devins Geschmack war sehr modern, das Design der Möbel war da eindeutig. Ich ließ mich auf die Couch sinken und schaute mich im Wohnzimmer um.

„Seit wann wohnst du hier?", fragte ich.

„Noch nicht lange. Aber lange genug, um zu wissen, dass du normalerweise nicht hier lebst", rief er aus der Küche.

„Ich komme rüber. Rufend kann man sich nicht unterhalten." Ich fand einen Hocker an der Arbeitsplatte und setzte mich drauf.

Sofort fiel mir wieder ein, wie Devin mich letzte Nacht auf der Motorhaube abgesetzt hatte. Meine Hände hatten ihn an mich gezogen und er war sehr hart gewesen. Ich betrachtete seine Erregung als Kompliment. Und selbst wenn ich betrunken war, der Gedanke, ihn so erregen zu können, gefiel mir.

„Fühl dich ganz wie zu Hause", sagte er lachend.

Er fuhr mit den Fingern durch sein Haar, sein Blick glitt über meine Beine und dann hinauf zu meinen Augen. Ich spürte die Hitze zwischen uns und den sexuellen Unterton hinter seinem Blick. Meine Brüste durchfuhr es wie ein Stromstoß, als er an mir vorbei griff und mich dabei streifte, um das Brot vom

Schrank zu nehmen .

„Kann ich was helfen?“

„Ein Sandwich kriege ich gerade noch hin. Wenn ich mal was kochen möchte, komme ich auf dein Angebot zurück.“

Okay, das war ein dezenter Hinweis, dass er mich mal zum Essen einladen würde, oder? Das klang gut, wirklich gut.

„Danke nochmals für letzte Nacht“, sagte ich mit meiner verführerischsten Stimme.

„Du erinnerst dich an letzte Nacht?“, fragte er und kam einen Schritt näher.

„Ja.“

„Erinnerst du dich an alles von letzter Nacht?“

Ich wurde rot, als er mir tief in die Augen blickte. Oh, ja, ich erinnerte mich an alles. Das würde ich allerdings ihm gegenüber nicht zugeben. Egal, was Anna sagte, ich konnte ihm im nüchternen Zustand nicht einfach in die Augen sehen und flirten. Ich konnte einfach nicht.

„Ich schätze, ich erinnere mich an genug, um zu wissen, dass es peinlich für mich war.“ Ich kicherte und schaute zur Seite.

Er nahm mein Kinn und hob es ein wenig, so dass unsere Augen ganz nah beieinander waren. Die Berührung seiner Finger schickte eine Hitzewelle durch meinen Körper. Ich konnte den Kopf nicht wegdrehen, weil er mein Kinn festhielt, aber ich konnte ihm auch nicht in die Augen sehen. Stattdessen blickte ich auf seine Lippen.

„Ich erinnere mich ebenfalls“, sagte er zuversichtlich.

Obwohl er nur wenige Zoll von mir entfernt war, berührte er mich nur am Kinn, sonst nicht. Er hätte seine Hände auf meine Beine legen können; er hätte überhaupt viel energischer in seiner Verführung sein können, aber er wahrte ein Stück Distanz.

„Oh Gott, ich werde sterben“, sagte ich leise, während er noch immer mein Kinn hielt. Unsere Blicke trafen sich endlich. „Bitte vergiss alles, was passiert ist. Das war nicht ich. Es war der Alkohol.“

„Ich fürchte, es ist mir unmöglich, das alles zu vergessen“, sagte er mit einem schiefen Grinsen. „Aber ich erinnere mich an die wilden Partyzeiten. Warum übertreibst du es so? Nur weil du dich von deinem Freund getrennt hast?“

Ich versuchte mich zu erinnern, ob ich ihm wirklich von meinem Freund erzählt hatte. Es fiel mir nicht ein, aber es musste wohl so gewesen sein.

„Ich bin keine Trinkerin. Ich arbeite und habe noch nie einen Tag gefehlt“, verteidigte ich mich.

„Ich sage ja gar nichts dagegen. Es gibt eine Zeit für Partys und wahrscheinlich befindest du dich an genau diesem Punkt deines Lebens.“

„Gehst du nicht gern mit deinen Kumpels einen trinken?“, fragte ich, als er einen Schritt zurück machte.

„Die meisten meiner Freunde sind inzwischen alt und verheiratet.“ Er lachte und befasste sich wieder mit den

Sandwiches. „Aber hin und wieder gehe ich mit meinen Kollegen aus."

Es war die perfekte Gelegenheit, um ihm ein paar Fragen zu stellen und mehr über ihn herauszufinden. Er war mir ein Rätsel und ich hatte so viele Ideen gedanklich durchgespielt, dass ich es nicht abwarten konnte zu hören, was er wirklich machte.

„Was arbeitest du denn?"

„Es ist ein langweiliger Job. Glaube mir, es würde dich nicht interessieren. Was ist mit dir? Ich habe dich in Arbeitstracht gesehen. Bist du eine Krankenschwester?"

„Nein, nur eine Pflegerin. Ich mache die doppelte Arbeit für das halbe Geld", sagte ich lachend.

„Macht es dir Spaß?"

„Nein."

„Warum tust du es dann?", fragte er, reichte mir das Sandwich und setzte sich neben mich.

„Ich bin erwachsen. Ich brauche einen Job. Mehr ist es nicht."

Devin aß sein Brot, aber es schien mir einige Male, als wollte er dazu etwas sagen, während das Schweigen immer unangenehmer wurde. Auch wenn ich ziemlich nervös war, so wich die Röte doch endlich aus meinem Gesicht und ich konnte mir vorstellen, mich normal mit ihm zu unterhalten. Eine merkwürdige, entspannte Ruhe kehrte zwischen uns ein, mit der ich so nicht gerechnet hatte.

„Du klingst wie eine verantwortungsvolle junge Frau“, sagte Devin schließlich.

„Das bin ich.“

Sein Handy klingelte. Ich war erleichtert, dass seine Aufmerksamkeit für einen Moment von mir abgelenkt wurde. Er stand auf und holte das Handy aus der Tasche. Sein Gesicht verzog sich, als sei er nicht glücklich über den Anrufer. Aber er nahm das Gespräch an.

Ich hörte das Geschrei einer Frau am anderen Ende der Leitung, konnte aber kein Wort verstehen. Devin blieb ruhig und lächelte, während er ein paar Schritte von mir weg machte, wahrscheinlich in der Hoffnung, dass ich nicht mitbekam, was sie sagte. Aber das laute Schreien war nicht zu überhören.

„Ashley, wenn du so schreist, verstehe ich kein Wort“, sagte er ruhig.

Die Leidenschaft der anderen Frau brachte mich zum Lächeln. Die beiden waren bestimmt mal ein Paar gewesen; keine Frau geriet so in Rage, wenn sie nicht dereinst mal verliebt gewesen war. Devin blieb weiterhin ruhig und ließ sie einfach eine Weile schreien, bevor er wieder das Wort ergriff.

„Ich habe gerade Besuch, Ashley, kann ich dich gleich zurückrufen? Kann ich deine Eltern anrufen, um sicherzustellen, dass du heil nach Hause kommst?“

Wieder schrie die Frau herum. Devin legte die Hand über das Gerät und formte tonlos die Worte „Tut mir leid, nur einen kleinen Moment“, während er versuchte, ein Wort dazwischen zu kriegen.

„Ashley, wir haben uns vor sieben Jahren getrennt. Ich glaube nicht, dass du mir vorschreiben darfst, wer sich in meinem Haus aufhält. Ich rufe jetzt deine Eltern an und hoffe, dass du dich bald besser fühlst."

Er beendete den Anruf und kam zu mir zurück. Er sah erschöpft aus und mir kam der Gedanke, dass er sich mitten in einem großen Drama befinden könnte. Es war wie ein Fenster in seine wahre Persönlichkeit und ich wusste, dass nicht viele Frauen diesen Einblick gewährt bekamen.

„Ist schon in Ordnung, kümmere dich ruhig darum. Ich sollte jetzt gehen."

„Nein, bitte bleib", sagte er und nahm meine Hand. Mein Herz blieb fast stehen. „Ich muss nur noch einmal schnell telefonieren. Bitte, iss doch dein Sandwich, ich bin gleich wieder da."

Ich war wie angefroren und würde mit Sicherheit nirgendwohin gehen, während er im Nebenzimmer telefonierte. Mein Atem stockte und ich starrte auf die Stelle, die er berührt hatte. Ich konnte noch immer seine Wärme spüren. Ich freute mich, dass ich noch bleiben sollte, damit wir reden konnten.

„Mrs. Edwards, Devin hier. Ich hatte einen weiteren Anruf von Ashley und ich konnte sie kaum verstehen. Wenn Sie nach ihr schauen könnten und mir dann Bescheid sagen, wüsste ich das sehr zu schätzen. Wenn ich mit irgendetwas helfen kann, sagen Sie es mir bitte."

Devin steckte das Handy wieder in die Tasche und kam zu mir. Dieses Mal legte er seine Hand auf meinen Oberschenkel, während er neben mir stand. Ich konnte ihm kaum zuhören und vernünftige Antworten geben.

„Tut mir leid. Die Mutter meiner Tochter macht eine schwierige Phase durch. Ich habe keine Ahnung, wo das Problem liegt. Sie schließen mich aus."

„Du bist Vater?", fragte ich.

Das überraschte mich, denn ich hatte seine Tochter nie kommen oder gehen sehen. Allerdings beschattete ich das Haus auch nicht rund um die Uhr. Devin war auch nicht der väterliche Typ. Er war viel zu heiß und so gar nicht wie ein Vater. Außer vielleicht der Typ, auf den Anna so scharf war.

„Ich bin kein guter Vater, aber ein Vater."

„Ich finde es ziemlich gut, dass du das Schreien zehn Minuten lang ertragen hast."

„Sorry. Ashley ist ziemlich wild. Aber das war ich auch mal." Er rümpfte die Nase und drückte meinen Schenkel ein wenig. „Wahrscheinlich wilder als du letzte Nacht." Er zwinkerte und nahm sein Sandwich.

Ich konnte nicht anders, ich musste über die absurde Situation von vergangener Nacht lachen. Ich hatte diesen Mann in mein Bett eingeladen, bevor ich das Geringste über ihn wusste. Und ich würde es wieder tun, falls sich die Gelegenheit ergab. Aber ich konnte ihm das nicht sagen, solange ich nüchtern war.

„Ist doch nett, dass du deiner Ex helfen willst. Wie heißt deine Tochter?"

„Izzy. Sie ist zehn Jahre alt."

„Hast du ein Bild von ihr?"

Sein Gesicht wandelte sich von glücklich zu traurig binnen weniger Sekunden. Da hatte ich offenbar einen wunden Punkt erwischt. Devin schwieg eine Weile, als müsse er länger darüber nachdenken, ob er wohl ein Bild seiner Tochter besaß.

„Ehrlich gesagt habe ich nur dieses hier", sagte er und holte sein Telefon heraus. Er scrollte durch die Fotos und hielt es mir hin. „Das war ihr siebter Geburtstag, aber andere Bilder habe ich nicht gemacht."

„Wo lebt sie?"

„In Florida. Ihre Mutter und ihre Großeltern wohnen da. Ich glaube, wir sollten das Thema wechseln. Das ist alles etwas viel gerade."

„Natürlich, klar", sagte ich, erleichtert, dass ich das Thema nicht selber wechseln musste.

Aber jetzt wusste ich nicht, was ich hätte sagen sollen, während wir unsere Sandwiches aufaßen. Es war ein guter Zeitpunkt, um den Abgang zu machen. Mir fielen Annas Ratschläge wieder ein, gar nichts zu sagen, so ganz ohne Plan.

„Ich glaube, ich gehe dann mal. Ich muss noch duschen und dann zur Arbeit."

„Okay. War nett, mit dir zu plaudern."

„Fand ich auch. Ich hoffe, es geht gut aus mit deiner Ex. Hörte sich aber so an, als kämst du klar." Ich lachte und ging Richtung Tür. „Ich meine, du bist cool geblieben, während sie rumgekeift hat. Also, ich meine, du weißt schon. Du bist cool. Mist, okay, ich bin dann mal weg“, murmelte ich und eilte zur Haustür.

Sie war unverschlossen. Aber als ich sie öffnen wollte, ging das nicht.

„Schwierige Tür“, sagte Devin hinter mir, griff an mir vorbei, entriegelte die Tür und öffnete sie.

Sein Atem strich mir über den Nacken, die Knie gaben nach beim Klang seiner Stimme. Ich hielt mich an der Tür fest, als er sie weiter aufmachte und wäre ihm fast in die Arme gefallen, ich Tollpatsch.

„Okay, tja dann, ich gehe mal besser, bevor ich dich noch umlaufe“, sagte ich lachend.

„Ich wünsche dir einen schönen Tag, Lilli“, antwortete Devin und blieb in der Tür stehen.

„Ich dir auch“, sagte ich, ohne mich umzudrehen.

Bis auf die letzten Minuten war es eigentlich gut gelaufen. Ich war cool und hatte alles unter Kontrolle. Trotz meiner Verlegenheit, konnte ich stolz auf mich sein. Ich hatte ein halbwegs vernünftiges Gespräch zustande gebracht und mehr über ihn erfahren. Devin schien ein anständiger Kerl zu sein, viel netter als ich es erwartet hatte.

Kapitel 6

Devin

„Mrs. Edwards, ich rufe noch mal an, um mich nach Ashley zu erkundigen. Sie hat seit gestern keinen meiner Anrufe beantwortet und ich habe keine Ahnung, was los ist. Könnten Sie mich bitte zurückrufen?“, sagte ich. Eine weitere Nachricht, die ich Ashleys Mutter auf den Anrufbeantworter sprach.

Seit Ashleys merkwürdigem Anruf war ein ganzer Tag vergangen und ich machte mir inzwischen wirklich Sorgen. Sie ging nicht ans Telefon, das offenbar ausgeschaltet war, denn alle Anrufe gingen direkt auf den Anrufbeantworter. Ashleys Eltern beantworteten meine Anrufe auch nicht und ich war mehr als alarmiert.

Anstatt noch länger abzuwarten, rief ich einen befreundeten Privatdetektiv an, um der Sache auf den Grund zu gehen. Ashley klang ziemlich daneben, aber ihre Familie schien zu wissen, was los war und wollte es vor mir verheimlichen. Das war nicht akzeptabel, da es schließlich auch um das Wohl meiner Tochter ging.

„Ronald, wie geht es dir?“, fragte ich, sobald er den Anruf angenommen hatte.

„Gut. Was ist los, Devin? Soll ich mal wieder für dich einen Firmenboss überprüfen?“

„Nein, dies ist eine persönliche Angelegenheit. Hättest du Zeit?“

„Für dich habe ich immer Zeit.“

Ronald Standard war ein prominenter Ermittler mit überteuerten Rechnungen, aber da er stets die benötigten Informationen lieferte, waren viele bereit, diese horrenden Preise zu zahlen. Bei seinen Ermittlungen über Firmen oder ihre Führungsriege ging es oft darum, ob es ein Milliardendeal wurde oder nur ein Millionendeal. Daher war es eine lohnende Investition, Ronald anzuheuern.

„Meine Tochter lebt mit ihrer Mutter in Florida. Ich habe von Ashley, das ist ihre Mutter, merkwürdige Anrufe erhalten. Irgendetwas ist da im Busch. Niemand erwidert meine Anrufe und möchte endlich wissen, was da los ist.“

„Geht es um das Sorgerecht?“

„Nein. Das heißt, ich bin mir nicht sicher. Ich dachte bisher immer, Ashley sei eine gute Mutter. Aber wenn sie sich nicht richtig um unsere Tochter kümmert, würde ich auch vor Gericht gehen. Kannst du einfach so viel wie möglich in Erfahrung bringen?“

„Klar. Schick mir, was du zu seiner Ex an Infos hast. Idealerweise bräuchte ich ein Geburtsdatum und ihre Sozialversicherungsnummer. Adresse, Telefonnummer und was du sonst noch so hast.“

„Das kannst du alles haben, ich schicke es dir umgehend.“

„Soll ich sie anzapfen? Möchtest du eine vollständige Liste, mit wem sie spricht?“

Für einen Moment hatte ich vergessen, wie detailliert Ronalds Ermittlungen sein konnten. Er konnte jeden einzelnen Aspekt eines Lebens aufspüren, mit allen schmutzigen Einzelheiten, wenn man ihm nur genug zahlte.

„Das brauche ich alles nicht. Nur das, was mit der Sicherheit meiner Tochter zu tun hat. Danke dir.“

„Klingt gut. Schick mir ihre Informationen und ich bringe dich bis zum Ende der Woche auf den neuesten Stand.“

„Danke, Ronald.“

„Für dich doch immer, Devin. Wir hören voneinander. Pass auch dich auf.“

Ich stellte schnell die Infos für Ronald zusammen und schickte ihm alles über ein verschlüsseltes E-Mail-System, das er für frühere Fälle eingerichtet hatte. Ich war sehr erleichtert, dass Ronald sich der Sache angenommen hatte, aber das unangenehme Gefühl im Bezug auf Ashley konnte ich dennoch nicht abschütteln. Irgendetwas stimmte nicht.

Ich hatte mich auch ablenken lassen von dem, was da zwischen Lilli und mir lief. Ich hatte eigentlich nicht erwartet, dass wir miteinander klarkommen, aber wir haben uns erstaunlich nett unterhalten. Als sie ging, war sie etwas tollpatschig und sehr niedlich, was mir verdeutlichte, wie attraktiv ich sie fand.

Lilli war nicht nur ein Partygirl, das ihren Eltern auf der Tasche lag. Das beeindruckte mich. Selbst mit meinem kleinen

Familiendrama konnte ich doch nicht aufhören, an sie zu denken und an die Tatsache, dass ich ihr eindeutiges Angebot für eine unterhaltsame Nacht abgelehnt hatte. War das ein Fehler gewesen?

Nein, es war das Richtige und das wusste ich auch. Auch wenn mein Körper sich nach ihr sehnte und ich liebend gern mit meinen Lippen jeden Zoll ihrer zarten Haut geküsst hätte. Das Verlangen und die Sehnsucht waren neu für mich. Ehrlich gesagt hat es nie länger als einen Tag gedauert, bis ich die Frau hatte, die ich wollte. Dieser kleine Tanz zwischen Lilli und mir war dagegen sehr unterhaltsam; quälend, aber unterhaltsam.

Ich hatte mit einem kleinen Flirt gerechnet oder wenigstens einem kurzen Blick auf ihren heißen Hintern, nachdem sie heimgegangen war, vor allem, da sie erwähnt hatte, duschen zu müssen. Aber sie ließ die verdammten blauen Vorhänge zugezogen und seither habe ich nicht das Geringste von ihr zu sehen bekommen.

Das Auto in der Einfahrt war verschwunden, also nahm ich an, dass sie zur Arbeit war oder sonst etwas zu erledigen hatte. Das sollte ich selbst auch tun. Mich beschäftigen. Ich entschied mich dagegen zu joggen, sondern kümmerte mich um Haus und Hof. Vor allem der Rasen musste gemäht werden.

Hätte mir vor ein paar Jahren jemand gesagt, ich würde einmal Spaß daran haben, meinen eigenen Rasen zu mähen, hätte ich ihn ausgelacht. Doch es war genau das, was ich in dieser Phase meines Lebens brauchte. Meine wilde Partyzeit war längst vorbei und ich konnte nicht einmal den Zeitpunkt genau benennen, wann es aufgehört hatte, Spaß zu machen.

Selbst als ich dieses Haus vor einem Jahr gekauft habe, hatte ich nicht erwartet, dass ich mich auch gern darin aufhalten würde. Ich hatte eigentlich eher gedacht, es wäre ein Rückzugsort, wo ich meinen Krempel lagern konnte, während ich weiterhin auf Reisen ging, zu exotischen Orten und ebensolchen Frauen.

Aber das Leben schiebt dich dann doch dahin, wo du am richtigen Platz bist. Ich mochte dieses häusliche Dasein. Ich kaufte gern ein und kochte, allerdings machte das mehr Spaß, wenn jemand da war, für den man kochen konnte. Ich mochte die Schlichtheit der Hausarbeiten, wie das Rasenmähen. Das alles gab meinem Leben Stabilität.

Ich steckte mir Kopfhörerstöpsel in die Ohren, drehte die Musik auf und mähte den Rasen vor dem Haus. Eine halbe Stunde später war ich damit fertig und wollte hinter dem Haus weitermachen, als mein Telefon klingelte. Der Name von Ashleys Mutter stand im Display.

Ich stellte den Rasenmäher aus und nahm das Gespräch mitten auf der Wiese an.

„Hallo, Mrs. Edwards“, sagte ich ruhig. „Wie geht es so?“

„Ich weiß, dass du dir Sorgen um Ashley gemacht hast und ich wollte dir nur sagen, dass alles in Ordnung ist. Sie hat sich entschlossen, einen Entzug zu machen und Izzy wird eine Weile bei uns wohnen.“

Mir sank das Herz in die Hose bei ihren Worten. Einen Entzug zu machen war keine kleine Sache, das war schon ein ziemlicher Brocken. Ashley hätte Izzy nicht einfach so bei ihren Eltern abgeladen, wenn sie die Lage noch ansatzweise unter

Kontrolle gehabt hätte. Als sie damals schwanger wurde, hatte sie es geschafft, von heute auf morgen komplett mit dem Trinken aufzuhören.

„Ich könnte Izzy abholen und sie könnte bei mir wohnen, solange Ashley in Behandlung ist.“

„Auf keinen Fall. Izzy geht hier zur Schule. Das für ein paar Wochen zu unterbrechen, wäre nicht gut. Ashley wird schnell wieder auf der Höhe sein. Außerdem bin ich sicher, dass Izzy ihre Mutter an den Wochenenden besuchen möchte.“

„Mrs. Edwards, nichts gegen Ihre Fähigkeiten, aber ich bin ihr Vater und sollte mich um sie kümmern, wenn Ashley dazu nicht in der Lage ist.“

Es entstand eine kleine Pause und für einen Moment dachte ich, dass Mrs. Edwards mir vielleicht zustimmen würde. Aber das wäre natürlich viel zu einfach gewesen. Mrs. Edwards war nicht gewillt, darüber hinwegzusehen, wer ich einmal gewesen war.

„Devin, du bist genauso verantwortungslos wie Ashley und ich werde dir Izzy nicht überlassen. Sie braucht Stabilität und keiner von euch beiden führt ein beständiges Dasein. Deine Partys und die vielen Reisen, das ist nichts für ein kleines Mädchen.“

„Mrs. Edwards, das ist nicht mehr mein Leben. Ich habe ein Heim und ein normales Leben hier in Chicago.“

„Ich glaube, unser beider Vorstellungen von Normalität weichen erheblich voneinander ab. Ashley hat mir vorübergehend das Sorgerecht überlassen und natürlich hast du nach wie vor die gemeinsame gesetzliche Vormundschaft mit ihr. Aber ich halte es in Izzys Interesse für falsch, wenn wir jetzt darüber in Streit geraten. Oder möchtest du das?“

Sie hatte wohl Recht in diesem Punkt. Mich mit Ashleys Familie zu streiten, war unnötig. Sie waren immerhin auch Izzys Familie und ich wollte nicht, dass ihre einzige Erinnerung an mich ein Streit mit der Familie war.

„Ich bin nicht mehr derselbe Mann, der ich damals mit Ashley war. Ich würde mir wünschen, dass ich das Izzy gegenüber auch beweisen und für sie da sein kann, solange es Ashley nicht gut geht.“

„Ich halte das für keine gute Idee“, sagte Mrs. Edwards und legte auf.

Ich war wütend. So sehr, dass ich völlig irritiert auf meinem Rasen stand und nicht wusste, was ich als Nächstes tun sollte. Ich brauchte mehr Informationen, aber es würde ein paar Tage dauern, bis Ronald sich meldete. Das würde eine sehr lange Woche werden.

*

Ich vermied es für den Rest der Woche, Ashleys Familie anzurufen, denn ich wollte vor dem nächsten Gespräch erst wissen, was Ronald herausgefunden hatte. Als ich endlich seinen Namen in meinem Display aufleuchten sah, konnte ich kaum noch erwarten, was er mir zu sagen hatte.

„Sag mir, was da vorgeht“, verlangte ich, sobald ich abgehoben hatte.

„Es ist arg, Devin, ziemlich arg.“

„Ich hörte, dass sie einen Entzug macht, aber es klang, als sei das nur eine Sache weniger Wochen.“

„Ashley ist vor einem Jahr angehalten worden, wegen Trunkenheit am Steuer. Vor sechs Monaten dann ein zweites Mal und vor zwei Wochen ein drittes Mal. Floridas Gesetzgebung ist in diesem Punkt eindeutig. Es könnte sein, dass sie zehn bis zwanzig Jahre ins Gefängnis muss.“

„Was zur Hölle! Für betrunkenes Autofahren?“

„So will es das Gesetz. Und drei Vergehen innerhalb so kurzer Zeit sind nicht gerade hilfreich für ihre Verteidigung. Außerdem wurde sie wegen Drogenbesitzes angeklagt.“

„Drogen?“

Mein Kopf drehte sich. Damit hatte ich nicht gerechnet. Ich hatte mich von Ashley und Izzy ferngehalten, weil ich dachte, sie sei eine gute Mutter und hätte sich sehr gut um meine Tochter gekümmert.

„Sie hatte verschreibungspflichtige Medikamente bei sich, die ihr aber gar nicht verschrieben worden waren. Ihr Verteidiger hat es geschafft, sie im Entzug unterzubringen, während sie auf ihre Verhandlung wartet. Aber sie kommt nicht unbeschadet aus der Nummer raus. Fünf Jahre kriegt sie mindestens, aber nur, wenn ihr Anwalt wirklich gut ist.“

„Davon hat mir ihre Mutter nichts erzählt.“ Ich war so wütend und machte mir schnell Notizen von dem, was Ronald berichtete.

„Sie haben vielleicht keine Ahnung, was noch alles auf sie zukommt. Wahrscheinlich hoffen sie, dass der freiwillige Entzug sich positiv auf das Urteil auswirkt. Das wird es wohl auch, wenn sie ihn bis zum Ende durchzieht. Aber ohne Gefängnis wird das nicht ausgehen. Nicht mit diesen neuen Gesetzen."

„Das ist alles großer Mist."

„Du würdest also ziemlich leicht das Sorgerecht bekommen können, wenn du bis nach der Verurteilung wartest."

Ronald wusste allerdings nichts von meiner langen Liste von Vorstrafen aus früheren Jahren. Ich war mir nicht so sicher, dass ein Richter mir das Sorgerecht anstatt Ashleys Eltern übertragen würde.

„Ich werde mir einen Anwalt nehmen. Danke für deine Hilfe und schick mir bitte alles, was du herausgefunden hast."

„Habe ich längst gemacht. Sag Bescheid, wenn du noch was brauchst."

Mit zitternden Händen öffnete ich kurz darauf meinen Laptop, um Ronalds E-Mail zu lesen. Ashley hatte offenbar ein langes Register von Trunkenheit und Drogenmissbrauch. Mit Hilfe ihrer Familie war sie offenbar klargekommen, aber nicht alleine, wie ich bisher gedacht hatte. Es waren ihre Eltern, die Izzy zu Sportveranstaltungen fuhren. In Izzys Schule waren sie hinterlegt als diejenigen, die im Notfall anzurufen waren, nicht Ashley.

Ich schüttelte den Kopf. All die Jahre hatten sie mir etwas vorgemacht. Es ging immerhin um meine Tochter. Ich hätte mich mehr kümmern müssen. Ich hätte mehr Zeit mit Izzy verbringen müssen, ihr zeigen müssen, dass ich mich geändert hatte und sie sich auf mich verlassen konnte.

So wütend ich auch auf Ashley und ihre Eltern war, ebenso zornig war ich auch über mich selbst. Ich hatte ihnen geglaubt, nie infrage gestellt, was sie mir erzählten. Es war ebenso mein Fehler. Ich hätte das nicht einfach hinnehmen dürfen, mich nicht einfach wegdrängen lassen dürfen. Ich hätte darauf bestehen müssen, für meine Tochter da zu sein. Aber das würde sich jetzt alles ändern. Ich rief Ashleys Eltern an.

„Hallo Devin, Izzy ist gerade nicht da. Sie ist in der Schule“, sagte Mrs. Edwards.

„Ich werde euch am Wochenende besuchen kommen. Ich wollte nur vorher Bescheid sagen.“

„Nein, nein, nein, wir sind sehr beschäftigt …“

„Kein Problem, ich bin sicher, wir können das irgendwie hinkriegen, uns zu sehen“, unterbrach ich sie.

„Nein, du kannst nicht kommen. Das Thema hatten wir doch schon oft genug. Du bist verantwortungslos und ein schlechter Einfluss. Du bist unbeständig und das kann Izzy derzeit gar nicht gebrauchen.“

Ich wollte laut werden, sie anschreien, dass sie eine solche Entscheidung nicht treffen konnte, aber ich wusste, dass ich die Ruhe bewahren musste. Ashley und ich hatten beide eine wilde Vergangenheit. Aber Mrs. Edwards wusste ja nicht, dass ich mich inzwischen geändert hatte.

„Ich führe jetzt ein sehr beständiges Leben, Mrs. Edwards. Ich weiß nicht, was Ashley Ihnen erzählt hat, aber ich habe ein Heim und eine Ehefrau und führe ein sehr ruhiges, normales Leben."

Keine Ahnung, warum ich behauptete, eine Frau zu haben. Vielleicht wollte ich einfach noch verantwortungsvoller klingen. Vielleicht aber auch, weil ich wusste, wie sehr Mrs. Edwards es damals gehasst hatte, dass Ashley und ich nie geheiratet hatten. Aus welchem Grund auch immer, ich hatte es gesagt. Und nun konnte ich sie nicht mehr zurücknehmen.

„Du bist verheiratet?", fragte sie, hörbar überrascht.

„Ja, hat Ashley Ihnen das nicht erzählt?" Nun musste ich weiter lügen. „Ganz frisch. Sie ist ganz wunderbar. Ich fände es schön, wenn Izzy sie kennenlernen könnte. In Anbetracht der Dinge, die Ashley gerade am Hals hat, würde ich meinen Besuch sehr kurz halten, aber ich möchte Izzy sehen und in den Arm nehmen."

Es entstand eine lange Pause. Offenbar hatte ich Mrs. Edwards doch genug überzeugt, dass sie einem Besuch zustimmte. Eigentlich brauchte ich ihre Zustimmung ja nicht. Mit Anwälten und viel Tamtam wäre das auch gegangen, aber das wollte ich nicht. Ich wollte einfach nur mein Mädchen sehen und ihr versichern, dass ich für sie da war.

„Du und deine Frau könnt am Wochenende kommen. Allerdings werde ich Izzy nichts davon sagen, falls ihr beide dann doch nicht auftaucht."

Mir wurde übel. Ich sollte meine Frau mitbringen? Wo hatte

ich mich da nur rein manövriert?

„Ich glaube nicht, dass meine Frau Zeit hat. Aber ich werde auf jeden Fall kommen."

„Wenn du kommst, dann mit Frau. Ich glaube nicht, dass es gut für Izzy wäre, von ihr zu hören und sie nicht auch kennenzulernen."

„Äh … aber … sie arbeitet. Sie …", stammelte ich, auf der Suche nach einer Ausrede. „Aber ich bin sicher, da lässt sich etwas machen. Wir sehen uns dann Samstagmorgen. Vielen Dank, Mrs. Edwards."

„Ich freue mich darauf, die Frau kennenzulernen, die dich am Ende gezähmt hat", sagte sie und legte auf.

Mist. Mist. Mist.

Ich hatte keine Frau. Ich traf mich derzeit nicht mal mit einer. Meine letzte halbwegs ernsthafte Beziehung war vor einem Jahr zu Ende gegangen. Und die Frauen, die ich auf meinen Reisen mitgenommen hatte, waren keine, dich ich mit zu meiner Tochter genommen hätte. Ich rief Jacob an, um mir Rat zu holen, was ich machen sollte.

„Okay, kennst du nett aussehende Frauen, die man auch heiraten würde?"

Jacob brach in schallendes Gelächter aus und brauchte eine geschlagene Minute, bis er sich wieder beruhigt hatte.

„Nein, solche Frauen kenne ich nicht. Wieso?"

„Ich brauche für das Wochenende eine Ehefrau. Lange Geschichte. Einfach eine, die so tut als ob, und der man das auch abkauft."

„Alter, was geht bei dir denn ab?"

„Die Sache mit Ashley ist viel schlimmer als erwartet und ich habe ihren Eltern gegenüber behauptet, verheiratet zu sein, als Beweis dafür, dass ich ein normales Leben führe."

„Lass mich das zusammenfassen: Um zu beweisen, dass du ein anständiger, gesetzestreuer, verantwortungsvoller Erwachsener bist, hast du sie angelogen und eine Ehefrau erfunden?"

„Mist, es klingt fies, wenn du es so sagst." Ich musste lachen und ließ mich auf die Couch sinken. Es musste einen Weg aus dieser misslichen Lage geben. „Ehrlich, ich brauche ein Mädchen, das sich für ein Wochenende als meine Frau ausgibt. Sobald sie sehen, dass ich ein normales, beständiges Leben führe, kriege ich den Rest auch alleine hin."

„Du willst also eine Frau für das Wochenende anheuern." Jacob lachte. „Es gibt einen Service dafür."

„Nein, nicht so etwas! Ich brauche eine nette Frau. Solide, verlässlich, verstehst du?"

„Also jemanden, mit dem wir beide nie ausgehen würden." Jacob lachte immer noch. „Frag doch Cindy, die würde das vielleicht machen."

„Das ist perfekt!", rief ich und sprang auf. „Sie ist klug, verlässlich und besonnen. Zugegeben, sie sieht nicht so toll aus, aber das wäre nicht so schlimm."

„Das solltest du vielleicht nicht gleich erwähnen. Bedenke,

wie du es verpackst. Sie ist durchaus attraktiv, nur eben auf eine sehr spezielle Art.“

„Ja, genau. Sie ist attraktiv. Alles klar, ich rufe sie an.“

„Viel Glück!“

Kapitel 7

Lilli

„Du warst also in seinem Haus? Wie war es?", fragte Anna, als wir im Tattoostudio in der Warteschlange saßen.

„Ich war erstaunlich ruhig. Er ist ein ziemlich netter Typ."

„Ja, das dachte ich mir schon, da er nicht sofort mit dir in die Kiste springen wollte. Er muss wohl ein anständiger Kerl sein, wenn er es geschafft hat, nein zu sagen."

„Ich weiß. Also, was für ein Tattoo lässt du dir machen?", fragte ich und blätterte durch den Katalog.

„Ich weiß noch nicht. Ich entscheide das spontan. Was ist mit dir?"

„Ich möchte eine Rose mit Sternen drum herum."

„Wieso?"

„Weil es hübsch aussieht", witzelte ich. „Nein, im Ernst, es hat eine sentimentale Bedeutung für mich."

„Ah, das ist eine gute Idee. Du möchtest kein Tattoo für den Rest deines Lebens, das eigentlich nichts bedeutet. So wie ich", sagte Anna mit gespieltem Lachen. „Ich will einfach einen Stern oder so was."

„Wie dem auch sei, ich konnte nicht richtig herausfinden, was da mit seiner Ex los war. Die schien mir ziemlich verrückt, aber er blieb die Ruhe selbst. Da wüsste ich gern mehr drüber."

„Ich kann nicht glauben, dass er eine Tochter hat. Das ist ziemlich schräg. Ich muss ihn mir doch mal genauer angucken. Ich habe ihn ja nur hinter seinem Schlafzimmerfenster gesehen, wenn er uns beobachtet hat, wenn wir von einer Party kamen."

Ich hatte nicht die Absicht, Devin und Anna in nächster Zeit miteinander bekannt zu machen. Sie war ziemlich wild und ein schlechter Einfluss für mich. Ich konnte es sicher nicht gebrauchen, dass sie um ihn herumscharwenzelte, während ich noch versuchte, herauszufinden, ob da was zwischen uns lief.

„Ms. Cook, Sie sind dran", sagte der Tätowierer und blickte über den Tresen zu uns hinüber.

Er trug ein schwarzes T-Shirt und hatte Tattoos auf den Armen. Sein Haar war ordentlich geschnitten, aber er trug auch große Ohrringe. Der Künstler war eine einzigartige Mischung aus ordentlich und verwegen.

„Äh, ja, das wird spaßig", sagte Anna und legte in einer verführerischen Geste den Finger an die Lippen.

„Weißt du, was du möchtest?", fragte er.

„Dich", neckte sie.

Es war erstaunlich, wie sehr sie die Männer neckte und quälte und trotzdem noch Jungfrau war. Ich vermutete, dass sie einfach alles in ihrem Leben sexualisierte, weil sich über die Jahre so viel angestaut hatte und sie ein Ventil brauchte.

„Du kannst mich haben, aber nur für das Tattoo", antwortete er ohne zu zögern.

„Ich dachte an einen Teddybär“, sagte sie aus dem Nichts heraus.

„Was ist aus dem Stern geworden?“, fragte ich.

„Ich habe meine Meinung geändert“, antwortete Anna und flirtete weiter mit dem Tätowierer.

Ich folgte den beiden in das Nachbarzimmer, wo wir unser Gespräch fortsetzten, während er einen Entwurf malte, bevor er anfing. Das ging alles ziemlich flott und innerhalb einer Viertelstunde hatte Anna seinem Entwurf zugestimmt, ihr Shirt oben und präsentierte ihm ihre Hüfte.

„Ich glaube, ich gehe dieses Wochenende nicht aus. Das letzte Mal war ein bisschen zu viel für mich.“

„Verstehe ich. Wirst du daheim bleiben?“

„Keine Ahnung. Aber ich will nicht nur als das wilde Partygirl betrachtet werden. Das bin ich nicht. Ich meine, das bin ich schon, seit ich wieder bei meinen Eltern wohne. Aber es ist auf Dauer etwas ermüdend.“

„Dann mach etwas anderes“, schlug Anna schlicht vor. „Du kannst doch sein, was immer du willst. Sei wild. Sei zahm. Sei ein Nerd, es ist egal. Hauptsache, du bist glücklich.“

Dafür, dass Anna selber so wild und verrückt war, hatte sie damit den Nagel auf den Kopf getroffen. Ich wollte einfach nur glücklich sein. Und auf Partys zu gehen machte mich nicht länger glücklich. Ich hatte zwar noch immer keine klare Vorstellung, was ich mit meinem Leben eigentlich anfangen wollte, aber nächtelang aufbleiben und einen Kater kriegen war auf keinen Fall mehr das Richtige.

„Weißt du, was für ein Tattoo du möchtest?“, fragte der Künstler, während er weiter an Anna arbeitete.

„Ja, ich möchte eine rote Rose mit ein paar kleinen Sternen drum herum. So wie das hier.“ Ich zeigte ihm ein Bild.

„Du bist vorbereitet. Sehr gut.“

„Kannst du das machen?“

„Schätzchen, das kriege ich selbst mit geschlossenen Augen hin. Wohin willst du es haben? Auf die Brust? Auf den Steiß? Innenseite des Oberschenkels?“, fragte er in einem unangenehmen Tonfall, während sein Blick zu meinen Schenkeln glitt.

„Äh, nein, ich dachte eher an mein Fußgelenk.“

„Da tut es ziemlich weh. Für einen Neuling keine gute Stelle.“

„Was ist mit deinem Arm?“, schlug Anna vor.

„Ich weiß nicht. Ich hatte mich eigentlich auf das Fußgelenk versteift.“

Seit Jahren schon wollte ich mir ein Tattoo machen lassen, aber bisher hatte ich mich nie dazu durchgerungen. Als Anna dann vorschlug, in ein Studio zu gehen, war das eine Fügung des Schicksals. Ich hatte es satt, mir Sachen auszumalen und dann nie zu tun.

„Wenn du mit dem Schmerz klarkommst, dann mache ich das selbstverständlich“, sagte der Tätowierer.

„Das kriege ich hin“, behauptete ich, obwohl ich mir absolut nicht sicher war, ob ich mit dem Schmerz würde umgehen können.

Ich kam mit Muskelzerrungen zurecht und anderen Schmerzen vom Sport, aber ich konnte mich nicht erinnern, jemals wirklich schlimme Schmerzen gehabt zu haben. Ich hatte mir nie etwas gebrochen, es war also eine neue und interessante Erfahrung für mich.

Als ich schließlich an der Reihe war, schwitzten meine Hände, während ich auf den Ledersitz kletterte. Anna hielt meine Hand fest, während der Künstler alles vorbereitete und mir einen Entwurf für das Tattoo zeigte. Auch wenn ich ihn unsympathisch fand, vor allem nach seinen gierigen Blicken vorher, so verstand er doch sein Handwerk. Das beruhigte mich und ich lehnte mich zurück. Ich schloss die Augen und wappnete mich gegen den Schmerz.

Die erste Berührung der Nadel war nicht so schlimm, wie ich befürchtet hatte. Erst etwa eine Minute später schien mein Gehirn verarbeitet zu haben, was für Schmerzen das waren. Ich quetschte Annas Hand und die Tränen rannen mir über das Gesicht.

„Was ist die Bedeutung deines Tattoos?“

„Es ist meine Lieblingsblume”, schluchzte ich. „Und mein Vater hat mir mal eine Geschichte darüber erzählt, die hängen geblieben ist.“

„Alles in Ordnung?“, fragte Anna ganz nah bei mir.

„Jap“, behauptete ich.

Der Schmerz strahlte bis ins Bein, ich hätte schwören können, dass ich ihn bis unter die Kniescheibe spüren konnte. Es kostete mich meine gesamte Willenskraft, mein Bein nicht zu bewegen, solange er daran arbeitete. Das würde es nur noch schlimmer machen und das Ergebnis ruinieren.

Eine ganze Stunde klammerte ich mich an Anna und bemühte mich, vor Schmerzen nicht noch mehr zu schluchzen. Ich heulte, aber stumm. Mehr war einfach nicht drin. Einige Stellen meines Fußgelenks schmerzten höllisch, sobald die Nadel darüber fuhr, andere waren erträglich.

„Ich bin fast fertig", sagte der Mann, nahm etwas Farbe auf und machte weiter. „Sieht sehr gut aus. Du hältst dich tapfer."

„Danke", murmelte ich.

Als es vorbei war, trug ich eine wunderschöne, drei Zoll große Rose mit einem Dutzend kleiner, goldener Sterne drum herum. Genau das hatte ich gewollt. Die Erleichterung war groß. Ich bezahlte den Mann und eilte zu Annas Auto.

„Ich denke, wir können beide einen Smoothie als Belohnung vertragen. Ich meine, falls du nichts trinken willst", sagte Anna lachend.

„Da es gerade erst Mittag ist, werde ich sicher nichts trinken. Lass uns in die Saftbar in der Williams Street gehen. Da gibt es leckere Smoothies mit frischen Erdbeeren und Limonade."

„Einverstanden", sagte Anna, als wir in ihren Range Rover stiegen.

„Hattest du keine Schmerzen? Ich dachte, ich falle um vor

Schmerz“, sagte ich, sobald wir losgefahren waren.

„Nein, ich fand es nicht so schlimm. Aber ich konnte sehen, dass es dir sehr weh getan hat. Hast dich aber gut gehalten.“

Vor dem Saftladen stand ein Auto, das mir bekannt vorkam. Ich war mir ziemlich sicher, dass es Devins war, aber ich wollte nichts sagen, für den Fall, dass ich mich getäuscht hatte. Das Modell war ja in Chicago kein Einzelfall, daher konnte ich nicht sicher sein.

Meine Augen suchten die Saftbar ab, als wir eintraten. Ich hielt nach Devin Ausschau, konnte ihn aber nirgends entdecken. Ich war ziemlich erleichtert und folgte Anna zum Tresen, um zu bestellen.

„Und bitte auch zwei Gläser Weizengras“, fügte Anna zu unserer Bestellung hinzu.

„Igitt, Anna! Das trinke ich aber nicht.“

„Du solltest es mal probieren“, hörte ich Devins sexy Stimme hinter mir. „Es ist sehr belebend.“

„Wow, hi, heißer Nachbar“, sagte Anna und hielt ihm ihre Hand hin.

„Hi, ich bin Devin“, antwortete er.

Es ließ sich nun nicht mehr vermeiden, die beiden miteinander bekannt zu machen. Ich gab zögernd nach und stellte sie einander richtig vor.

„Devin, das ist meine Freundin Anna. Ich bin sicher, du erinnerst dich daran, wie sie dich mit ihrem Geschrei im Auto aus dem nächtlichen Schlaf gerissen hat.“

„Ja, sehr nett dich kennenzulernen, junge Dame“, sagte Devin und schüttelte ihr die Hand. „Das ist mein Freund Jacob; er mag es ganz gern, von schreienden jungen Mädchen aus dem Schlaf gerissen zu werden. Jacob, das ist Lilli“, fügte er hinzu und deutete auf mich.

„Stimmt“, sagte Jacob und gab mir und Anna die Hand. „Schön, dich endlich kennenzulernen“, sagte Jacob zu mir.

Anna und ich tauschten einen Blick, als uns klar war, was Jacob da gesagt hatte. Das Wort 'endlich' war auffällig gewesen. Es hieß, dass Devin mit ihm über mich geredet hatte. Vielleicht hatte er mich erwähnt und Jacob war neugierig, die Frau kennenzulernen, von der er mehrfach gesprochen hatte. Oder ich bildete mir das alles nur ein.

„Wollt ihr beide euch uns anschließen?“, fragte Devin und deutete auf seinen Tisch.

„Nein, wir …“, begann ich, aber Anna fiel mir ins Wort.

„Aber klar, sehr gerne.“

Ich rollte mit den Augen angesichts ihres sofortigen Flirts mit Devins Freund. Sie schnappte sich ihren Drink und folgte den beiden Männern an deren Tisch. Sie überließ es mir, mit meinem eigenen Getränk und den beiden Weizengrasdrinks zu folgen.

„Wir haben uns eben Tattoos stechen lassen“, erzählte Anna sofort. „Meines ist an einer Stelle, die ich dir hier nicht zeigen kann“, neckte sie Jacob.

Ich lächelte Devin an und wir mussten beide schmunzeln,

wie schnell Jacob und Anna zum Flirten übergegangen waren. Anna war dann nicht mehr aufzuhalten, wenn sie erst einmal ein williges Objekt gefunden hatte. Ich hatte auch gar nicht die Absicht, sie zu bremsen. Stattdessen lehnte ich mich zu Devin hinüber, um zu verstehen, was er sagte.

„Hast du auch eines?“, fragte er sichtlich überrascht.

„Ja, aber am Fußgelenk, nicht so eine exotische Stelle wie Anna.“

„Es ist verbunden.“

„Ja, das muss es, bis es abgeheilt ist. Ist nichts Verrücktes, nur eine Rose.“

„Ich habe auch ein paar Tattoos.“

„Echt? Ich kann mich nicht erinnern, welche gesehen zu haben.“

„Ich wüsste auch nicht, wann ich sie dir hätte zeigen sollen“, sagte er mit einem Augenzwinkern. „Sie sind an exotischen Stellen.“

Ich lachte etwas gequält bei dem Gedanken, was für Stellen das wohl sein mochten. Mir schien, als machte er sich über mich lustig, aber ich war mir nicht sicher. Ich kannte Devin einfach nicht gut genug, um zu wissen, ob er mich nur neckte oder etwas ernst meinte.

„Was habt ihr beiden Hübschen denn am Wochenende vor?“, fragte Jacob.

„Nichts eigentlich. Lilli will daheim bleiben, aber ich werde wohl Tanzen gehen. Was ist mit euch?“

„Devin muss nach Jacksonville und braucht Begleitung. Vielleicht hast du ja Lust, Lilli?“, fragte Jacob.

Die Frage warf mich etwas aus der Bahn, Devin offenbar auch. Ich glaube nicht, dass er mich eingeladen hätte, ein Wochenende mit ihm wegzufahren, jedenfalls nicht so bald. Wir kannten uns doch kaum. Allerdings wollte ich gern mehr über ihn wissen.

„Jacksonville?“, fragte ich. Ich wollte wissen, was vor sich ging.

„Nein, keine Sorge. Ich habe mich da in eine blöde Geschichte rein manövriert und das Großmaul da drüben wollte mir nur helfen.“

„Blöde Geschichte?“, lachte ich. „Das musst du mir erklären.“

„Nein, wirklich. Alles halb so wild“, beharrte Devin. Aber sein Freund Jacob mischte sich sofort wieder ein.

„Er braucht dich als seine Ehefrau. Nicht im Schlafzimmer natürlich, es sei denn, du möchtest das“, sagte er und zwinkerte ihr zu. „Aber du könntest ihm beistehen als seine Ehefrau, damit er seine Tochter besuchen darf und es keine Probleme gibt.“

Ah, das war wohl immer noch nicht die ganze Geschichte, aber immerhin konnte ich mir nun einen Reim drauf machen, warum Devin eine Verabredung brauchte. Ich schaute ihn an. Er hielt die Hände vor das Gesicht. Ich konnte nicht umhin zu lachen, die ganze Sache war doch total absurd.

„Also, wieso brauchst du eine Ehefrau?“, fragte ich, ernsthaft interessiert daran, was los war.

„Tut mir leid. Mein großmäuliger Freund hätte mal besser die Klappe gehalten. Wir sollten jetzt gehen, Jacob.“

Devin packte Jacob am Hemd und zog ihn praktisch aus der Saftbar. Sie waren schon fast an der Tür, als Anna mich so hart packte, dass ich vor Schmerzen aufschrie.

„Aua! Das tut weh!“

„Du hast doch gesagt, dass du mal was anderes machen willst. Hilf dem armen Kerl doch. Geh, sag ihm, dass du es machst.“

„Seine Frau spielen? Nein, danke.“

„Ach, komm schon. Es ist doch nur Show. Er muss ziemlich verzweifelt sein, wenn es um seine Tochter geht.“

Ich saß einen Moment da und beobachtete, wie Devin und sein Freund ins Auto stiegen. Sie redeten noch eine Weile und plötzlich wusste ich, dass ich wirklich mal etwas anderes machen wollte. Ich sprang auf und rannte hinaus zum Auto. Jacob sah mich zuerst und drängte Devin, mit mir zu reden.

Mein Herz raste, als der kühle Nachmittagswind durch mein Haar fuhr. Devin stieg langsam aus, er wirkte weit weniger selbstbewusst, als ich ihn bisher erlebt hatte.

„Ich spiele deine Ehefrau“, sagte ich und lächelte.

„Es wäre nur für das Wochenende. Du musst nichts Unanständiges tun. Ich werde dich auch bezahlen.“

„Du musst mich nicht bezahlen und ich möchte aber vielleicht etwas Unanständiges tun“, erklärte ich lachend und voller Selbstbewusstsein.

Seine Augen weiteten sich, er wirkte sehr erleichtert. Offenbar war er aufrichtig erfreut, dass ich ihm helfen wollte, obwohl ich nach wie vor nicht verstand, wieso er eine Frau brauchte, um seine Tochter sehen zu können.

„Ich hole dich vormittags ab, wie nehmen einen Privatjet nach Florida und sind Sonntagabend wieder da. Wäre das okay für dich?“

„Klar. Willst du mir erklären, warum du eine Frau brauchst?“

„Es ist eine lange Geschichte. Ich erzähle dir alles auf dem Flug. Und ich werde dich bezahlen. Nicht, weil du das möchtest, sondern weil ich es als Geschäft betrachte. Ich kann dieses Wochenende kein romantisches Drama gebrauchen und ich muss jemanden dabei haben. Einerstanden?“

Ich brauchte Geld für ein neues Auto und um auszuziehen. Die Situation war echt abgefahren, aber sein Geld abzulehnen, hätte es nicht besser gemacht.

„Von wie viel Geld reden wir denn überhaupt?“

„Wären 10.000 Dollar genug?“

„Was?“, rief ich. „Das ist doch irre! Wir sind doch nicht im Film hier! Was wird das, ein unmoralisches Angebot? Wie wäre es mit 5.000?“

„Du bist kein Verhandlungsgenie“, sagte Devin lachend.

„Fünf oder ich mache es nicht.“

„Du spielst nur mit, wenn ich dir weniger gebe, als ich wollte?“ Er schien das irgendwie lustig zu finden.

„Ja. Für 5.000 kriege ich ein anständiges Auto. Mehr brauche ich nicht. Eigentlich will ich gar kein Geld von dir nehmen. Ich würde es aus Freundschaft tun.“

Devin fuhr sich mit den Fingern durch das Haar und seufzte, als wäre das alles meine Schuld. Konnte ja sein, dass er viel Geld hatte, aber daran war ich nicht interessiert. Ich wollte nichts dafür haben, ich wollte einfach nur nett sein. Das Geld brachte mich eher dazu, abzusagen.

„Wie wäre es, wenn ich dir ein Auto kaufe und wir das Geld komplett außen vor lassen?“

„Einen Gebrauchtwagen, mit Beulen und vielen gefahrenen Meilen“, beharrte ich und streckte ihm die Hand hin.

Er lachte und schaute Anna an, die sich zu uns gesellt hatte. Er schüttelte frustriert den Kopf, nahm dann aber meine Hand und stimmte zu.

„Du bist eine zähe Verhandlungspartnerin, Miss Lilli. Wir sehen uns Morgen früh.“

„Wie ist dein Nachname?“, fragte ich, als er bereits ins Auto einstieg.

„Graham.“

„Dann bis morgen, Mr. Graham“, spottete ich.

„Bis morgen, Mrs. Graham“, gab er ebenso zurück.

Anna wartete nicht, bis Devin weggefahren war, bevor sie auf und ab sprang und mich packte. Sie war so aufgeregt wegen der ganzen Sache. Ich war eher entsetzt.

Kapitel 8

Devin

Nachdem ich mein Gepäck im Auto verstaut hatte, ging ich hinüber zu Lilli und klopfte an die Haustür. Ich wusste nicht genau, was ich erwartet hatte, aber als sich die Tür öffnete, fehlten mir die Worte.

„So schlimm?", fragte sie und drehte sich in ihrem langen, geblümten Kleid einmal um sich selbst.

„Nein, gar nicht schlimm. Du siehst toll aus."

Ihr Haar war lockig, ihr Make-up viel dezenter als sonst. Sie trug nicht den grellen Lippenstift, sondern nur etwas Lipgloss. Sie hatte es geschafft, sich von der wilden Partymaus in eine reiche Fußballmutti zu verwandeln.

„Meine Mutter hat mir das Kleid mal vor ein paar Jahren zu Ostern gekauft. Ich habe es nie getragen", gab sie kichernd zu.

„Du siehst perfekt aus", sagte ich und kriegte endlich wieder den Mund zu. „Bereit zum Aufbruch?"

„So bereit, wie ich nur sein kann."

„Hast du keine Tasche?"

„Oh, Mist. Ich habe nichts weiter eingepackt", sagte sie und schaute mich entsetzt an. „Es tut mir leid. Ich war so sehr damit beschäftigt, wie eine Ehefrau auszusehen."

„Ich weiß das zu schätzen. Kein Problem, wir können dir in Jacksonville noch etwas kaufen.“

„Ich zahle es zurück“, beharrte sie.

„Natürlich wirst du das.“

Ich hatte inzwischen gelernt, dass es mühselig war, mit Lilli zu streiten. Es brachte mich keinen Schritt weiter. Es war schön zu wissen, dass sie mein Geld nicht interessierte. Anders als bei den Frauen, die ich normalerweise mit auf Reisen nahm. Für die Reise, die Kleidung und alles andere zu zahlen, war kein Problem für mich, aber ich wusste eine Frau zu schätzen, die lieber unabhängig bleiben wollte.

Es war ein herrlich sonniger und warmer Tag, als wir zum Flughafen fuhren. Lilli rutschte während der gesamten Fahrt unruhig auf ihrem Sitz hin und her. Manchmal schaute sie zu mir herüber, aber meistens guckte sie aus dem Fenster und vermied es, mit mir zu reden. Die Stimmung zwischen uns war verkrampft. Das mussten wir aus der Welt schaffen, bevor wir in Jacksonville ankamen, aber ich hatte keine Ahnung, was ich tun sollte.

Wir benahmen uns eher wie Kollegen, die einander kaum kannten, als wie ein verliebtes Paar. Der ganze Plan war im Grunde lächerlich und ich hätte mich ohrfeigen können, Ashleys Eltern gegenüber diese blöde Bemerkung gemacht zu haben. Ich war nicht der Typ zum Heiraten und Ashleys Familie hatte gute Gründe, mich für verantwortungslos zu halten. Einer davon war, dass ich Ashley nie geheiratet hatte. Meine Neuigkeiten mussten für ihre Mutter ein echter Schock gewesen sein, vor allem wenn man bedachte, dass Ashley und ich trotz Kind nicht geheiratet hatten.

„Bist du nervös?“, fragte ich, als wir in den Bereich des Flugplatzes kamen, in dem die Privatjets standen.

„Ich muss mich gleich übergeben.“

„Oh, das tut mir leid. Du musst nicht nervös sein. Wir müssen einfach nur glücklich wirken und ein wenig mit den Eltern meiner Ex plaudern. Keine große Sache.“

„Sollte ich dich küssen?“, fragte Lilli.

„Möchtest du das?“

Ich alberte herum, hätte aber keine Einwände gehabt, Lilli zu küssen. Sie war wunderschön und noch viel schöner nach ihrer Verwandlung, die sie für diese Reise durchgemacht hatte. Ich wusste ihre Bemühungen wirklich sehr zu schätzen.

Ein Flugzeug startete und der Lärm machte es mir unmöglich, ihre Antwort auf meine Frage zu verstehen. Ihre Augen wanderten Richtung Fußboden und sie entzog sich mir ein wenig. Ich nahm also an, dass sie mich nicht küssen wollte. Wir lehnten beide am Auto und warteten darauf, dass wir grünes Licht für den Abflug bekamen. Sobald alles überprüft war, konnte es nur noch ein paar Minuten bis zum Start dauern.

Ich legte beruhigend meine Hand auf ihre, die sichtlich zitterte. Lilli war zu nervös, was diese ganze Reise anging. Ich geriet leicht in Panik bei dem Gedanken, dass es mir vielleicht nicht gelingen könnte, sie während des Fluges zu beruhigen.

„Sie können jetzt an Bord gehen“, rief jemand und winkte

uns mit orangen Fähnchen zu.

Lilli hielt meine Hand ganz fest, als wir hinter dem jungen Mann zum Flugzeug gingen. Er verstaute das Gepäck in den Fächern über uns und sprach kurz mit dem Piloten, bevor er das Flugzeug wieder verließ. Wir setzten uns nebeneinander in zwei übergroße Ledersessel, schnallten uns an und warteten stumm auf den Start.

„Hast du gesagt, du möchtest mich küssen?", fragte ich und lehnte mich mit übertrieben gespitzten Lippen zu ihr hinüber.

„Nein, ich sagte, wir müssen das nicht machen."

„Ich erinnere mich, dass du mich vor kurzem sogar in deinem Bett küssen wolltest", scherzte ich.

Sie schubste mich zurück und lachte, was mich sehr erleichterte. Sie sah so hübsch aus in ihrem Blumenkleid und den braunen Sandalen. Als sie lachte, fiel mein Blick auf ihr Zungenpiercing, was mich ein wenig irritierte. Es ließ mich grübeln, wofür genau der Ring wohl gedacht war und wie ihre Zunge sich wohl an meinem Schwanz anfühlte.

„Du musst diese Nacht vergessen", erklärte sie lachend.

„Ich werde sie niemals vergessen."

„Ich bin keine gute Schauspielerin. Ich bin sicher, die werden mich sofort durchschauen. Vielleicht solltest du mir ein bisschen mehr über dich erzählen, damit ich nichts Falsches sage."

„Das ist eine sehr gute Idee. Und erzählst du mir auch mehr von dir?" Ich beugte mich wieder zu ihr hinüber. „Ich wüsste gern mehr über den Ring in deiner Zunge."

Sie streckte mir übermütig die Zunge raus und wackelte damit herum.

„Ich wette, das wüsstest du gern", scherzte sie. „Soll ich ihn besser herausnehmen für das Wochenende?"

„Hm, keine Ahnung. Einerseits ist es aufregend und sagt etwas über deine Sexualität. Andererseits passt es nicht so richtig zu deinem neuen Outfit und dem neuen Erscheinungsbild."

„Ich nehme ihn raus", sagte sie, streckte die Zunge raus und zupfte mit den Fingern den Ring ab. „Passt nicht zu meinem Charakter."

„Wann hast du das machen lassen?"

„Vor etwa einem Jahr. Es sollte eine Überraschung für meinen Freund sein."

„Eine ziemliche Überraschung, nehme ich an. Wusste er es zu schätzen?"

Die Tür wurde verriegelt und bald darauf fuhr das Flugzeug Richtung Startbahn. Lilli grinste und streckte mir die Zunge raus. Für einen kleinen Moment schien sie ihre Nervosität abgelegt zu haben.

„Er wusste es zu schätzen", kicherte sie. „Hattest du schon mal ein Date mit einer Frau mit Zungenpiercing?"

„Nein. Aber ich schätze, jeder Mann hat dazu eine Fantasie im Kopf."

„Du fantasierst über meine Zunge?“, fragte sie lachend.

„Ja.“

Meine klare Antwort überraschte sie offenbar und ihr spielerisches Flirten verstummte, während sie aus dem Fenster schaute. Ihr dunkelrotes Haar schimmerte im Sonnenlicht, das durch das Fenster schien. Ich konnte nicht aufhören, sie anzuschauen.

Langsam rollte das Flugzeug zur Startbahn und beschleunigte, bis wir endlich abhoben. Für mich war der Flug im Privatjet Routine, ich konnte mir nicht mehr vorstellen, wie das für Neulinge war.

Lilli hielt die Armlehnen fest umklammert, ihr Kopf presste sich gegen die Nackenstütze und sie hatte die Augen geschlossen, während wir höher und höher stiegen. Sie biss sich auf die Lippen und zuckte bei jeder Bewegung des Flugzeugs zusammen. Ich legte meine Hand beruhigend auf ihre.

„Bist du jemals mit einem Privatjet geflogen? Das ist alles ganz normal. Wir erreichen gleich die richtige Flughöhe und dann fühlt es sich vollkommen normal an.“

„Ich bin überhaupt noch nie geflogen.“

„Oh, wow, okay, dann ist das bestimmt alles sehr aufregend.“

„Verstörend. Es ist entsetzlich.“

„Tut mir leid. Ich hätte dich warnen sollen, dass ein Start mit dieser Art Flugzeug etwas stressig ist. Aber es ist absolut sicher. Es fühlt sich nur so an, als würden wir senkrecht nach oben fliegen.“

Ihr Atem kam stockend, sie atmete einmal tief ein, hielt einen Moment lang die Luft an und atmete dann langsam wieder aus. Sie war ziemlich blass um die Nase und sah so aus, als würde sie gleich in Ohnmacht fallen.

„Atme“, sagte ich langsam. „Tief einatmen und dann langsam ausatmen.“

Ich machte es ihr vor, damit sie wusste, was ich meinte. Sie öffnete schließlich die Augen und konzentrierte sich auf mich, während wir gemeinsam langsam ein- und ausatmeten. So versuchte ich, sie nach und nach zu beruhigen.

„Keine Ahnung, was mit mir los ist. Eigentlich fürchte ich mich nicht vor neuen Erfahrungen.“

„Kein Problem. Das ist schon etwas ganz Besonderes. Lass dir Zeit. Versuche zu entspannen.“

„Denkst du, deine Tochter wird mich hassen?“, platzte es aus ihr heraus, als ihr Blick zwischen mir und den vorbeiziehenden Wolken hin und her wanderte.

„Nein, ich glaube, ihr werdet gut miteinander auskommen.“

„Ich bin nicht gerade der stiefmütterliche Typ. Vielleicht mag sie mich nicht. Kinder mögen mich im Allgemeinen nicht sonderlich. Ich habe noch nie in meinem Leben den Babysitter gemacht.“

Ich musste lachen, wie nervös sie war, mein kleines Mädchen zu treffen. Izzy würde gut mit Lilli auskommen. Um ehrlich zu sein, dachte ich, dass Izzy wahrscheinlich besser mit ihr klar käme als mit mir.

An Weihnachten war Izzy mehr daran interessiert, ihre Geschenke zu öffnen, als sich mit mir zu unterhalten. Sie war während meines gesamten Aufenthalts immer in der Nähe ihrer Mutter geblieben. Ich hatte mich wie ein Fremder gefühlt. Es war schrecklich zu erleben, wie sehr sie sich über die Jahre von mir entfernt hatte, aber es war nicht ihre Schuld gewesen. Hätte ich sie häufiger besucht, würde sie mich besser kennen.

„Sie wird dich mögen."

„Das hoffe ich. Ich weiß, das hier ist wichtig für dich. Ich will dich nicht enttäuschen."

„Lilli, ich bin dir so dankbar, dass du mir hilfst. Es war dämlich, überhaupt diese Lüge zu erfinden, und du warst nicht verpflichtet, mir zu helfen. Ich weiß das wirklich zu würdigen. Wie auch immer dieses Wochenende verlaufen mag, bitte glaube mir, dass ich dir sehr dankbar bin für deine Mühe."

„Danke."

„Möchtest du einen Drink, um die Nerven etwas zu beruhigen? Deine Hände zittern immer noch."

„Nein, besser keinen Drink. Wie wäre es mit Sprudel?"

„Sicher, ich hole dir etwas." Ich schnallte mich ab und wollte aufstehen.

„Nein, du kannst nicht aufstehen. Das ist gefährlich", rief sie, in aufrichtiger Sorge, dass mir etwas zustoßen könnte, wenn ich herumlief.

Sie hielt mich so fest, dass ich in den Sessel zurückfiel. Ihr Arm drückte gegen meine Brust, als würde das einen Unfall verhindern.

„Lilli“, sagte ich, bemüht, nicht zu lachen. „Es ist ein Flugzeug, kein Auto.“

„Bleib einfach hier, bitte.“

„Na gut. Aber ich dachte, du wolltest etwas trinken?“ Ich nahm erneut ihre Hand.

„Ach, nein. Es geht schon. Wieso ist denn hier niemand, der einem etwas bringt? Die gibt es doch normalerweise im Flugzeug, oder nicht?“

„Du meinst eine Flugbegleiterin?“

„Ja, genau.“

„Es ist ein Kurzstreckenflug. Ich dachte nicht, dass wir eine bräuchten. Aber es gibt ausreichend Essen und Trinken, wenn du mir nur erlauben würdest, dir etwas zu holen.“

„Ich weiß nicht“, sagte sie, aber ihr Arm entspannte sich ein wenig. „Bist du sofort wieder zurück?“

„Du wirst mich die ganze Zeit sehen können“, versprach ich, zog ihre Hand an meine Lippen und küsste sie. „Ich verspreche es.“

„Okay, na gut.“

„Was ich noch fragen wollte“, begann ich, während ich mich aufmachte, um etwas zu trinken zu holen. „Was hast du für ein Tattoo machen lassen?“

„Eine Rose mit Sternen drum herum“, sagte sie schnell.

Ich erwartete eine etwas ausführlichere Erklärung dazu, aber sie schien zu sehr vom Flug abgelenkt. Ihre Hände hatten sich wieder um die Armlehnen des Sessels gekrampft und sie ließ mich nicht aus den Augen, während ich Getränke und Snacks holte.

„Hat es eine tiefere Bedeutung?“

„Ja, mein Vater hat mir immer gesagt, ich sollte nach den Sternen greifen. Und meine Mutter sagte, ich sollte das Leben als Rose betrachten, weil sie blühen oder sterben kann, je nachdem, wie wir uns entscheiden.“

„Wow, das ist mal etwas Besonderes.“

„Wo sind deine Tattoos?“, fragte sie, ganz ohne Flirten, einfach nur aus Interesse.

„Ich habe dich angeschwindelt, ich habe gar keine. Ich weiß, das ist langweilig.“

„Hast du nicht?“

„Nein. Mir war nie etwas wichtig genug, um es mir in die Haut stechen zu lassen.“

„Oh, ja. Geht mir auch so.“

Ihre Haut war noch blasser als sonst, während wir endlich die normale Flughöhe erreichten. Lillis Unerfahrenheit wurde nur noch deutlicher als in der Nacht, in der ich ihr in ihr Zimmer geholfen hatte. Das weiße Kleid mit den Blumen wirkte naiv und süß.

„Weißt du, ich bin mir nicht sicher, ob Ashleys Familie mir abkauft, dass du mit mir verheiratet bist“, scherzte ich.

Lillis Gesicht fiel in sich zusammen. Das Leuchten verschwand aus ihren Augen, die Mundwinkel hingen herab, sie schaute weg von mir.

„Wieso? Bin ich nicht hübsch genug?“

„Himmel, nein! Weil du viel zu hübsch und süß bist. Sie rechnen sicher eher mit einem Partygirl an meiner Seite.“

„Tut mir leid“, sagte sie mit aufrichtigem Bedauern. „Ich dachte, dies wäre passender für eine Ehefrau.“

„Nein, nein. Mir tut es leid. Ich sage immer das Falsche. Ich meinte, du bist besser, als es jemand wie ich wohl verdient hätte. Sie würden denken, du bist zu gut für mich.“

„Oh“, sagte sie und lächelte. „Aber das stimmt nicht. Ich bin sicher, du kannst jede Frau haben, die du willst.“

„Nett von dir, das zu sagen. Wollen wir ein wenig über die Leute reden, die du treffen wirst? Brauchst du mehr Informationen über meine Ex oder über meine Tochter? Ich bin zu allen Antworten bereit.“

„Ich glaube, mehr muss ich erst einmal nicht wissen. Ich folge dir einfach und versuche, mich wie eine Ehefrau zu benehmen.“

„Sei doch einfach du selbst. Das wird schon reichen.“

„Dann soll ich das Minikleid anziehen und ordentlich Wodka schlürfen, wenn wir da sind?“, spottete sie.

„Mann, ich kann dir nicht sagen, was ich für schlüpfrige Gedanken hatte, als ich dich in diesem knappen Kleidchen gesehen habe. Und als du dich dann über das Auto gebeugt hast

… wow …“, sagte ich.

Lilli lächelte und wandte sich mir zu. Ihre Hände zitterten nicht mehr, daher entschied ich mich, weiter zu reden.

„Ich war kurz davor, herunterzukommen und mich vorzustellen.“

„Wirklich?“

„Oh, ja. Aber ich wollte nicht, dass du mich für einen Spinner hältst.“

„Konntest du alles sehen, als ich mich vorbeugte?“ Ihr Selbstbewusstsein kehrte zurück und ihr Gesicht nach einen verführerischen Ausdruck an.

Ich holte tief Luft und spürte, wie mein Körper mit Begierde auf Lilli reagierte. Sie fühlte sich ganz offensichtlich schon viel wohler, sowohl im Flugzeug als auch im Gespräch mit mir. Das war gut für unser Wochenende. Solange wir entspannt miteinander umgingen, konnten wir auch mit allem umgehen, was von Ashleys Familie auf uns zukam.

„Ich konnte nicht alles sehen. Es war zu dunkel. Aber meine Vorstellungskraft hat sich den Rest ausgemalt.“

„Hm, und wie war das in der Nacht, als du mir ins Bett geholfen hast? Ich erinnere mich, dass ich fast nackt war, als ich aufwachte. Warst du das?“

„Oh, nein. Das warst du selber. Du wolltest mich überzeugen, mit dir ins Bett zu kommen, hast dein Kleid ausgezogen. Ich wollte schon zustimmen, trotz der moralischen Bedenken, die ich hatte.“

Sie biss sich auf die Lippen und trank einen Schluck. Dabei ließ sie ihren Blick über mich schweifen, von den Lippen, über meine Hände, bis zu meinem Schritt. Ihr Blick erhitzte mich, ich ließ sie einen Moment gewähren und schaute sie ebenfalls an.

Ihr Kleid hatte nur dünne Träger und sie trug darunter keinen BH. Ich konnte ihre Nippel sehen, die sich gegen den dünnen Stoff drängten. Lust durchfuhr mich.

„Es geht mir schon viel besser“, sagte Lilli leise und kreuzte ihre Beine zur anderen Seite, wobei sie etwas näher zu mir rutschte.

„Das freut mich“, sagte ich und fuhr mit den Fingerspitzen langsam über ihren Arm.

„Wo werden wir denn übernachten?“

„In einem Hotel am Wasser. Schöner Ausblick.“

„Ein Bett oder zwei?“, fragte sie und hielt meinen Blick fest.

„Nun ja …“, stotterte ich, während ich überlegte, was wohl die bessere Antwort war. „Um ehrlich zu sein, weiß ich das nicht. Ich habe ein Zimmer reserviert und habe nicht danach gefragt. Was wäre dir lieber?“

„Ein Bett.“ Ihre Antwort war eindeutig, damit hatte ich nicht gerechnet. Was sie damit andeutete, erregte mich. „Du kannst auf dem Boden schlafen“, sagte sie kichernd.

„Oh, das ist fies.“

„Ich mache nur Spaß. Ich bin sicher, wir werden damit umgehen können, egal, wie das Zimmer aussieht. Ich vertraue dir.“

„Das solltest du nicht. Ich bin nicht immer so wohlerzogen. Ich weiß nicht, ob ich meine Hände bei mir behalten kann, wenn wir im selben Bett liegen.“

„Wirklich?“ Sie wurde rot und schaute weg.

Lilli war die perfekte Mischung aus Selbstbewusstsein und Schüchternheit. Einmal flirtete sie und machte mich scharf, allein mit ihren Blicken, und dann wiederum benahm sie sich wie ein Schulmädchen, dem es schon peinlich war, wenn man nur von Begehren redete.

Auf einmal machte ich mir Sorgen, dass sie viel unschuldiger sein könnte, als sie mich zunächst glauben ließ. Betrunken spielte sie diese kühle, sexy Göttin, manchmal versuchte sie das auch in nüchternem Zustand. Aber vielleicht war sie in Wirklichkeit doch nur ein süßes, junges Mädchen, dass ganz und gar nichts Verruchtes getan hatte. Möglicherweise war das der Fall.

„Wie lange warst du mit deinem Freund zusammen?“, fragte ich beiläufig.

„Ungefähr sechs Monate, wieso?“

„Nur so. Ich dachte, das wäre vielleicht hilfreich, um zu schauen, wie du dich mit Ashleys Eltern benehmen kannst.“

„Mein Freund und ich waren eher wie eine WG, aber ich werde mich bemühen.“

Das war leider gar nicht hilfreich. War Lilli denn überhaupt das Partygirl, das ich vom Fenster aus beobachtet hatte? Oder war sie jemand ganz anderes? Ich sah eine ganz andere Seite von ihr, die süße, weiche Seite, die eher naiv war als problematisch.

„Wir werden bald landen, bitte schnallen Sie sich wieder an“, sagte der Pilot über die Lautsprecher.

Lilli schnappte sich sofort ihren Gurt und zog ihn stramm. Sie beobachtete genau, ob ich das ebenfalls tat. Unsere nette Unterhaltung war definitiv zu Ende, denn sie griff wieder nach den Armlehnen und konzentrierte sich auf die Landung.

„Sobald wir gelandet sind, steht ein Auto für uns bereit. Ich fahre uns bis zum Hotel, damit wir dort einchecken können. Dann rufe ich Ashleys Familie an, um ein Treffen auszumachen.“

„Okay“, sagte Lilli und schaute aus dem Fenster.

„Lass es einfach geschehen. Ich werde möglichst alle Fragen beantworten, aber wenn sie dich etwas fragen, worauf du keine Antwort weißt, dann schau mich einfach an und ich übernehme. Okay?“

„Jap.“ Sie schaute noch immer aus dem Fenster. „Wo haben wir uns kennengelernt?“

„Äh, keine Ahnung. Wir sollten so nah wie möglich bei der Wahrheit bleiben. Sagen wir einfach, wir wohnen in der gleichen Nachbarschaft.“

„Okay, wie hast du mich angesprochen?“

Ich musste lachen bei all ihren plötzlichen Fragen. Den ganzen Flug über hatte sie sich keinerlei Sorgen darüber gemacht, wie der Besuch bei Ashleys Familie laufen würde und jetzt auf einmal wurde sie nervös.

„Wir sind beim Joggen zusammengestoßen."

Lilli lächelte und drehte sich endlich zu mir um.

„Also die Wahrheit?"

„Sozusagen. Ich meine, ich habe dich da nicht zu einem Date eingeladen, weil ich viel zu überrascht war."

„Du wolltest mich nicht ausführen?"

„Doch schon, aber es kam etwas dazwischen."

Lilli lachte. „Da kam etwas?"

„Nein, nicht so." Ich musste ebenfalls lachen. „Mir war nur bewusst, wie jung du noch warst und ich dachte nicht, dass du etwas mit einem alten Knacker anfangen würdest."

„Hätte mich nicht gestört."

„Wirklich?"

„Äh, ich habe zugestimmt, deine Frau zu spielen, oder?"

„Stimmt. Aber ist das nicht ein viel besseres Date? Privatjet, um meine Ex und meine Tochter zu treffen. Ich meine, wie viele Leute können das schon von ihrem ersten Date behaupten?"

„Ich weiß. Es wäre nur noch zu toppen, wenn mir auf derselben Reise noch die Weisheitszähne gezogen würden."

„Das ließe sich bestimmt arrangieren."

Das Flugzeug ging in den Sinkflug und ich versuchte, Lilli

weiterhin abzulenken, damit sie nicht wieder panisch wurde wie beim Start. Unser Gespräch war spielerisch und albern, genau das Richtige, bevor wir zu Ashley und ihrer Familie fuhren.

Als die Räder des Flugzeugs auf der Landebahn aufsetzten, machte der Flieger einen Ruck und Lilli griff nach meiner Hand. Ihre Augen weiteten sich, als wir langsamer wurden. Dann atmete sie erleichtert aus, während das Flugzeug zum Parken rollte.

„Das war es?“, fragte sie und schaute aus dem Fenster, um zu sehen, was draußen vor sich ging.

„Ja, war doch nicht so schlimm, oder?“

„Ich meine, ich hätte mich mehrmals fast übergeben, aber es war schon lustig.“

„Danke nochmal, dass du mitgekommen bist. Ich weiß das wirklich zu schätzen.“

„Gern geschehen.“

„Ich bin sehr nervös, meine Tochter zu treffen.“

„Musst du nicht. Sie liebt dich. Egal, was sonst in ihrem Leben los ist, sie wird sich freuen, dich zu sehen. Das garantiere ich dir.“

„Das hoffe ich.“

Das Flugzeug blieb stehen und wir warteten darauf, von Bord gehen zu dürfen.

„Ich kann es kaum erwarten, sie zu treffen.“

„Sie ist einfach großartig. Ich bin nervös, weil ich nicht weiß, was Ashley ihr über mich erzählt hat."

„Das ist egal. Kinder sind nicht blöd. Sie weiß, wie viel sie dir bedeutet, wenn sie in deine Augen schaut."

Kapitel 9

Lilli

Ich war völlig überfordert und in Panik, im nächsten Moment aber ganz gefangen von Devins Blick. Seine braun gebrannte Haut und das kantige Kinn machten mich geradezu feucht. Als ich ihm in die Augen sah, wurde mir ganz heiß und ich stellte mir vor, wie seine Hände mehr berührten als nur meine Hand.

Ich war mir ziemlich sicher, dass Devin nicht einmal wusste, wie gut er aussah. Er lachte und scherzte, wie schwer es war, eine Frau zu finden, aber ich wusste, das konnte nicht stimmen. Jede Frau, die ich kannte, hätte viel dafür gegeben, Devin in ihr Bett zu kriegen. Und genau da lag mein Problem.

Ich musste mich immer wieder daran erinnern, dass ich nur hier war, weil Devin dringend eine falsche Ehefrau brauchte. Er wollte mich nicht für etwas Anderes. Jedenfalls redete ich mir das während des Fluges ein. Aber als wir landeten, bemerkte ich die sexuelle Spannung zwischen uns und erkannte, dass er vielleicht doch mehr wollte, als nur meine schauspielerischen Fähigkeiten für das Wochenende.

„Soll ich mit reinkommen?“, fragte ich, als wir das Omni Hotel am Hafen erreichten.

„Sicher. Möchtest du dich etwas frisch machen, bevor wir weiterfahren?“

„Ja, das wäre mir recht“, log ich.

Ich wollte mich nicht frisch machen. Es war mir vollkommen egal, ob ich frisch genug war, um seine Familie zu besuchen. Ich wollte einfach sehen, wie viele Betten in unserem Zimmer standen. Außerdem wollte ich gern wissen, wo ich noch ein Outfit für den nächsten Tag kaufen konnte. Ich konnte schließlich nicht das gleiche Kleid am nächsten Tag wieder tragen.

„Willkommen im Omni Jacksonville“, sagte die Angestellte im Foyer.

„Hi, Devin Graham.“

„Ja, hallo, Mr. Graham. Ihre Suite ist für Sie bereit. Ich lasse Ihr Gepäck hinauf bringen.“

„Das ist nicht nötig, danke.“

Devin nahm seinen Koffer und den Schlüssel, ich blieb dicht hinter ihm auf dem Weg zum Fahrstuhl. Durch die Glaswände konnte man den Hafen sehen. Als die Türen sich hinter uns schlossen, war die sexuelle Spannung sofort wieder da. Devin machte einen Schritt auf mich zu.

Seine Arme umschlangen mich, als er auf einen Punkt in der Ferne deutete.

„Siehst du da hinten den Gebäudekomplex?“

„Nicht wirklich“, lachte ich.

„Nun, da gehen wir hin. Ich glaube, da ist eine Mall. Nach unserem Besuch kannst du dir da ein neues Outfit kaufen.“

„Perfekt, danke. Aber vergiss nicht …“

„Du zahlst es mir zurück. Ich weiß, ich weiß“, murmelte er. „Weißt du, ich kaufe gern Dinge für meine Freunde. Nicht, weil sie es sich nicht leisten können, sondern damit sie wissen, wie viel mir an ihnen liegt.“

Ich entschied mich, dazu nichts zu sagen. Devin hatte offensichtlich deutlich mehr Geld als ich mir überhaupt vorstellen konnte. Ich wollte nur einfach nicht, dass er dachte, ich würde ihn ausnutzen. So eine Art Frau war ich nicht. Ich wollte möglichst wenig von seinem Geld oder seinen Geschenken annehmen. Vielleicht musste ich hier und da mal nachgeben, aber ich würde versuchen, standhaft zu bleiben.

Die Türen des Fahrstuhls öffneten sich. Ich griff nach dem kleinen Umschlag mit dem Zimmerschlüssel.

„Wer zuerst da ist“, sagte ich und rannte los. Es war die ideale Lösung, dem Gespräch über Geld zu entgehen. Ich rannte, so schnell ich konnte, hörte aber seine Schritte direkt hinter mir. Als ich die Tür erreichte, hatte ich den Schlüssel ausgepackt, konnte aber nicht mehr aufschließen. Er presste mich gegen die Tür.

Sein Körper drängte sich gegen meinen, er nahm mir den Schlüssel ab und steckte ihn ins Schloss. Mit einer Hand hielt er mich zurück und glitt an mir vorbei in das Zimmer.

„Ich habe gewonnen“, sagte er strahlend.

„Ich bin sicher, das war eine nicht erlaubte Taktik“, antwortete ich und folgte ihm in das üppig ausgestattete Zimmer.

Die Tapete war in einem eleganten Goldton mit weißen Kronen. Am Fenster stand ein Mahagoni-Tisch und ein Liegestuhl, direkt daneben stand ein riesiges Bett. Ich warf mich darauf und streckte die Arme und Beine von mir, um so viel Platz wie möglich einzunehmen.

„Ich denke, der Stuhl ist sehr bequem“, scherzte ich. „Dieses Bett ist himmlisch.“

„Rutsch rüber“, sagte er und schubste mich zur anderen Seite des Bettes. „Oh, ja, das ist herrlich. Ich schlafe hier auf jeden Fall.“

„Vielleicht“, sagte ich lächelnd.

Devin sah jünger aus als sonst. Er drehte sich zu mir und stützte sich auf einem Arm ab. Ich tat das ebenfalls auf meiner Seite des Bettes und schaute ihn an. Zwischen uns war noch mindestens ein halber Meter Platz und auf jeden Fall war das Bett groß genug, falls wir beide darin schlafen wollten, auch ohne heiße Spielchen.

Das Schweigen hielt an, während wir uns weiterhin in die Augen schauten. Seine großen braunen Augen begannen bei meinen Lippen und folgten dann meinen Kurven bis hinunter zu den Füßen. Dann wanderte sein Blick wieder meinen Körper hinauf. Er schaute wirklich sehr genau hin und das Glitzern in seinen Augen verriet mir, dass er sich ein paar sehr scharfe Gedanken dazu machte.

„Das ist ein sehr schönes Kleid“, sagte Devin und rutschte ein Stück näher heran.

„Nein, schön da bleiben, Mister“, sagte ich lachend.

„Was? Ich wollte nur den Stoff fühlen“, erwiderte er und streckte die Hand aus, um über den Stoff zu streichen.

„Wir sollten uns auf den Weg machen. Das wäre sicher das Beste.“

Er schüttelte den Kopf.

„Ich denke, wir haben noch genug Zeit.“

„Nein, wir sollten gehen.“

Ich konnte ein Lächeln nicht unterdrücken, als wir so nebeneinander lagen. Aber wir waren nicht den ganzen Weg von Chicago hergekommen, um im Bett Spielchen zu treiben.

„Ruf sie doch mal an, damit wir wissen, wann wir hinfahren können.“ Ich deutete auf das Telefon, das er auf den Nachttisch gelegt hatte.

„Jawohl, Mrs. Graham“, witzelte er.

Ich ließ mich in die Kissen sinken, als er endlich aufstand, um anzurufen. Das würde ein aufregendes Wochenende, wenn die sexuelle Spannung zwischen uns nicht nachließ. Ich konnte mir nicht vorstellen, meine Hände noch bei mir zu behalten, sobald wir vom Besuch bei seiner Tochter zurück waren.

„Hi, Mrs. Edwards, wir sind gelandet. Wann wäre es Ihnen denn recht?“

Es gab eine längere Pause.

„Wir kommen sofort“, sagte Devin und warf mir einen Blick zu.

„Dann mal los, ich habe einen Auftritt“, scherzte ich und

sprang aus dem Bett.

„Offenbar müssen wir sofort kommen, um Izzys Schlafenszeiten nicht zu stören.“

„Devin, das ist doch nicht schlimm. Ich gehöre ganz dir an diesem Wochenende. Wo immer du mich brauchst, da bin ich.“

„Wo immer?“ Er lächelte und schaute zum großen Bett hinüber, dann wieder zu mir. „Ich mache nur Witze.“

Er nahm den Zimmerschlüssel und wir machten uns auf den Weg zurück zum Fahrstuhl. Wir gingen schweigend. Ich ging im Geiste durch, was ich sagen würde, wenn ich seine Tochter und deren Großeltern kennenlernte. Es erschien mir jetzt irgendwie komplizierter als anfänglich gedacht. Mein Herz raste, mir wurde etwas schwindelig. Ich zwang mich, tief durchzuatmen.

Devin nahm meine Hand und hielt sie fest. Ich spürte seinen Beistand auch ohne Worte, allein durch unsere verschränkten Finger. Wir schauten aus dem gläsernen Fahrstuhl über das Wasser und fuhren schweigend nach unten.

Mir wurde bewusst, dass dies mein erste richtig erwachsene Verabredung war. Mein Exfreund und ich waren Collegekids gewesen, wir hatten keine klassischen Dates gehabt. Wir gingen zusammen mit Freunden Pizza essen oder saßen gemeinsam auf der Couch und guckten Serien. Selbst unsere erste Verabredung war ein Konzertbesuch mit unseren Freunden gewesen.

Wegen des Dates war ich allerdings weniger nervös als wegen der Begegnung mit seiner Tochter. Das einzige, was ich über kleine Kinder gehört hatte, war, dass man sie nicht belügen konnte. Kinder konnten einen direkt durchschauen. Und sie erkannten die Wahrheit, selbst wenn man sie vor ihnen verbarg. Ich hatte darüber mal etwas im Fernsehen gesehen. Ich konnte mich nicht mehr genau erinnern, worum es ging, aber das Fazit war, dass Erwachsene nur dachten, sie könnten den Kindern etwas vormachen.

„Izzys Großeltern heißen Bonnie und Dan, aber ich nenne sie beim Nachnamen Edwards. Das solltest du auch tun."

„Ich werde versuchen, möglichst gar nicht mit ihnen zu reden."

„Das ist in Ordnung. Und wenn es dir nichts ausmacht, würde ich hin und wieder deine Hand nehmen, wenn wir da drin sind."

„Ja, kein Problem." Ich schaute zu unseren Händen, die noch immer ineinander verschränkt waren.

„Wahrscheinlich gibt es noch jede Menge mehr, aber wir werden wohl improvisieren müssen. Ich bin echt nervös."

Wir verließen den Parkplatz des Hotels und fuhren auf den Highway. Während der Fahrt waren wir die meiste Zeit still. Nur einmal deutete Devin auf die Mall, als wir daran vorbeifuhren.

„Sieht nett aus", sagte ich und versuchte, ein Gespräch anzufangen.

„Wir sollten auf dem Rückweg Zeit genug haben, um einen Zwischenstopp einzulegen."

„Klingt gut."

Endlich fuhren wir die Einfahrt der Edwards' hinauf. Devins Hände zitterten. Ihm stand der Schweiß auf der Stirn. Ich nahm ein Taschentuch und tupfte ihm die Stirn ab.

„Bereit?“, fragte ich.

„Ich denke schon.“

Er stieg aus und eilte um das Auto herum, um mir hinaus zu helfen. Er reichte mir galant die Hand und wir gingen gemeinsam zur Haustür. Devin war eindeutig noch nervöser als ich, dabei musste ich doch so tun, als wäre ich jemand anderes.

„Daddy!“, schrie Izzy und kam aus der Tür geflitzt, noch bevor wir hatten klopfen können.

Ich ließ Devins Hand los und machte ein paar Schritte zur Seite, um den beiden ein wenig Freiraum zu geben. Eines war jedenfalls offensichtlich: Izzy freute sich wahnsinnig, ihren Vater zu sehen. Ich konnte mir nicht vorstellen, dass die beiden vielleicht mal Probleme miteinander gehabt haben sollten. Sie freute sich unbändig, alles andere schien sie nicht zu interessieren. Izzy hatte mich definitiv gar nicht wahrgenommen, als sie ihre Arme um ihren Vater geschlungen hatte. Ich sah Tränen in ihren Augen.

„Es war schwer für sie, seit Ashley weg ist“, sagte Mrs. Edwards, die in der Tür erschienen war.

„Hi, ich bin Lilli. Ich freue mich, Sie kennenzulernen“, sagte ich und ging zu ihr hinüber, um Devin und seiner Tochter noch ein wenig Zeit miteinander zu geben.

„Freut mich ebenfalls. Ich gestehe, ich hatte keine

Vorstellung, wen Devin mitbringen würde, aber Sie sehen wie eine sehr nette junge Dame aus."

„Danke."

„Wie lange seid ihr beide denn verheiratet?", fragte sie.

Und schon war die Panik da, denn ich wusste nicht, ob Devin ihr dazu bereits etwas gesagt hatte. Glücklicherweise hatte Devin auch die Frage gehört und kam schnell zu uns herüber.

„Izzy, das ist Lilli. Ich freue mich so, dass ihr beide euch kennenlernt." Er beugte sich zu Mrs. Edwards hinüber. „Ich denke, die beiden sollten sich erst einmal kennenlernen, bevor wir Izzy mit den Einzelheiten überfordern."

„Natürlich", stimmte sie zu.

„Hi, Izzy. Schön, dich kennenzulernen. Dein Dad hat mir viel von dir erzählt."

„Das ist komisch, denn ich weiß gar nichts über dich", sagte sie, stemmte ihre kleinen Hände in die Hüften und schaute mich neugierig an.

Ich machte große Augen und schaute nacheinander Mrs. Edwards und Devin an. Sie hatte recht, daran war nicht zu rütteln.

„Nun, da hat er wohl einiges nachzuholen."

„Sweetheart, ich möchte gern dein Zimmer sehen", sagte Devin. Er versuchte wohl, mich aus diesem unangenehmen Gespräch zu befreien.

„Möchten Sie vielleicht mit mir in die Küche kommen?", bot

Mrs. Edwards an.

„Ja, sehr gern.“

Ich zog es vor, bei einer Erwachsenen zu bleiben, die mich wahrscheinlich nicht mochte, als bei einem zehnjährigen Mädchen. Izzy schüchterte mich ein. Wahrscheinlich, weil sie Devins Herz in ihren Händen hielt und ich unbedingt wollte, dass sie mich mochte.

Ich folgte Mrs. Edwards in die Küche, wo sie Früchte in kleine Happen zerschnitt. Die Küche war klein, aber modern ausgestattet. Es gab ein großes Bild mit einer gut aussehenden Blondine, mit falschen Brüsten und offensichtlich plastischer Chirurgie. Sie trug Izzy auf dem Arm. Das musste wohl Ashley sein. Ich war sofort noch stärker eingeschüchtert.

Dass Devin eine Beziehung mit einer attraktiven Frau hatte, überraschte mich nicht. Aber Ashley wirkte so künstlich mit ihrem dicken Make-up, Botox und den aufgespritzten Lippen. Sie sah einfach nicht aus wie Devins Typ. Vielleicht war das auch der Grund, warum die beiden nicht mehr zusammen waren.

„Ich glaube, Izzy mag mich nicht“, sagte ich, um ein Gespräch in Gang zu bringen. Mrs. Edwards reichte mir ein Messer und eine Melone zum Schneiden.

„Sie ist nur ein bisschen vorlaut. Aber es war schön zu sehen, dass sie sich über Devin gefreut hat. Er war nicht oft hier, um sie zu sehen.“

„Ich weiß.“

„Natürlich haben wir das auch nicht erwartet. Er ist sehr beschäftigt mit seiner Arbeit und den vielen Reisen. Das war der Grund, warum Ashley ihn verlassen hat. Immer nur Partys und nie Zeit für die Familie daheim."

Mrs. Edwards war sicher eine nette Frau, aber die Art, wie sie schlecht über Devin redete, passte mir nicht. So wie ich das sah, hatte sie in den letzten Jahren kaum Zeit mit Devin verbracht. Natürlich war er nicht mehr derselbe Mensch wie noch vor zehn Jahren. Niemand war das.

Nun, streng genommen war ich vor zehn Jahren noch ein Kind. Ich musste kichern. Ich ging noch zur Schule, als Izzy geboren wurde. Ich wusste nicht, ob Devin es recht war, wenn ich mein wahres Alter sagte. Vielleicht nahm man unsere Beziehung nicht ernst, wenn man erfuhr, wie jung ich noch war.

„Ich weiß, dass Devin Izzy wirklich sehr vermisst hat. Aber er wollte Rücksicht auf Ashleys Wünsche nehmen."

„Was für Wünsche?", fragte Mrs. Edwards sofort.

Die Art, wie sie mich ansah, verunsicherte mich. Ich hätte schwören können, dass Devin etwas in der Art erwähnt hatte. Ashley wollte nicht, dass er Izzy sah, oder so ähnlich. Aber der Blick von Mrs. Edwards ließ mich zögern, dazu etwas zu sagen.

„Oh, ich weiß nicht. Das besprechen Sie besser mit Devin", sagte ich schließlich. „Ich kann nur sagen, dass Devin ein wunderbarer Mann ist. Er hat sich wirklich sehr verändert, nach dem, was ich so über seine jungen Jahre gehört habe."

„Wo wir schon von jung reden, wie alt sind Sie?"

Lügen war noch nie meine Stärke gewesen. Selbst wenn ich mich als Teenager aus dem Haus meiner Eltern geschlichen hatte, so erzählte ich ihnen doch immer, wo ich gewesen war, wenn sie mich danach fragten. Ich war schlecht im Lügen. Wie hatte ich nur annehmen können, dass ich Devin bei seinem Problem würde helfen können? Ich starrte Mrs. Edwards an, auf der Suche nach einer ehrlichen Antwort.

„Natürlich bin ich jünger als Devin, aber seien wir doch ehrlich, bis vor einem Jahr war er selber noch irgendwie ein großes Kind."

Mrs. Edwards lachte und sofort ging es mir etwas besser. Wir schnitten Obst und unterhielten uns, während Devin und Izzy erst in ihrem Zimmer und dann im Garten etwas spielten. Es war schön zu sehen, wie sehr Izzy sich freute, und dass Devin sich keine Sorgen wegen ihrer Beziehung machen musste.

„Könnt ihr beide euch vorstellen, Izzy für eine Nacht mitzunehmen? Ich wette, das würde ihr gefallen, da in dem schicken Hotel, mit Swimmingpool und so."

„Echt? Ja, ich denke, das würde Devin gefallen."

„Dann esst doch mit uns und anschließend packen wir ein paar von Izzys Sachen ein. Sie braucht etwas Abwechslung und Unterhaltung. Ohne ihre Mutter war es schwer für sie in der letzten Zeit."

„Das tut mir sehr leid. Ich bin sicher, dass es schwer war für sie. Ich kann mir das gar nicht vorstellen."

„Wissen Sie, Ashley ist kein schlechter Mensch."

Ich hörte auf zu schneiden und drehte mich zu Mrs. Edwards um. Sie sah traurig aus. Instinktiv nahm ich sie in den Arm. Egal, was zwischen Devin und Ashley vorgefallen war, einem anderen Menschen Trost zu spenden, das musste einfach drin sein.

„Sie sollten wissen, dass Devin nie auch nur ein schlechtes Wort über Ashley gesagt hat. Was ich mitgekriegt habe, hält er sie für eine gute Mutter und vertraut ihr, Izzy aufzuziehen."

Tränen rannen Mrs. Edwards über das Gesicht, als sie sich aus der Umarmung löste. Sie drehte sich weg und wischte sich das Gesicht ab, ohne etwas zu sagen. Ich konnte nur hoffen, dass sie mir glaubte, denn ich hatte ja die Wahrheit gesagt, zumindest demzufolge, was ich von Devin so gehört hatte.

Devin und Izzy spielten etwa eine Stunde im Garten, dann rief Mrs. Edwards sie zum Essen ins Haus. Die beiden hüpften mehr oder weniger den ganzen Weg hinein, um sich die Hände zu waschen. Ich freute mich, die beiden so entspannt miteinander zu sehen, trotz der langen Trennung.

„Wie wäre es, wenn du nach dem Essen mit deinem Vater und Lilli ins Hotel fährst? Die haben da einen ziemlich coolen Pool", schlug Mrs. Edwards vor, während Izzy sich etwas Kartoffelpüree auf den Teller lud.

„Wirklich?" Sie schaute Devin fragend an, der wiederum zu mir hinübersah.

Ich nickte und sah, dass Izzy lächelte, bevor sie wieder Devin anschaute.

„Ja, das sollte sich wohl machen lassen."

„Und Morgen früh, nach der Kirche, bringt ihr sie wieder nach Hause. Ginge das?“, fragte Mrs. Edwards.

Kirche? Ich war in den letzten drei Jahren nicht ein einziges Mal in der Kirche gewesen, selbst mit meinen Eltern nicht. Ich war mir nicht sicher, ob ich bereit war, als falsche Ehefrau mit meinem falschen Gatten und dessen Kind hinzugehen. Ich war nicht religiös. Aber mit einer solchen Lüge in eine Kirche zu gehen, fühlte sich Gott davon nicht vielleicht arg provoziert?

„Das klingt großartig, danke“, sagte Devin an Mrs. Edwards gewandt. „Wir bringen sie mittags zurück.“

„Wirklich? Das ist toll“, schrie Izzy, sprang auf und fiel Devin um den Hals. „Ich hole meine Schwimmsachen.“

Izzy wollte schon den Tisch verlassen, aber Mrs. Edwards hielt sie auf.

„Izzy, setz dich wieder hin. Erst wird gegessen. Du kannst deine Sachen einpacken, wenn du aufgegessen hast.“

Der strenge Ton überraschte mich ein wenig, aber Izzy gehorchte sofort und setzte sich wieder hin. Diese Regel schien sie nicht aus der Fassung zu bringen. Stattdessen aß sie einfach etwas schneller, um dann zu tun, was sie wollte. Es war ein kleiner Einblick, wie es später einmal sein würde, wenn man Kinder hatte. Regeln aufzustellen und sie auch durchzusetzen, das war nichts, womit ich mich in meiner falschen Ehe mit Devin befassen wollte.

Nach dem Essen saßen Devin und ich auf der Couch, während Mrs. Edwards Izzy half, eine kleine Tasche zu packen. Es fühlte sich alles so erwachsen an, als wir hinausgingen und alles in den Kofferraum luden, um anschließend zum Hotel zurückzufahren. Jetzt musste ich nicht nur so tun, als sei ich Devins Ehefrau, ich war auf einmal auch noch eine Stiefmutter. Die Lüge bereitete mir inzwischen Magenkneifen. Einen Erwachsenen anzulügen, war eine Sache, aber Izzy anzulügen, das passte mir einfach nicht.

„Wollen wir bei der Mall halten, damit du dir ein Outfit kaufen kannst?“, fragte Devin, als wir den Highway entlang fuhren.

So wenig ich auch Devins Geld ausgeben wollte, ich hatte keine andere Wahl, denn ich hatte noch keinen Lohn bekommen, als wir Chicago verließen und ich brauchte wenigstens etwas zum Schlafen und für den nächsten Tag.

„Sicher“, antwortete ich.

„Ich gebe dir meine Kreditkarte und du kaufst dir einfach, was du brauchst, okay?“

„Nein, nicht okay. Ich will deine Kreditkarte nicht“, widersprach ich.

Devin schaute mich an und warf dann einen Blick auf Izzy. Er wollte wohl deutlich machen, dass ich das nicht vor seiner Tochter diskutieren konnte. Daher stimmte ich zu.

„Okay, tut mir leid“, sagte ich.

Ich brauchte nur 20 Minuten, da war ich schon wieder im Auto. Ich hatte eine Jeans, Leggings und ein T-Shirt gekauft. Das konnte ich miteinander kombinieren. Ich hatte absichtlich keinen Badeanzug gekauft, denn ich wollte Devin und Izzy am

Pool Zeit für einander geben.

„Hier", sagte ich und gab Devin die Kreditkarte zurück. „Ich habe 33,85 Dollar ausgegeben."

Ich gab ihm auch den Kaufbeleg für die Sachen. Er lachte, knüllte ihn zusammen und warf ihn auf den Rücksitz. Izzy lachte ebenfalls, weil er direkt neben ihr gelandet war.

„Du musst mir keine Belege geben."

„Tut mir leid. Ich wollte nur, dass du weißt, wie viel ich ausgebe, damit du das verbuchen kannst."

Devin lachte weiterhin, aber ich wusste nicht, was so lustig daran war.

„Ich achte nicht auf so etwas."

„Woher weißt du dann, wie viel du auf dem Konto hast?"

Ich meinte die Frage durchaus ernst. Selbst wenn er sehr viel Geld hatte, jeder führte doch Buch über Einnahmen und Ausgaben, egal ob in Papierform oder am Computer. Ich mochte noch jung sein und mich nicht mit Finanzen auskennen, aber ich wusste, wie das war, wenn ein Scheck nicht gedeckt war. Und ich wollte nicht, dass Devin so etwas meinetwegen passierte.

Bevor wir losfuhren, holte Devin sein Handy heraus und öffnete die Banking-App.

„Ich muss mir keine Sorgen machen, wie viel auf dem Konto ist", sagte er lachend und hielt mir das Handy hin.

Die Zahl im Display musste ich erst einmal verdauen. Ich

zählte die Stellen vor dem Komma und dann gleich noch einmal. Devin hatte 87.017.760 Dollar auf seinem Konto. Die Summe entzog sich jeder realen Vorstellung, die ich von Geld hatte. Ich selber hatte niemals mehr als 400 Dollar auf meinem Konto gehabt.

„Oh“, machte ich, als er das Handy zurück in seine Tasche steckte.

„Tut mir leid, falls ich zu großspurig war. War ich großspurig? Tut mir leid.“

„Es war schon ein wenig großkotzig, aber ich werde darüber hinwegsehen.“

„Was ist großkotzig?“, fragte Izzy auf der Rückbank.

Devin und ich erkannten schlagartig, dass wir besser aufpassen sollten, was wir vor ihr besprachen.

„Es bedeutet, jemand ist sehr von sich eingenommen und prahlt damit“, erklärte ich.

„Was bedeutet von sich eingenommen?“, fragte Izzy.

Ich bedeutete Devin, das zu beantworten. Das konnte er übernehmen.

„Das ist jemand, der großspurig ist“, antwortete Devin lachend. Izzy lachte ebenfalls. „Jedenfalls hätte ich Lilli mein Handy wohl nicht zeigen sollen.“

„Lilli, kommst du mit uns schwimmen?“, fragte Izzy und wechselte schnell das Thema.

„Nein. Ich bin sehr müde, also dachte ich, ich dusche und

gehe dann zu Bett. Wäre das okay? Außerdem habe ich keinen Badeanzug. Ich habe meinen daheim vergessen."

„Kein Problem. Dad, wirfst du mich in die Luft, wenn wir im Pool sind?"

„Aber sicher, Spatz."

Izzy schwieg für eine Weile, während wir zurück zum Hotel fuhren.

Als wir dort ankamen, zogen sich Devin und Izzy schnell ihre Schwimmsachen an und gingen zum Pool auf dem Dach. Ich war total kaputt und duschte nicht einmal, sondern zog meine Leggings und das T-Shirt an, um sofort ins Bett zu krabbeln. Ich legte mich auf eine Seite des Bettes und schloss die Augen.

Es war sehr ermüdend, jemand anderes zu sein. Alles, was ich gesagt oder getan hatte, spielte ich in Gedanken noch einmal durch, während ich versuchte, Schlaf zu finden. Hatte Mrs. Edwards uns die Lüge abgekauft? Glaubte Izzy uns? Wusste Izzy überhaupt, was verheiratet zu sein bedeutete?

Ich hatte so viel zu grübeln, dass ich nicht einschlafen konnte. Ich drehte mich hin und her und etwa 30 Minuten später schlief ich endlich ein.

Kapitel 10

Devin

Ohne ihre Mutter war es zwischen Izzy und mir irgendwie anders. Izzy zeigte mir viel deutlicher ihre Zuneigung als bei meinen bisherigen Besuchen. Vom Moment an, als wir uns im Haus ihrer Großeltern umarmten, bis zu dem Moment, als wir im Hotel zu Bett gingen, lachte sie und machte mir sehr deutlich, wie sehr sie mich als Vater brauchte.

Nach dem Schwimmen bereitete ich für sie den Liegestuhl vor. Mit ein paar extra Decken, die ich im Kleiderschrank fand, baute ich ein bequemes Bett für Izzy. Sie hatte von da einen tollen Ausblick über den Hafen und war schon eingeschlafen, bevor ich selber im Bett war.

Lilli hatte sich so weit wie nur möglich auf ihre Seite des Bettes zurückgezogen. Es war so, als würden wir nicht einmal im selben Bett liegen. Ich konnte sie zwar unter der Bettdecke spüren, aber selbst wenn ich meinen Arm ausstreckte, war sie zu weit weg, um sie zu berühren.

Ich fand schnell Schlaf und dachte mit Freuden an die neu erwachende Beziehung zu meiner Tochter. Ich schickte sogar ein Stoßgebet gen Himmel, dass der Sonntag ebenso gut verlaufen möge.

Ich hatte keine Gelegenheit gehabt, mit Mrs. Edwards

darüber zu reden, was mit Ashley los war, aber das musste ich auch nicht. Ich hatte wahrscheinlich mehr Informationen von meinem Privatdetektiv erhalten, als Ashley und ihre Familie selber hatten.

„Gute Nacht“, flüsterte ich zu Lilli, kurz bevor ich einschlief.

*

„Es ist schon eine ziemliche Weile her, dass ich das letzte Mal in der Kirche war“, sagte ich zu Lilli und Izzy, als ich mir das Jackett überzog. „Wie sehe ich aus?“

„Sehr schick“, antwortete Lilli mit einem süßen Lächeln.

„Du siehst okay aus“, fügte Izzy hinzu.

„Nur okay?“, fragte ich und wackelte mit meinen Fingern in der Luft herum. „Ich glaube, das Kitzelmonster möchte dir widersprechen.“

„Warte, ich meinte, du siehst sehr gut aus.“ Sie kicherte und schaute zu Lilli hinüber, auf der Suche nach Unterstützung.

„Lilli kann dir da auch nicht helfen. Sie kann dich nicht vor dem Kitzelmonster retten“, sagte ich und ging auf sie zu.

„Um ehrlich zu sein, besitze ich Kräfte, die das Kitzelmonster aufhalten können“, sagte Lilli und stellte sich zwischen uns. „Du möchtest diese Kräfte doch nicht herausfordern, oder? Sie sind sehr mächtig.“

„Wirklich? Lass mal sehen“, sagte ich und stürzte mich auf Lilli, um sie zu kitzeln.

Sie fiel auf das Bett und lachte lauthals. Selbst Izzy lachte, als ich Lilli kitzelte.

„Okay, okay, meine Anti-Kitzel-Kräfte haben versagt. Ich kann nicht mehr.“ Sie lachte. „Rette mich“, rief sie und streckte die Hand nach Izzy aus.

Izzy spielte mit und griff nach Lillis Hand. Sie zog sie weg von mir, auf den Boden. Sofort gingen sie beide hinter dem Liegestuhl in Deckung.

„Ihr beide wisst aber, dass ich euch immer noch sehen kann, oder?“ Ich ging auf die Knie und krabbelte zu ihnen hinüber.

„Okay, okay, wir müssen uns für die Kirche fertig machen“, sagte Izzy und hob ihre Hände, um mich aufzuhalten. „Dad, hör mir zu. Wir dürfen nicht zu spät zur Kirche kommen. Oma und Opa werden auch da sein.“

Lilli lachte und klatschte mit Izzy ab, während sie beide aufstanden und zum anderen Ende des Zimmers gingen. So leicht würde ich jedoch nicht aufgeben.

„Ich muss diese Kitzel-Abwehr noch mal testen“, sagte ich und packte Lilli, während Izzy zur Zimmertür rannte.

„Nein, nein“, kicherte sie. „Die funktioniert gerade nicht.“

„Dachte ich es mir doch. Dann können wir jetzt in die Kirche gehen.“

Izzy schnappte sich ihre Sachen und ging ins Bad, um sich umzuziehen. Sie strahlte über das ganze Gesicht. Die Stimmung war herrlich entspannt, viel besser als am Abend zuvor. Izzy mochte Lilli, das war offensichtlich. Selbst wenn sie dazu nichts gesagt hatte, allein dass sie Lilli zur Hilfe gekommen war, sprach eine deutliche Sprache.

„Wie blöd, dass ich mein schönes Kleid gestern schon anhatte. Da bleiben mir heute nur die Jeans und das T-Shirt“, grummelte Lilli, während sie darauf wartete, ins Bad zu kommen.

„Zieh es doch einfach noch einmal an.“

„Was? Nein, das geht nicht.“

„Wieso nicht?“

„Was meinst du? Ich hatte es gestern an. Jeder wird es merken.“

„Und wer ist jeder? Izzys Großmutter, Izzy und ich? Izzy, stört es dich, wenn Lilli heute noch einmal das schöne Kleid anzieht?“

„Nein!“, rief Izzy aus dem Bad. „Das ist eine gute Idee.“

„Siehst du? Eine gute Idee. Du kannst nach der Kirche die Jeans anziehen. Und nun ab. Deinetwegen kommen wir zu spät“, nörgelte ich scherzhaft und schubste sie in Richtung Bad. Das geblümte Kleid reichte ich ihr hinterher.

„Devin, aber …“, begann sie, verstummte dann aber. Es gab keinen Grund, das Kleid nicht in der Kirche zu tragen. Niemand aus der Gemeinde wusste, wer sie war. Sie wussten kaum, wer ich war. Und Izzys Großmutter würde es egal sein, was Lilli anzog. Es war ein kleiner Einblick, wie das Leben mit einer Ehefrau sein würde und ich fand, ich hatte den Test bestanden.

Sobald Lilli fertig war, eilten wir aus dem Hotel zum Auto.

Wir fuhren über den Highway zu der Kirche, die Izzy und ihre Großeltern üblicherweise besuchten. Ich war schon einige Male da gewesen, bei meinen weihnachtlichen Besuchen. Auch wenn ich sonst nie Zeit dafür hatte, so empfand ich es doch immer als beruhigend, wenn ich hier zu Besuch war.

„Weißt du, wann Mama wieder nach Hause kommt?", fragte Izzy, als wir vor der Kirche hielten.

Die Wahrheit musste Izzy nicht wissen und um genau zu sein, wusste ich selber nicht, wann Ashley wieder nach Hause kommen würde. Sie hatte eine Gerichtsverhandlung vor sich und von dem Urteil würde abhängen, wie lange sie ins Gefängnis musste.

„Das weiß ich nicht, Spatz. Aber wenn es zu lange dauert, würdest du dann zu mir kommen wollen?"

„Und Lilli?", fragte Izzy.

Mir sank das Herz in die Hose. Die Lüge wurde immer komplizierter. Was, wenn Izzy wirklich eine Weile zu mir kommen wollte? Dann müsste Lilli praktisch auch bei mir einziehen, um die Lüge aufrechtzuerhalten. Der Plan war blöd, aber ich wusste nicht, wie ich da noch hätte rauskommen sollen.

„Jetzt gehen wir erst einmal in die Kirche", sagte Lilli freundlich und nahm Izzys Hand. „Ich bin sicher, dein Vater wird tun, was das Beste ist, damit deine Mutter bald wieder nach Hause kommen kann."

„Okay", sagte Izzy. „Da ist Oma." Sie öffnete die Tür, sobald das Auto stand.

„Ich schätze, ich habe das nicht zu Ende gedacht“, gab ich zu, nachdem Izzy ausgestiegen war.

„Damit befassen wir uns später, nach der Kirche.“

Lilli stieg aus und ging zu Mr. und Mrs. Edwards hinüber. Sie gab ihm die Hand und plauderte nett, bis ich mich zu ihnen gesellte. Izzy stand dabei und sah glücklicher aus, als ich sie je gesehen hatte.

Ich wollte Mrs. Edwards wirklich ganz ernsthaft fragen, ob ich Lilli mit zu mir nehmen konnte. Es war Sommer, Izzy hatte Ferien, es gab einfach keinen Grund, warum sie nicht bei mir sein sollte, bis sich die Sache mit Ashley geklärt hatte. Aber hier in der Kirche sollte ich das wohl nicht besprechen. Und mein Besuch sollte vor allem dazu dienen, wieder mit Izzy in Kontakt zu kommen. Das hatte seit gestern immerhin sehr gut geklappt.

„Du strahlst ja so“, sagte Mr. Edwards und umarmte Izzy.

„Das tue ich. Du hättest mal den Pool sehen sollen. Der war auf dem Dach von dem Hotel. Man konnte bis zu deinem Haus gucken.“

„Das klingt beängstigend.“

„Nein, das war es nicht. Mein Dad war ja dabei“, sagte sie stolz. Sie kam zu mir und umarmte mich.

Ich strahlte wie ein Honigkuchenpferd. Zum allerersten Mal fühlte ich mich als der Vater, der ich immer hatte sein wollen. Selbst wenn es nur für einen einzigen Tag war, das wollte ich immer haben, wenn ich mit Izzy zusammen war.

„Lilli, kannst du schon mal mit Izzy Plätze für uns suchen?“, fragte Mrs. Edwards.

„Natürlich." Lilli hielt Izzy ihre Hand hin. Gemeinsam gingen sie in die Kirche.

„Devin, ich bin so froh, dass es zwischen dir und Izzy so gut läuft. Aber du kannst sie heute nicht mitnehmen. Diese Woche ist die Verhandlung und wenn Ashley dann nach Hause kommt, wäre das Hin und Her für Izzy nicht gut."

„Das verstehe ich. Vielleicht sollte ich nach der Anhörung noch einmal vorbeikommen und mit Ashley über alles reden. Sie soll wissen, dass ich nicht die Absicht habe, ihr Izzy wegzunehmen. Ich möchte einfach nur ein guter Vater sein und wenn ich damit aktuell helfen kann, dann würde ich das gern tun."

„Danke, Devin. Warten wir ab, wie die Anhörung verläuft und dann sehen wir weiter."

„Klingt vernünftig."

„Ich muss sagen, ich habe Izzy nicht mehr so fröhlich gesehen, seit ihre Mutter verhaftet wurde", fügte Mr. Edwards hinzu. „Es ist schön zu sehen, dass ihr beide gut miteinander auskommt. Ich verstehe nicht, wieso das früher nicht geklappt hat."

Mrs. Edwards stupste ihrem Gatten in die Seite, um ihn zum Schweigen zu bringen. Wir alle wussten, woran es früher gescheitert war. Ich war mit meinem eigenen Leben zu beschäftigt und Ashley hatte mich weggestoßen. Unser beider Verhalten und Abneigung hatte das bewirkt. Wir hatten beide Schuld an der Situation.

Es war ein angenehmer Morgen in der Kirche, zwischen Lilli und Izzy. Mit ihren Großeltern nur eine Bankreihe entfernt, fühlte es sich wie ein normales Familienleben an. Ich hatte mir so etwas nie vorgestellt, selbst nach Izzys Geburt nicht. Ich hatte mir vorgestellt, Izzy zu besuchen, sie auf Reisen mitzunehmen und ähnliche Dinge. Aber ich hatte mir nie vorgestellt, sie wirklich aufzuziehen.

„Du siehst glücklich aus", sagte Lilli und nahm meine Hand.

„Das bin ich auch."

Ich nahm Izzys Hand in meine andere und wir drei saßen da und strahlten, während wir der Predigt lauschten.

*

Mich von Izzy zu verabschieden, fiel mir schwerer als je zuvor. Sie hatte ihre Arme um mich geschlungen und drückte mich, aber sie weinte wenigstens nicht, als Lilli und ich uns verabschiedeten. Vielleicht wusste sie, dass es von nun an anders sein würde, dass ich mir mehr Mühe geben würde, ein guter Vater zu sein, der Vater, den sie brauchte. Das hoffte ich zumindest.

„Wow, ich bin so müde", sagte Lilli, als wir die Stufen zu unserem Flugzeug hinauf stiegen und es uns auf der Couch bequem machten.

„Du warst großartig. Danke, dass du mitgekommen bist."

„Ich habe ja eigentlich nichts gemacht. Ich habe einfach nur Zeit mit euch beiden verbracht und Spaß gehabt. Es war also ein schönes Wochenende für mich."

„Ja, das war ein gutes Wochenende. Sie ist sonst nie so aufgekratzt, wenn sie mich sieht. Ich habe Angst, dass ihr diese Fröhlichkeit abhanden kommt, wenn Ashley nicht nach Hause kommt."

„Wie lange wird Ashley denn fort sein?", fragte Lilli mit ehrlicher Besorgnis.

„Ich schätze, sie wird fünf Jahre kriegen. Es war ihr dritter Verstoß gegen das Gesetz und in Florida ist die Strafe dafür verbindlich festgelegt. Ich wollte nichts sagen. Es ist ja nicht so, dass ich sie aus dem Weg haben will, das stimmt nämlich nicht. Das wäre nicht gut für Izzy."

„Ich glaube nicht, dass Mr. und Mrs. Edwards sich darüber im Klaren sind, dass Ashley so lange ins Gefängnis gehen wird."

„Nein, ich bin mir nicht mal sicher, ob Ashley das weiß. Ich habe versucht, ihr einen Anwalt zur Seite zu stellen, aber sie hat mein Angebot abgelehnt. Stattdessen verlässt sie sich auf den, den ihre Eltern ihr besorgt haben. Ich wollte einfach nur helfen."

„Vielleicht hätten wir sie besuchen sollen?"

„Um ihr meine falsche Braut vorzustellen? Oh, nein. Sie würde das sofort durchschauen. Sie kennt mich seit über zehn Jahren."

„Nun, wir können auch einfach abwarten und sehen, wie sich alles entwickelt. Vielleicht erfährt sie ja, wie gut es mit dir und Izzy gelaufen ist und erlaubt, dass sie eine Weile bei dir wohnt?"

„Vielleicht", sagte ich, aber ich wusste, das würde sie nicht tun.

Ashley klammerte sich an Izzy, als wäre sie ihre Versicherung. Ashley bekam von mir jeden Monat mehrere tausend Dollar für Izzys Unterhalt. Das ermöglichte ihr den Lebensstil mit all dem Alkohol und den Drogen. Die Vorstellung, Izzy könnte bei mir leben, bedeutete eben auch, dass der monatliche Scheck ausblieb und das würde Ashley nicht zulassen. Aber irgendwann würde sie die Augen nicht mehr davor verschließen können, was auf sie zu kam. Ich musste einfach nur abwarten, bis ihr das klar wurde, dann hoffte ich, dass sie einer Regelung zustimmen würde, ohne einen richterlichen Entscheid. Wenn sie mir einen Sorgerechtsstreit aufzwang, würde ich für Izzy kämpfen wie ein Löwe, aber das würde sehr hässlich werden und unsere ohnehin sehr strapazierte Beziehung nur noch mehr belasten.

„Du siehst viel entspannter aus als auf dem Hinflug", sagte ich, als Lilli sich gegen mich lehnte.

„Ich bin so erschöpft. Ich habe nicht die Energie, um nervös zu sein. Aber ich werde mich anschnallen." Sie lachte, als sie den Gurt stramm über ihren Schoß zog.

„Darf ich?", fragte ich und legte meinen Arm um ihre Schultern. Ich zog sie näher zu mir, so dass ihr Kopf an meiner Wange lag. „Ich glaube, ich mache ein Nickerchen."

„Klingt hervorragend."

Wir kuschelten uns in die Sitze und machten es uns bequem. Dann wurden die Türen geschlossen und wir rollten zur

Startbahn. Meine Hand war ganz warm, wo ich Lilli umfangen hielt. Das verkrampfte Unbehagen vom Hinflug war komplett verschwunden.

Ebenso verschwunden war die sexuelle Spannung zwischen uns. Sie hatte einem stärkeren Gefühl Platz gemacht, dass ich aber nicht so recht benennen konnte. War es Bewunderung? Ich war mir nicht sicher, aber irgendetwas war anders zwischen uns. Aufrichtiger und echter, als ich es seit Jahren mit einer anderen Frau empfunden hatte.

So mit Lilli im Arm auf dem Rückweg zu schlafen, war sehr angenehm. Ihr Haar kitzelte an meiner Nase, ihr süßer Duft hing noch in der Luft, als wir landeten und sie sich von mir löste. Wir stiegen vom Flugzeug um ins Auto, ohne ein Wort zu sprechen.

Unsere eher beiläufige Bekanntschaft hatte sich verändert. Das Schweigen zwischen uns war ebenfalls anders. Ich hatte nicht mehr das Bedürfnis, die Stille zu füllen, wir fuhren einfach entspannt nach Hause. Sie kuschelte sich in den Sitz und scrollte durch ihre Anrufe und Nachrichten auf dem Handy.

Mein Blick blieb starr auf die Straße gerichtet, nur hin und wieder wurde ich von ihren Beinen abgelenkt, wenn sie sich anders hinsetzte. Als wir nach Hause kamen, sah ich, dass das Auto in ihrer Einfahrt weg war. Sie musste ihren Eltern irgendetwas erzählt haben, wo sie das Wochenende verbrachte.

„Was glauben deine Eltern, wo du das Wochenende verbracht hast?“

„Was meinst du?“

„Ich meine, du warst das ganze Wochenende nicht in der Stadt. Machen sie sich keine Sorgen? Was hast du ihnen gesagt?“

„Ich sagte ihnen, dass ich mit dir nach Jacksonville fliege“, sagte sie schlicht.

„Wirklich?“

Lilli brach in schallendes Gelächter aus.

„Natürlich nicht! Hältst du mich für verrückt? Ich sagte ihnen, ich wäre bei Anna und wir wollten zelten gehen. Mein Vater würde dich töten.“

Ich zweifelte nicht daran. So sehr ich Lilli auch als Erwachsene betrachtete und sehr gern mit ihr zusammen war, so würde ihr Vater wohl eher weniger erfreut sein, wenn ich sein kleines Mädchen auf eine Wochenendsause mitnahm.

„Wow, ja, ich schätze, er wäre nicht gerade angetan von mir.“

„Du bist aber eine deutliche Verbesserung zu meinem letzten Freund. Allerdings hätte ihn diese ganze Ehe-Geschichte ziemlich aus dem Konzept gebracht“, sagte sie lachend.

Ich fuhr in meine Garage und ging um das Auto herum, um ihr die Tür zu öffnen. Als sie ausstieg, wich ich nach hinten aus, aber da war einfach nicht viel Platz. Sie presste sich gegen mich, als sie nach vorn aus der Garage ging. Die sexuelle Spannung zwischen uns war sofort wieder da.

„Danke nochmals, dass du mitgekommen bist.“

Wir standen hinter der Garage, außer Sichtweite ihres Hauses, für den Fall, dass ihre Eltern doch zu Hause waren.

„Gern geschehen“, sagte sie und machte einen Schritt auf mich zu.

„Du bist eine Lebensretterin.“

„Ich weiß, ich bin großartig, nicht wahr?“

„Absolut“, sagte ich, nahm ihre Hand und zog sie noch näher.

Ich legte meinen Arm um sie und hielt sie zwischen mir und dem Auto gefangen. Das schien sie nicht zu stören, denn sie lächelte und presste ihre Hände gegen meine Brust. Ich konnte mich keine Sekunde länger beherrschen, ich beugte mich vor und küsste sie.

Der Kuss war nicht voller Leidenschaft und Lust, wie in der Nacht, als ich sie in ihr Zimmer gebracht hatte. Dieser Kuss ging viel tiefer. Unsere Zungen tanzten miteinander, unsere Hände pressten sich an den Körper des anderen.

Wir ließen uns Zeit, bewegten uns langsam. Ich kostete ihre liebliche Süße und das wunderbare Gefühl ihrer Lippen. Sie erkundete meinen Mund, so wie ich den ihren.

Als wir uns voneinander lösten, war dies nur von kurzer Dauer. Sofort begann der nächste Kuss. Es gab nichts anderes auf der Welt, nur die Empfindungen unserer Lippen. Ich nahm alles in mich auf, für den Fall, dass ich nie wieder eine Gelegenheit bekam, sie zu küssen.

„Ich sollte jetzt gehen“, sagte Lilli schließlich und schob mich ein Stück von sich weg. „Ich muss heute noch arbeiten.“

„Okay. Darf ich dich anrufen? Ich habe nicht einmal deine

Nummer."

Es war irgendwie komisch. Ich war in ihrem Zimmer gewesen, sie war in meinem Haus. Wir hatten das Wochenende gemeinsam verbracht, aber ich hatte nicht einmal ihre Telefonnummer. Lilli fuhr mit ihrer Hand über meinen Rücken zu meiner Hosentasche. Sie zog das Handy heraus und wählte ihre Nummer. Kurz darauf klingelte ihr eigenes Handy in ihrer Tasche.

„Da hast du sie", sagte sie. Anstatt mir das Telefon zurückzugeben, schlang sie ihre Arme um mich und steckte es zurück in meine Hosentasche.

„Perfekt."

„Ich hatte ein tolles Wochenende mit dir."

„Ich hatte auch ein tolles Wochenende mit dir. Und Izzy mochte dich offenbar sehr gern. Ich wusste es."

„Lass mich wissen, wie es sich entwickelt. Ich hätte keine Einwände, in einer Fortsetzung zu diesem Film noch einmal als deine Frau aufzutreten", scherzte sie.

„Ich schicke dir eine Nachricht."

Lilli nahm ihre kleine Tasche mit der neuen Jeans und dem T-Shirt und ging Richtung Elternhaus. Aber sie drehte sich noch einmal um und lächelte mir zu. Ich konnte nur hoffen, dass ihre Eltern nicht gerade aus dem Fenster schauten, falls sie zu Hause waren.

„Bleib heute Abend länger auf, ich gehe mit meinen Freundinnen aus." Lilli wackelte vielsagend mit ihrem Hintern auf dem Weg zur Haustür.

Ich legte meinen Zeigefinger an die Lippen, um ihr zu bedeuten, leise zu sein. Aber es schien sich nicht zu beunruhigen. Sie war wieder in ihrem Element. Daheim und voller Leben und Energie, so wie ich sie immer erlebt hatte.

„Ich halte die Augen offen“, sagte ich schließlich, schloss das Garagentor und ging zu meinem Haus.

Es würde sich etwas entwickeln zwischen uns. Wir hatten den verkrampften Teil hinter uns gelassen und uns näher kennengelernt. Ich war sehr neugierig darauf, wie es mit uns weiterging.

Kapitel 11

Lilli

„Monica. Du musst einfach heute mit uns ausgehen. Ein Nein werden wir dieses Mal nicht akzeptieren. Ich muss dir so vieles erzählen, also sag einfach ja“, bettelte ich als ich mich abends zur Arbeit einstempelte.

„Ja“, lachte sie. „Ich habe heute Zeit, um mit euch auszugehen.“

„Endlich! Ich kann es kaum erwarten, dir von meinem Date am Wochenende zu erzählen und von dem Privatjet.“

„Was?“

„Du musst schon bis heute Abend warten“, sagte ich lächelnd.

„Was ist los mit dir? Wo ist dein Zungenpiercing?“, fragte Monica und beugte sich zu mir, um mir in den Mund zu schauen.

„Tja“, sagte ich geheimnisvoll und machte mich an meine Arbeit.

Das Pflegeheim war nichts Besonderes. An den faden braunen Wänden hingen langweilige Bilder, die wahrscheinlich schon hier waren, als die neuen Besitzer das Gebäude kauften. Die Patienten wurden gut versorgt und fühlten sich wohl. An diesem besonderen Tag war sogar ich glücklich, hier zu sein.

Meine Arbeit fühlte sich längst nicht mehr so schrecklich an wie noch vor ein paar Tagen. Stattdessen lächelte ich die ganze Zeit, während ich die Patienten versorgte und ihnen bei ihren täglichen Verrichtungen wie Duschen und Anziehen half. Ich machte ihre Betten und räumte die Zimmer auf. Mit einer Patientin blätterte ich eine Stunde lang durch ein Fotoalbum, das ihre Familie vorbeigebracht hatte.

Am Ende meiner Schicht hatte ich alle zu Bett gebracht und fühlte mich großartig, besser als ich mich je in diesem Job gefühlt hatte. Vielleicht hatte ich ihn bisher nicht gemocht, weil ich mit mir selber unzufrieden war, und es lag gar nicht an der Arbeit?

Als ich hier anfing, dachte ich, eine Ausbildung zur Pflegerin wäre das Richtige. Ich dachte, ich gehe noch mal zur Schule, mache meinen Pflegeabschluss und kriege dann ein fettes Einkommen, weil der Job ja so angesehen ist. Aber anstatt in einem Pflegeheim wollte ich eigentlich lieber in einem Kinderkrankenhaus arbeiten.

Das Leben ändert unsere Träume manchmal auf eigentümliche Weise. Eine Ausbildung zur Pflegerin war auf einmal nicht mehr so interessant, Pflegeassistentin reichte mir eigentlich schon. Ich war mürrisch und unglücklich, konnte mich aber nie aufraffen, weiter zu denken als bis zum Ende jeder Arbeitswoche. Aber in dieser Nacht hatte ich eine klare Vision.

Meine Leidenschaft kehrte mit voller Macht zurück. In

meiner Pause schaute ich mir das Collegeprogramm für die Ausbildung zur Krankenpflege an, das ich mir schon einmal rausgesucht hatte. Ich forderte sogar die Unterlagen an, um mich einzuschreiben.

„Also erzählst du mir jetzt, was los ist?", fragte Monica nach der Schicht, als wir zu ihrem Auto gingen.

„Ich bewerbe mich für das College", sagte ich.

„Deshalb hast du kein Zungenpiercing mehr und hast den ganzen Abend gelächelt?"

„Oh nein, das ist wegen Devin." Ich klang deutlich fröhlicher als beabsichtigt.

„Devin?"

„Mein Nachbar. Ich war mit ihm in Jacksonville, um seine Tochter zu besuchen. Ich sollte mich als seine Ehefrau ausgeben. Es war ziemlich spaßig. Wir sind in seinem Privatjet geflogen. Ist es überhaupt zu glauben, dass ich jemanden kenne, der so ein Ding besitzt? Nun, ich weiß nicht, ob er wirklich ihm gehört. Vielleicht mietet er den Jet auch immer nur, wenn er ihn braucht."

Meine Aufregung über die letzten Tage sprudelte nur so aus mir heraus. Ich konnte mich gar nicht beruhigen. Aber Monica sah gar nicht so begeistert aus, sondern wirkte etwas besorgt.

„Du hast dich als seine Ehefrau ausgegeben und seine Tochter besucht?"

Ihre Missbilligung stand ihr deutlich ins Gesicht geschrieben und brachte mich aus dem Tritt. Ich hatte mit einer solchen

Reaktion seitens meiner Eltern gerechnet, aber nicht von meiner Freundin. Ich wusste nicht, wie ich reagieren sollte.

„Es ging doch nur darum, dass seine Schwiegereltern sahen, dass er Verantwortung übernahm. Keine große Sache."

Monica hatte offenbar noch eine Menge dazu zu sagen, denn sie holte schon Luft. Aber dann schloss sie ihn wieder. Stattdessen stieg sie einfach in ihr Auto ein, ich setzte mich auf den Beifahrersitz. Ich wusste nicht, welcher Teil der Geschichte sie so beunruhigte, aber ihr Schweigen war mir lieber als irgendwelche Vorwürfe, daher fragte ich nicht weiter nach.

„Wohin gehen wir heute Abend?", fragte Monica, als wir in Richtung Innenstadt fuhren.

„Anna und die Mädels wollten ins Slide, ist das okay?"

„Ja, in Ordnung. Ich werde nicht allzu viel trinken und kann fahren, wenn es dir recht ist."

„Ja, aber der Grund, warum ich dich unbedingt dabei haben wollte, war, dass du mal abschalten kannst. Du kannst doch ein Taxi nehmen, wenn du doch etwas mehr die Sau rauslassen willst."

„Ich muss mich nicht betrinken, um Spaß zu haben", sagte Monica ernst.

Der missbilligende Unterton war wieder da. Ich hatte Monica nicht eingeladen, damit sie mir Vorträge hielt. Außerdem hatte ich auch gar nicht vor, selber viel zu trinken. So hatte ich mir das alles nicht vorgestellt. Monica war doch meine Freundin. Ich dachte, sie freut sich über meine Geschichte mit dem Jet, aber sie schien nicht im Mindesten interessiert.

Als wir am Slide ankamen, sah ich Anna, Amy und Rebecca schon vor dem Eingang mit dem Türsteher flirten. Es war schwierig, in diesen Club zu kommen, aber ich machte mir deswegen keine Sorgen. Die Türsteher sagten niemals Nein zu Anna. Sie hinterfragten auch nie ihren Ausweis. Ihrem Charme konnte eben niemand widerstehen.

„Hey, Monica!“, riefen die Mädels, als wir vorbeifuhren.

„Ich muss erst noch einen Parkplatz finden!“, rief sie durch das Fenster, als sie mich vor der Tür absetzte.

Ich trug immer noch meine furchtbare Arbeitskleidung, aber das war mir egal. Es ging mir heute Nacht nicht darum, einen heißen Typen aufzureißen, sondern ich wollte mit meinen Freundinnen abhängen. Schließlich hatte ich ja einen heißen Nachbarn, mit dem ich flirten würde, sobald ich nach Hause kam.

Der Gedanke an Devin erinnerte mich daran, dass ich den ganzen Tag noch nichts von ihm gehört hatte. Er hatte gesagt, er wollte mir eine Nachricht schicken, aber da war nichts. Sofort war ich verunsichert, was ihn davon abhalten könnte, sich bei mir zu melden.

„Lilli, du siehst heute aber scharf aus“, spottete Anna.

„Genau, ist das eine neue Mode?“, fügte Rebecca hinzu.

„Allerdings, ihr habt ja keine Ahnung. Monica und ich tragen den neuesten Trend.“

„Also, ich kann es kaum erwarten. Erzähl mir von dem

Wochenende mit deinem neuen Ehemann“, sagte Anna und lachte.

Der Ausdruck auf Amys und Rebeccas Gesicht war unbezahlbar. Als ob ich ihnen ein riesiges Geheimnis vorenthalten hätte. Natürlich würde ich niemals heimlich heiraten. Wenn ich denn jemals heiratete, dann würde das ein Wahnsinnsfest. Man würde noch Monate später davon sprechen.

„Keine Sorge, wir sind nicht wirklich verheiratet“, erklärte ich Amy und Rebecca. „Ich habe nur so getan, als sei ich die Gattin meines heißen Nachbarn. Und wir sind über das Wochenende mit seinem Privatjet geflogen, um die Familie von seiner Ex zu treffen.“

Ich fasste Annas Arm und der Türsteher nickte. Wir durften alle rein. Ich musste grinsen, als ich Amys und Rebeccas Gesichtsausdruck sah. Allein die Vorstellung, dass ich mit einem Privatjet geflogen war, haute sie um.

„Wartet“, rief Monica hinter uns, als der Türsteher sie aufhielt. „Ich gehöre zu denen.“

„Oh, Bobby, sie gehört zu mir. Tut mir leid, das hatte ich vergessen zu erwähnen“, sagte Anna und ging zurück zur Tür.

Anna und Monica waren eigentlich nicht miteinander befreundet, aber beide waren meine Freundinnen. Es war nicht immer einfach: Monica mochte Anna nicht sonderlich und Anna interessierte sich nicht für Monica. Aber wenn wir alle zusammen unterwegs waren, benahmen sich beide einigermaßen freundlich zueinander. Glücklicherweise gingen wir selten alle zusammen aus.

„Also, jetzt erzähl schon von dem Trip. War es wie im Traum? Habt ihr es die ganze Nacht getrieben? Auch im Flugzeug?“ Anna hörte gar nicht mehr auf.

Ich schaute hinüber zu Monica, die aber offenbar nicht zuhörte. Ich wusste ja schon, dass sie meine Geschichte weit weniger aufregend fand als Anna.

„Okay, wir haben nicht miteinander geschlafen. Er war der perfekte Gentleman.“

„Hm, das klingt nicht gerade nach einem spaßigen Wochenende“, sagte Anna und holte die ersten Drinks.

„Wir hatten eine tolle Zeit. Der Privatjet war beängstigend. Man hängt ja praktisch senkrecht in der Luft. Ich dachte, ich müsste mich übergeben.“

„Hat er dich mit seiner Zunge in deinem Hals beruhigt?“, fragte Anna scherzhaft.

„Nein! Es war einfach nur nett. Ich habe seine Tochter kennengelernt und deren Großeltern. Sie hat bei uns im Hotel übernachtet.“

„Sie hat mit dir und dem heißen Typen im selben Zimmer geschlafen, während ihr beide getan habt, als seid ihr verheiratet?“, fragte Monica vorwurfsvoll.

„Wir haben es nicht auf dem Bett getrieben, während sie dabei war. Himmel, Monica. Ich bin früh schlafen gegangen und Devin und Izzy waren noch am Pool. Das Bett war riesig und Devin ist brav die ganze Nacht auf seiner Seite geblieben.

Izzy hat auf einer Liege am Fenster geschlafen. Wieso regst du dich so darüber auf?"

„Du hast einem kleinen Mädchen vorgelogen, dass ihr Vater verheiratet ist? Das ist schrecklich. Ich verstehe nicht, wie glauben kannst, dass das eine gute Tat war."

„Warte mal. Wir haben dem Mädchen nicht wirklich gesagt, dass wir verheiratet sind. Wir hatten uns das nur für die Großeltern ausgedacht. Izzy wusste nur, dass ich eine Freundin von Devin war. Wir haben uns nicht geküsst oder erwähnt, verheiratet zu sein. Beruhig dich mal."

„Es ist dennoch nicht in Ordnung. Wie kannst du einen Typen mögen, der bereit ist, so zu lügen? Wieso konnte er denn seine Tochter nicht einfach so besuchen?"

Das war eine durchaus berechtigte Frage, die ich mir auch schon gestellt hatte. Devin schien zu glauben, dass man ihm den Besuch nicht erlaubt hätte, aber als wir da waren, schienen Mr. und Mrs. Edwards ihn doch willkommen zu heißen. Keine Ahnung, ob sie ihn auch so behandelt hätten, wenn ich nicht dabei gewesen wäre. Aber die Lüge war mir auch unnötig erschienen.

„Er hat es eben gesagt und konnte es nicht mehr zurücknehmen. Er war auch nicht sonderlich glücklich darüber, wir haben einfach nur versucht, das Beste aus der Situation zu machen."

„Was auch immer. Ist ja dein Leben."

Monica rollte mit den Augen und drehte sich weg, um mit Rebecca über irgendetwas anderes zu sprechen. Ich war erleichtert, diesen vorwurfsvollen Ton los zu sein und wandte mich wieder Amy und Anna zu.

„Dann hattest du Spaß?“, fragte Anna.

„Ja, es war toll. Er ist echt nett und sieht so gut aus. Es war anfangs schwer, mich mit ihm zu unterhalten, weil ich kaum glauben konnte, dass ich wirklich da war. Aber am Ende lief es viel besser. Und Anna, er hat mich geküsst, als wir wieder zu Hause waren.“ Ich griff ihre Hände und hüpfte aufgeregt auf und ab.

Monica drehte sich zu mir um. Offenbar hatte sie meine Bemerkung gehört, aber sie sagte nichts dazu. Egal, warum ich an dem Wochenende mit Devin zusammen gewesen war, es war immer aufregend, von einem gut aussehenden Mann geküsst zu werden. Diesen Moment konnte mir niemand wegnehmen.

„Er hat dich geküsst? Du hast dich ihm dieses Mal nicht an den Hals geworfen?“, fragte Anna lachend.

„Nein, ich habe gar nichts gemacht. Er hat die Initiative ergriffen. Und er ist ein verdammt guter Küsser.“

„Perfekte Mischung aus Zunge und Lippen?“, fragte Anna.

„Ja, es war unglaublich.“

„Und heute? Hat er dir geschrieben?“, wollte Anna wissen.

Die Enttäuschung musste mir als Antwort deutlich im Gesicht stehen. Nein, Devin hatte mir keine Nachricht geschickt oder sonst irgendwie versucht, mich zu kontaktieren, seitdem wir heimgekehrt waren. Es war, als ob er kein Interesse mehr hatte, die Sache fortzusetzen.

Ich war 21, vielleicht hatte ich mir mehr eingebildet, als da wirklich zwischen uns war. Das war schon denkbar. Ich wollte, dass er mich mochte, also bildete ich mir vielleicht ein, dass es ihm ebenso erging.

„Das ist nicht schlimm, er ist ja älter. Solche Männer haben so viel um die Ohren, dass sie fürs Texten keine Zeit haben. Lass ihm ein paar Tage Zeit“, beruhigte Anna mich.

„Ja, ich schätze, er hat viel zu tun.“

„Oder vielleicht solltest du ihm schreiben“, schlug Amy vor.

„Nein, auf keinen Fall“, sagte Anna streng und wir schauten sie alle fragend an.

Anna war die jüngste von uns allen. Sie hatte keinerlei Erfahrung mit Beziehungen, aber sie hatte diese grandiosen Vorstellungen, wie Beziehungen zu sein hatten und sie teilte diese Vorstellung gerne jedem mit.

„Warum nicht, Anna?“, fragte ich.

„Du bist schon wegen deines Alters im Nachteil. Du darfst nichts tun, was die üblichen Vorurteile über junge Frauen noch bestätigen würde. Wenn du ihm zuerst schreibst, gewinnt er die Oberhand. Warte ab.“

„Aber wenn er mir nicht schreibt?“

Anna warf ihre Arme dramatisch in die Luft, als ob ich etwas Schreckliches gesagt hätte. Es sah lustig aus, als sie energisch ihren Kopf schüttelte und so tat, als wüsste sie mehr über Männer als ich.

„Er wird dich anrufen oder eine Nachricht schicken. Vertrau mir, Schätzchen. Ich kenne die Männer."

Wir brachen alle in schallendes Gelächter aus über Annas altkluge Reden. Anstatt wie eine 19-jährige, redete sie wie eine alte Lady mit jeder Menge Erfahrung mit Männern, die ihr Wissen mit uns teilte.

„Okay, ich warte ab. Aber nur, weil du so erfahren bist und ich dir vertraue", spottete ich.

„Danke. Du wirst es ja sehen. Ich habe auf jeden Fall recht."

Für den Rest des Abends, versuchte ich mich zu entspannen und Spaß zu haben, aber ich hatte die ganze Zeit das vage Gefühl, die Dinge würden sich nicht so entwickeln, wie ich es gern hätte. Diese Niedergeschlagenheit ließ mich schließlich kurz nach Monica aufbrechen.

„Ich gehe nach Hause. Willst du mitfahren?", fragte ich Anna.

„Nein, ich fange ja gerade erst an. Wie wäre es, wenn wir in den nächsten Tagen mal einen Spaziergang machen, hm? Ich möchte noch mehr über dein Wochenende erfahren."

„Klingt gut, machen wir."

„Schreib mir, bevor du Devin schreibst. Wenn er eine Nachricht schickt, antworte nicht sofort. Wenn er sich so lange Zeit lässt, darfst du nicht zu eifrig wirken und sofort reagieren."

„Schön, ich rufe dich an."

Der Morgen hatte so großartig angefangen, aber als ich in das Taxi stieg, um nach Hause zu fahren, fühlte ich mich elend. Mir war übel und ich hinterfragte alles, was am Wochenende passiert war. Ich fühlte mich ziemlich mies.

Als das Taxi vor meinem Haus hielt, warf ich einen Blick zu Devins Haus hinüber, um zu sehen, ob er auf war. Offenbar nicht. Das ganze Haus war dunkel. Meine üble Vorahnung schien sich zu bewahrheiten. Ich ging ins Haus und hinauf in mein Zimmer.

*

Am Mittwoch hatte ich schon fast jegliche Hoffnung aufgegeben, je wieder von Devin zu hören. Dann kam die Textnachricht.

DEVIN: Ashleys Anhörung lief nicht gut. Ihr Anwalt hat ihr klargemacht, dass sie mit einer mehrjährigen Haftstrafe rechnen muss.

Na toll. Es ging nicht einmal um mich. Das war nur ein Update, was in seinem Leben los war, aber es hatte nichts mit mir zu tun. Ich rollte mit den Augen und steckte das Handy wieder ein. Anna musste sich keine Sorgen machen, dass ich darauf zu schnell antworten würde. Ich wusste nicht einmal, ob ich darauf überhaupt reagieren sollte.

Etwa zehn Stunden später, ich war noch auf der Arbeit, kam die nächste Nachricht. Diese klang schon deutlich vielversprechender.

DEVIN: Sorry, dass ich so wenig Zeit habe. Viel Arbeit und ein neuer Deal. Ich hoffe, es geht dir gut. Schreib mir oder komm einfach mal vorbei.

Diese Nachricht rang mir immerhin ein Lächeln ab. Es war schon fast Mitternacht, aber ich versuchte dennoch, Anna zu erreichen, um zu sehen, was sie von den beiden Nachrichten hielt. Aber sie war unterwegs und ich musste allein klarkommen.

Ich fuhr mit einer Kollegin nach Hause, die in meiner Ecke wohnte. Sie wollte sich nett unterhalten, aber ich konnte an nichts anderes denken als an die Nachricht, die ich Devin schicken wollte. Sollte ich bis morgen warten? Sollte ich sofort eine Antwort schicken?

Als ich nach Hause kam, ging ich sofort auf mein Zimmer und schaute auch nicht hinüber zu Devins Haus. Ich wollte nicht riskieren, ihn zu sehen oder gar mit ihm zu reden. Stattdessen dachte ich über meine Wortwahl nach. Es durfte nicht zu schnodderig oder frech klingen. Er sollte aber auch nicht denken, dass ich die ganze Zeit auf eine Nachricht von ihm gewartet hatte. Schließlich hatte ich mich für eine Antwort entschieden.

LILLI: Komme gerade von der Arbeit. Blöd, dass wir beide so viel zu tun haben. Man sieht sich.

Ich schickte die Nachricht ab und wollte so schnell wie möglich einschlafen, damit ich nicht der Versuchung erlag, ihm noch weitere Nachrichten zu schicken. Eine musste reichen. So gern ich ihn auch sehen wollte, ich musste die Oberhand gewinnen. Oder was auch immer Anna da gesagt hatte, was ich tun sollte.

Kapitel 12

Devin

„Kannst du rüberkommen?“, fragte ich, als Lilli den Anruf annahm.

„Wie spät ist es?“

„Früh.“

„Ich kann jetzt nicht. Was ist los? Ich schlafe“, grummelte sie.

„Ich brauche noch einen Gefallen.“

Es folgte eine längere Pause. Ich vermutete, sie grübelte, welcher Art dieser Gefallen wohl sein mochte. Vor fast einer Woche waren wir aus Jacksonville zurückgekommen und seither hatten wir uns nicht ein einziges Mal gesehen. Ich hatte ihr ein paar Nachrichten geschickt, aber sie antwortete nur sehr zögerlich.

„Devin, ich weiß nicht, ob ich Zeit für deine Gefallen habe.“

„Geht es dir gut?“

Normalerweise vermied ich es, Frauen diese Frage zu stellen, aber irgendetwas stimmte mit Lilli nicht. Auch wenn es noch früh am Tag war, so klang sie eher schlecht gelaunt als müde.

„Es geht mir gut, Devin. Aber ich habe mein eigenes Leben und Verpflichtungen. Eine davon ist es, bis Mitternacht zu arbeiten. Wenn du mich also im Morgengrauen anrufst, dann bin ich nicht unbedingt erfreut darüber. Also, was brauchst du?"

„Mr. und Mrs. Edwards haben angerufen und gesagt, dass Ashley uns beide sehen möchte. Ich glaube, sie lässt Izzy vielleicht doch bei mir wohnen."

„Warum fährst du nicht allein? Du musst diese Lüge nicht aufrechterhalten, sag ihr einfach, ich hätte keine Zeit."

Ich war so nah dran, Izzy zu bekommen, dass ich den Gedanken nicht ertragen konnte, irgendetwas könnte schiefgehen. Ashley kannte mich sehr gut. Wenn irgendjemand diese Ehelüge durchschauen würde, dann Ashley. Aber wenn Lilli dabei war, erhöhte das die Glaubwürdigkeit.

„Das geht nicht. Sie will dich kennenlernen."

„Oh Mann. Ich kann das jetzt nicht. Ich gehe wieder ins Bett", stöhnte Lilli.

„Warte. Ich denke, wir sollten miteinander ausgehen, ein richtiges Date. Es ist die einzige Möglichkeit, dass wir uns richtig kennenlernen. Und anschließend kannst du dich entscheiden, ob du mitkommen willst oder nicht."

Lilli schwieg. Ich konnte nur hoffen, dass es ein positives Schweigen war. Einen Moment lang befürchtete ich gar, sie hätte aufgelegt. Aber dann hörte ich Geräusche und ich eilte zu meinem Schlafzimmerfenster, um sie vielleicht von dort sehen zu können. Leider hatte sie die Vorhänge zugezogen.

„Du guckst aus dem Fenster, oder?“, fragte sie vorwurfsvoll.

„Was? Wieso sagst du so was?“

„Weil ich gehört habe, wie du den Vorhang aufgezogen hast. Meine bleiben zu. Ich sehe schrecklich aus.“

„Das kann ich mir nicht vorstellen.“

„Du machst mich irre. Also, wann soll das Date denn stattfinden?“

„Heute Abend?“

Lilli brach in Gelächter aus und riss dann die Vorhänge auf, so dass ich sie sehen konnte. Sie trug noch ihre Arbeitskleidung und ihr Gesicht war mit Make-up beschmiert. Sie hatte eine Hand in die Hüfte gestemmt, die andere hielt das Handy.

„Sehe ich so aus, als könnte ich so auf ein Date gehen?“

„Schlaf dich aus. Wie wäre es um sieben?“, fragte ich.

„Ich muss Sport machen.“

„Nimm dir einen Tag frei.“

„Devin, du bringst einfach alles durcheinander“, sagte sie matt.

Ich lächelte, als sie einen Arm in die Luft warf und den Kopf schüttelte. Ihr langes rotes Haar war vollkommen durcheinander und stand wirr vom Kopf. Sie lächelte. Ich mochte ihr Lächeln.

„Ist das ein Ja?“

„Na gut, aber kein schickes Lokal. Ich rede von Jeans und

Flip-Flops, okay?“

„Jawohl, Madam. Soll ich dich abholen oder kommst du rüber?“

Gerade in diesem Moment kamen ihre Eltern aus dem Haus und sowohl Lilli als auch ich machten einen Schritt weg vom Fenster. Allerdings wussten sie ja gar nicht, dass wir beide am Fenster gestanden hatten. Lilli fing an zu lachen und steckte mich damit an. Ich war längst in einem Alter, wo mich die Meinung der Eltern nicht mehr interessierte, aber diese Komplikation unserer Beziehung war irgendwie belebend.

„Ich komme rüber“, sagte Lilli. „7 Uhr. Einverstanden.“

„Trag deine Flip-Flops.“

„Werde ich. Bis dann. Ich gehe wieder schlafen.“

Lilli machte Ernst und legte auf. Ich sah, wie sie sich wieder hinlegte. Ich konnte das Bett nicht genau erkennen, aber ich nahm an, dass sie mindestens noch ein paar Stunden schlafen würde. Da ich noch einiges zu arbeiten hatte, ging ich hinunter in mein Büro.

Geld zu investieren war an sich kein Job. Ich betrachtete es eher als ein Hobby. Ich recherchierte gern über neue Firmen und plante, wie ich ihnen helfen konnte. Das war viel interessanter, als einfach nur in Aktien zu investieren. Da hatte ich allerdings auch eine Menge Geld angelegt.

Als meine alte Firma uns allen Aktienanteile anbot, hatte mich das nicht sonderlich beeindruckt. Aber als wir fünf Jahre später an die Börse gingen, wurde ich umgehend zum

Milliardär. Meine Investition in die Firma wuchs, bis ich mich schließlich davon trennte und einige Anteile verkaufte. Jetzt hatte ich alle Zeit der Welt und jede Menge Geld, das ich ausgeben konnte. Die Zeit der Partys war vorbei und ich wollte ein anderes Leben führen.

Lilli beschäftigte mich den ganzen Tag, während ich die Drohnenfirma unter die Lupe nahm. Ich dachte viel mehr an sie, als ich es üblicherweise in einer Beziehung tat. Andererseits hatte auch nie eine dieser anderen Frauen meine Tochter kennengelernt. Lilli hatte etwas Besonderes an sich und ich wusste, dass wir gut miteinander auskamen. Wir mussten nichts erzwingen. Ich hatte nicht das Bedürfnis, mich zu verstellen. Das war zur Abwechslung mal sehr angenehm.

Ich beendete die Arbeit für heute und nahm eine Dusche, um mich zu erfrischen. Auch wenn wir es heute langsam angehen lassen würden, konnte man ja trotzdem frisch riechen.

Ein Date mit meiner 21-jährigen Nachbarin.

Mein Leben war definitiv nicht so, wie ich es erwartet hatte, als Mittdreißiger. Ich dachte, ich düse um die Welt mit einer heißen Mittzwanzigerin. Stattdessen würde meine Nachbarin rüberkommen für ein harmloses Essen und einen Kinobesuch. Erstaunlich war aber, dass ich mich darauf freute, mit ihr auszugehen. Und ich nahm an, dass sie in einem Bikini fantastisch aussehen würde, falls sie mich je auf meinen Reisen begleiten sollte.

Punkt 7 Uhr klopfte es an meine Haustür. Mein Puls beschleunigte sich, als ich mich beeilte, ihr zu öffnen. Das letzte, was wir jetzt gebrauchen konnten, war, dass ihre Eltern etwas davon mitbekamen. Es wäre nicht das Ende der Welt, aber es wäre doch ziemlich anstrengend, ihnen den aktuellen Status unserer Beziehung zu erläutern.

„Pünktlich wie die Feuerwehr", sagte ich, als ich die Tür öffnete. „Wow", fügte ich hinzu, als ich Lilli sah.

„Was? Ich sagte doch Jeans und Flip-Flops", meinte sie grinsend.

„Äh, sind das wirklich Jeans?", fragte ich und legte den Kopf schief, um ihre super kurzen Jeans Shorts zu bewundern.

„Ja, sind es. Also, wo gehen wir hin?"

Lilli kam herein und schloss die Tür hinter sich. Ich war immer noch abgelenkt. Ihre Beine waren unendlich lang in diesen Shorts und sie trug ein weißes T-Shirt, das ihre Kurven wunderbar betonte. Ihr Haar war zu einem losen Zopf gebunden und sie trug wieder ihr Zungenpiercing.

„Äh … keine Ahnung", stammelte ich schließlich.

„Wirst du mich den ganzen Abend so anstarren?"

„Wahrscheinlich."

„Okay", sagte sie mit einem süßen Lächeln.

Ihre Lippen waren voll und glänzten ein wenig von dem Lipgloss. Sie trug nur ganz dezentes Make-up, kein Vergleich zu dem, was sie auflegte, wenn sie abends in die Clubs ging. In diesem Look fühlte sie sich offensichtlich wohl.

„Sollen wir uns auf den Weg machen, bevor deine Eltern

merken, dass ich dich gestohlen habe?“

„Sie denken, ich gehe mit einem Jungen von der Arbeit aus.“

„Oh, gibt es gut aussehende Jungs auf der Arbeit?“

„Nein, da arbeiten nur Frauen“, sagte sie lachend. „Aber das müssen meine Eltern ja nicht wissen.“

Wir gingen durch mein Wohnzimmer nach hinten, zur Garage, wo das Auto stand. Es stand immer ziemlich nah an der Wand, so dass es schwierig war, auf den Beifahrersitz zu gelangen. Dennoch hielt ich ihr die Tür auf, damit sie einsteigen konnte.

Nachdem ich ebenfalls eingestiegen war, schlug Lilli die Beine übereinander und beugte sich zu mir herüber. Sie stützte einen Ellenbogen auf die Armlehne zwischen uns und sah mich an, als wollte sie etwas fragen. Dann lehnte sie sich wieder zurück und setzte sich wieder mit beiden Beinen gerade hin, langsam und verführerisch, als wüsste sie, dass ich sie nicht aus den Augen ließ.

„Mach es dir bequem. Ich möchte keinen Unfall verursachen, weil ich auf deine Beine gestarrt habe, während ich eigentlich auf den Verkehr schauen sollte.“

„Diese kleinen Stumpen lenken dich ab?“, fragte sie und fuhr mit den Fingern über die Innenseite ihrer Oberschenkel.

„Wir könnten auch daheim bleiben“, bot ich an.

Ich war begierig, diese Schenkel genauer zu betrachten und hätte unser Date liebend gern in mein Schlafzimmer verlegt. Auch so konnten wir uns sicher sehr gut kennenlernen. Aber ich kannte die Antwort schon, bevor sie sprach.

„Nein, wir gehen aus. Ich freue mich auf unser Date."

„Ich mich auch."

In Wahrheit freute ich mich, sie zu sehen, egal was wir taten. Ich hatte die ganze Woche viel gearbeitet und mir ständig Gedanken wegen Ashley und Izzy gemacht, ich brauchte ein wenig Abwechslung.

„Also, wie wäre es mit ein wenig Unterhaltung?"

„Ich wäre beleidigt, wenn du mir keine Unterhaltung bötest. Ich schätze dich als den Typ Mann ein, der immer weiß, wo was los ist und all die coolen Plätze kennt, wo man in Chicago im Sommer so hingeht."

„Ich kenne coole Plätze in so ziemlich allen größeren Städten."

„Hm, ich möchte heute Abend mehr über deine Reisen erfahren. Und was genau arbeitest du? Das ist alles sehr mysteriös."

Ich öffnete die Garage und fuhr los. Ich wusste genau, wohin ich mit Lilli fahren würde. Ich hatte noch nie eine Frau kennengelernt, die so entspannt und offen für alles war wie Lilli. Daher hatte ich noch nie zuvor eine Frau mit zu diesem Ort genommen.

„Ich bin in erster Linie ein Investor", erklärte ich während der Fahrt.

„Worin investierst du denn?"

„Unternehmen. Ich helfe ihnen zu wachsen und gebe ihnen das Geld für den Aufbau der Firma. Im Gegenzug erhalte ich ein paar Anteile an dem Unternehmen. Also müssen es Unternehmen sein, die vielversprechend sind."

„Du kaufst einen Teil der Firma auf?"

„So in etwa. Ja, irgendwie schon. Ich arbeite mit anderen Investoren zusammen und wir bekommen Anteile. Manchmal sehr viele, bis zu 50 %, manchmal nur 5 oder 10 %."

„Warum machst du nicht selber eine Firma auf?"

„Das ist eine interessante Frage", sagte ich und überlegte meine Antwort genau. „Technisch gesehen ist mein Investitionsunternehmen eine Firma. Aber ich verstehe, was du meinst."

„Ja, wenn du so viel Geld hast und dich auf so vielen Gebieten auskennst, warum machst du nicht etwas, dass dir hundertprozentig entspricht?"

„Ich hatte bisher keine zündende Idee für eine eigene Firma."

„Ah, okay." Sie wirkte nicht sonderlich überzeugt. „Worin bist du denn gut?"

„Zahlen. Ich kann sie gut analysieren. Ich war mal Datenbeauftragter in einem Technologieunternehmen."

„Wow, damit hätte ich nicht gerechnet", sagte Lilli mit einem Lächeln, als sie mich von oben bis unten betrachtete. „Du siehst eher wie ein Verkäufer oder Vertreter aus."

„Ehrlich? Wie ein Vertreter?" Ich fand eigentlich nicht, dass ich so aussah.

Ich trug modische, wenn auch lässige Kleidung, ich trieb Sport, um fit zu bleiben. Für mich war ein Vertreter jemand, dem die Haare ausgingen und der einen Bierbauch hatte, also ganz und gar nicht wie ich.

„Okay, vielleicht wie ein Verkäufer in einem dieser angesagten Elektronikgeschäfte“, sagte Lilli grinsend. „Übrigens, wo fahren wir eigentlich hin?“

„An einen coolen Ort.“

„Wie die Mall?“, spottete sie.

„Nein, nicht wie die Mall. Das ist ja schlimm. Nein, es ist ein Ort, der uns beiden gefallen wird.“

Ich kannte Lilli noch nicht so gut, aber ich ging davon aus, dass es ihr gefallen würde. Das Publikum dort war etwas jünger, als ich es gewohnt war, aber für sie wäre es ganz passend. Spaß, Abenteuer und ohne jegliche Kontrolle. Aber natürlich blieb ich vollkommen kontrolliert.

Wir näherten uns unserem Ziel und Lilie schaute neugierig aus dem Fenster, als wir vom Highway herunterfuhren. Sie wirkte so begierig, herauszufinden, wohin wir fuhren, dass ich lachen musste.

„Du kommst sowieso nicht drauf.“

„Unterschätz mich nicht. Ich komme vielleicht doch drauf.“

„Nein, wirst du nicht. Es ist ein absoluter Geheimtipp“, sagte ich und fuhr darauf zu.

Auf dem Schild stand immer noch 'Joe's Teppichböden', aber im Gebäude befand sich eine Kartbahn. Die Besitzer hatten das

Geschäft aufgegeben und die Halle ihrem Sohn überlassen, der ebenfalls Joe hieß. Ich hörte, er wollte den Laden umbenennen in 'Joe's Kartbahn', aber bisher war das nicht geschehen.

„Du bringst mich in ein Teppichgeschäft?“, fragte Lilli mit hochgezogenen Augenbrauen.

„Jap. Es wird dir gefallen.“

Als wir auf den Parkplatz fuhren, wurde schnell klar, dass es sich nicht um einen normalen Teppichladen handelte. Der Parkplatz war voll mit Motorrädern, Jeeps und aufgemotzten Autos. Drinnen war es dunkel, es gab Blitzlichter und laute Musik.

„Was ist das für ein Laden?“

„Das wirst du gleich sehen“, sagte ich, öffnete die Glastür und führte Lilli hinein.

Die Musik war sehr laut mit reichlich Bässen. Wir gingen am Rand entlang zu den Karts, die die Strecke entlang fuhren. Lilli grinste breit, als sie das sah. Ich wusste, ich hatte eine gute Wahl getroffen.

„Bereit für ein Rennen?“, fragte ich. „Ich zeige dir, wo der Hammer hängt.“

„Oh, das möchte ich doch bezweifeln“, sagte sie ebenso humorvoll. „Du siehst nur meine Rücklichter.“

Ich nahm ihre Hand und wir gingen los, um Karten für das nächste Rennen zu kaufen. Der Angestellte erklärte uns ein paar grundlegende Regeln und ließ uns zwei Helme auswählen. Dann stellten wir uns in die Schlange und schauten dem gerade stattfindenden Rennen zu.

Lilli stand nahe bei mir und ich spürte die Hitze zwischen uns. Es war wie ein Stromstoß. Als sie mich anschaute, vergaß ich mich für einen Moment, beugte mich vor und küsste sie.

Sie zog sich nicht zurück, kam mir aber auch nicht entgegen. Sie erwiderte den Kuss, schaute dann aber wieder dem Rennen zu. Ich dachte für einen Moment, ich hätte einen Fehler gemacht, aber dann griff sie in meinen Gürtel und zog mich näher zu sich heran. Mein Becken presste gegen ihren Hintern, während sie das Rennen beobachtete. Ich versuchte, meine Erregung unter Kontrolle zu bringen.

Aber kein Gedanke an Baseball oder langweilige Hausarbeiten konnten verhindern, dass ich sie begehrte, erst recht, da ihr Hintern sich gegen mich drängte. Sie wackelte damit hin und her. Das waren Minuten der Folter, während wir darauf warteten, an die Reihe zu kommen. Als es endlich so weit war, konnte ich an nichts anderes mehr denken, als an ihren süßen kleinen Körper.

„Das war doch Absicht“, sagte ich empört, als sie in ihr Fahrzeug einstieg.

„Was denn?“, fragte sie mit gespielter Unschuld und zuckte mit den Schultern.

„Vergiss es.“

„Sollen wir eine Wette machen?“, schlug sie vor.

„Sicher. Ich gewinne und du kommst mit zu mir nach Hause. Ich verliere und du kommst mit zu mir nach Hause“, witzelte ich.

Sie lachte nur und konzentrierte sich auf den Start. Sobald das Signal ertönte, schlüpfte sie links von mir durch eine Lücke und erreichte die erste Kurve vor mir. Sie überholte rasch auch alle anderen, die im Rennen dabei waren. Ich gab mir Mühe, sie einzuholen, aber sie war nicht aufzuhalten.

Am Ende des Rennens hatte Lilli einen deutlichen Vorsprung und ich war von so ziemlich jedem überholt worden, der Jagd auf sie machte. Als sie aus ihrem Kart ausstieg, wurde sie sogleich von einigen Jungs umringt, die mit ihr reden wollten. Ich stand in der Nähe und beobachtete das. Ich nahm an, das passierte ihr öfter, denn sie wirkte sehr entspannt dabei.

Sie deutete während dieses Gesprächs in meine Richtung. Ich winkte den Typen also weg und ging zu ihr. Meine Hand glitt um ihre Hüfte und ich zog sie näher an mich heran. Einfach nur, um sicherzustellen, dass jeder hier sah, zu wem sie gehörte. Zumindest heute Abend.

„Na, da hast du dir aber schnell einen kleinen Fanclub erkämpft."

„Äh, ich bin eine Profi-Kartfahrerin", sagte sie lachend. „Das war toll, oder? Willst du eine Revanche?"

„Ich möchte lieber noch mal mit dir in der Schlange stehen", antwortete ich und zwinkerte ihr zu.

„Oh, hat dir das kleine Ablenkungsmanöver gefallen?"

„Sogar sehr."

„Dann tun wir es doch gleich noch mal", sagte sie spielerisch und zog mich zum Ticketverkauf hinüber.

Wir fuhren noch drei weitere Rennen, die sie alle drei gewann. Das störte mich überhaupt nicht. Die Warteschlange war mein persönlicher Favorit an diesem Abend. Wir unterhielten uns, wir umarmten und küssten uns. Wir hielten uns bei den Händen, bis wir wieder an meinem Auto standen, nachdem die Kartbahn zugemacht hatte.

„Das war das allerbeste erste Date", sagte Lilli und lehnte sich an mein Auto.

„Du meinst, der Privatjet war nicht unser erstes Date?"

„Nein, das hier war es. Und es war toll. Du bist viel bodenständiger als ich gedacht hatte."

„Wie meinst du das? Du hast mich für abgehoben gehalten?"

„Der Privatjet hat mich ziemlich aus dem Konzept gebracht", scherzte sie.

„Mein großes Flugzeug lässt mich immer wie einen großen Angeber aussehen", gab ich zu. „Aber ich fliege oft zu ungewöhnlichen Zeiten an ungewöhnliche Orte, wo ich nie sehr lange bleibe. Es ist eben einfacher so. Ich fliege mit normalen Linienmaschinen, wenn ich nach Übersee reise, zumindest meistens", fügte ich hinzu.

„Meistens, so so."

„Ja, wenn ich mit ein paar Freunden oder …" Ich verkniff mir den Rest. „Oder wenn ich mit einer ganzen Gruppe unterwegs bin, dann nehmen wir den Jet."

„Oder mit einer Frau?", fragte Lilli.

Es ließ sich nicht vermeiden. Ich hatte eine Menge Frauen auf meinen Reisen mitgenommen. Es machte so mehr Spaß. Und die Frauen waren immer beeindruckt, wenn man sie mal eben spontan mit auf eine tropische Insel nahm. Aber es klang natürlich arrogant und ich würde das Thema meiden, wenn es ging.

„So in der Art“, sagte ich und versuchte, das Thema zu wechseln. „Möchtest du noch auf einen Drink mit zu mir kommen?“

Lilli schaute mich so merkwürdig an, dass ich lachen musste.

„Was für eine Art Drink denn?“, fragte sie neugierig.

„Vielleicht auf einen Kaffee?“

„Kaffee mitten in der Nacht? Ich denke nicht. Aber ich würde dennoch gern mit zu dir kommen.“ Sie zwinkerte mir zu. „Es ist gleich neben meinem.“

Ihre freche Antwort ließ uns beide herzhaft lachen und wir fuhren nach Hause. Sie war müde, ich konnte sehen, dass sie während der Fahrt mehrmals einnickte. Aber sie hielt dennoch meinen Arm die ganze Fahrt über.

Als ich in meine Einfahrt fuhr, drückte ich auf den Garagenöffner und schüttelte Lilli sanft, um sie aufzuwecken. Ich hatte kein Problem damit, ihr einfach einen Gute-Nacht-Kuss zu geben und sie nach Hause gehen zu lassen. Wir hatten uns etwas besser kennengelernt und ich hoffte, sie war entspannt genug, um mit mir über das Wochenende zu Ashley zu fahren, aber ich war mir nicht ganz sicher.

„Danke für den netten Abend“, sagte Lilli, als ich ihr die Tür öffnete. „Wenn du wirklich willst, dass ich mit zu Ashley komme, dann tue ich das. Aber ich bin mir nicht sicher, ob es richtig ist.“

„Verstehe ich. Ich bin mir da auch nicht so sicher. Aber ich könnte den Gedanken nicht ertragen, dass Izzy jahrelang bei ihren Großeltern wohnen soll. Ich war nie ein guter Vater. Ich bin der erste, der das zugibt. Aber ich will es jetzt besser machen. Es war eine dumme Lüge, die ich jetzt nicht mehr zurücknehmen kann. Ich kann nicht riskieren, dass die Lüge auffliegt.“

„Es war eine dumme Lüge, allerdings. Aber ich komme mit dir.“

„Danke.“ Ich wollte Lilli aus der Garage geleiten.

Aber sie ging nicht mit mir, sondern blieb neben meinem Auto stehen. Sie lächelte mich an und ich kehrte zu ihr zurück, um zu sehen, was sie wollte.

„Wie war das jetzt mit dem Drink?“, fragte sie.

Ihre Hände griffen nach meinem Gürtel und sie zog mich zu sich heran. Sofort ließ ich das Garagentor runterfahren, damit uns niemand sah. Mein Körper reagierte sofort auf ihre Nähe und unsere Lippen trafen sich. Ich küsste sie sanft und lehnte mich dann etwas zurück. Das passte ihr aber offensichtlich nicht, denn sie zog mich wieder an sich. Ihre Hände waren noch immer an meinem Gürtel, ihre Lippen öffneten sich und ließen meine Zunge in ihren Mund eindringen. Unsere Münder spielten miteinander und unsere Hände begannen, an der

Kleidung des anderen zu zerren.

Die sanften Küsse wurden intensiver, während wir uns Richtung Wohnungstür bewegten. Wir lösten uns kaum voneinander, als wir die schmale Treppe hinaufgingen, durch mein Wohnzimmer, hinauf zum Schlafzimmer.

Kapitel 13

Lilli

Meine Begierde, Devins Körper an meinem zu spüren, ließ sich nicht mehr unterdrücken. Seit Wochen dachte ich daran. Ich fantasierte über seine Hände auf meinem Körper und hatte jetzt endlich das Gefühl, der Augenblick sei genau richtig.

Seine Lippen schmeckten nach dem Bier, das wir auf der Kartbahn getrunken hatten. Das Aroma wurde unwiderstehlich, als unsere Zungen miteinander spielten. Ich hätte ihn auch gleich da in der Garage nehmen können, aber als er uns beide ins Haus manövrierte, war ich doch etwas erleichtert.

Ich war nicht ganz so erfahren, wie Devin sicher von mir dachte. Ich war nur mit ein paar Männern zusammen gewesen und irgendwie hatte es sich dabei doch eher um Jungs gehandelt. Devin war auf jeden Fall anders. Er nahm mich mit die Treppe hinauf und wir küssten uns leidenschaftlich vor der Tür zu seinem Schlafzimmer.

„Bist du sicher?“, fragte er, bevor wir eintraten.

Ich konnte mir nicht vorstellen, dass er irgendeine der anderen Frauen, mit denen er mal zusammen gewesen war, das gefragt hätte, aber mir gefiel das. Ich nickte zustimmend und begann, sein Hemd aufzuknöpfen, während er die Tür öffnete.

Ich hatte das Zimmer ja schon mal gesehen, aber als wir nun

von der Tür zum Bett gingen, fielen mir einige Details auf. Die Wände waren dunkelgrau gestrichen, wunderschöne schwarzweiße Fotografien hingen daran. Sie sahen aus, als hätte er sie selber auf seinen Reisen gemacht. Ich wollte aufhören, rumzumachen, und stattdessen zu jedem Bild etwas fragen. Aber ich verkniff es mir und begann wieder ihn zu küssen.

Meine Hände fuhren fieberhaft über seine Brust, nachdem ich ihm das Hemd vom Leib gerissen hatte. Seine Bauchmuskeln waren wie Hindernisse, die meine Begierde ausbremsten und mich zwangen, mir Zeit zu nehmen. Devin achtete sehr auf seinen Körper, das wurde in diesem Moment sehr deutlich, als ich mit den Händen das Ergebnis jahrelangen Trainings erspürte.

Devins Lippen wanderten von meinem Mund meinen Hals hinunter, bis zum Schlüsselbein. Seine Bartstoppeln kratzten, aber die sanften Berührungen seiner Lippen ließen mich nach mehr verlangen. Ich wollte mir mein T-Shirt über den Kopf ziehen, aber Devin hielt mich auf.

Seine Hand hielt das Shirt unten, während seine Lippen am Kragen weiter wanderten. Ganz offensichtlich hatte Devin es nicht eilig und das machte mich erst recht an. Wie er langsam meine Haut freilegte und erkundete war ganz anders als alles, was meine bisherigen Freunde getan hatten. Früher war es die Hitze des Moments gewesen, die uns sofort ins Bett befördert und mich jedes Mal ziemlich enttäuscht zurückgelassen hatte.

Ich hatte das sichere Gefühl, dass ich bei Devin nicht enttäuscht zurückbleiben würde. Endlich glitten seine Hände unter mein Shirt, aber anstatt es mir auszuziehen, legte er seine

Hände auf meine Hüften und schob mich zur Seite des Bettes.

Seine Küsse wanderten meinen Hals wieder hinauf, bis er sich endlich entschied, mir das Shirt auszuziehen. Ich drängte ihm meine Brust entgegen, in der Hoffnung, dass er den weißen Spitzen-BH ebenfalls ausziehen würde, aber er weigerte sich. Stattdessen ließ er mich auf das Bett nieder und seine Augen wanderten zu meinen Beinen. Er begann, die Innenseite meiner Schenkel zu küssen und ich stöhnte lustvoll, als er den Saum meiner Shorts erreichte.

„Mmm, das sind nette Shorts", murmelte er, als seine Lippen von einem Bein, über meine Mitte, zum anderen Bein glitten.

Langsam küsste er sich dieses Bein hinunter und seine Hände rieben über meine Haut. Ich dachte daran, dass ich vor unserem Date heute noch schnell meine Beine rasiert hatte. Ich hatte es eigentlich gar nicht tun wollen, war aber nun sehr froh, mir die Zeit genommen zu haben.

Meine Hand spielte mit Devins Haar, während er sich wieder nach oben zu meinen Shorts bewegte und mich rund um den Hosenknopf küsste. Die Wärme seiner Lippen erregten mich, ich drängte ihm mein Becken entgegen, in der Hoffnung, mehr Lust zu empfangen.

Devin öffnete langsam den Knopf und zog den Reißverschluss herunter. Dabei schaute er zu mir auf. Sein Grinsen war so unanständig, dass ich beinahe laut aufgelacht hätte. Langsam zog er mir die Shorts aus und ließ sie auf den Boden fallen. Sein Blick hielt meinen dabei die ganze Zeit gefangen und mein Begehren wuchs ins Unermessliche.

Devins Lippen fuhren am Rande meines weißen Spitzenhöschens entlang. Bei dem zarten Kontakt stöhnte ich auf. Ich brauchte ihn so dringend, es war kaum noch auszuhalten.

Je mehr ich nach ihm verlangte, desto mehr Zeit schien sich Devin zu lassen. Er weigerte sich einfach, schneller vorzugehen. Stattdessen wanderten seine Lippen wieder hinauf zu meinen Brüsten. Er biss sanft durch den Stoff des BH in meine Brustwarze.

„Oh, ja", keuchte ich und krallte mich in seinen Rücken.

Er fuhr mit den Fingern über meinen Schritt und rieb über mein Höschen. Meine Hüften drängten sich gegen ihn und verlangten nach mehr. Devin schien meine Gier nach ihm zu gefallen, er wandte sich der anderen Brustwarze zu und biss ebenfalls sanft hinein.

Endlich zog er mit den Zähnen den BH zur Seite und nahm mich in den Mund. Ich atmete keuchend aus und gab mich dem köstlichen Gefühl seiner Lippen auf meiner Haut hin. Seine Finger neckten mich, seine Lippen spielten mit mir, ich konnte nicht einmal darüber nachdenken, was ich mit ihm tun wollte. Stattdessen genoss ich, wie er die Kontrolle übernahm und ausgiebig mit mir spielte und mich kostete.

Nach etwa zehn Minuten voller Berührungen hielt ich es aber nicht mehr länger aus und griff nach seinem Gürtel. Ich besaß nicht seine Willenskraft und grapschte hektisch danach, um ihn aufzumachen und endlich auch Devin anzufassen. Ich schob seine Hose runter, er rollte sich zur Seite und zog sie sich schnell selber aus.

Der Anblick seines harten Körpers erregte meine Begierde noch mehr. Ich streckte die Hand nach seinem Schwanz aus, wollte ihn halten, aber er rollte sich schon zwischen meine Schenkel.

Devin griff mein Höschen und zog es herunter, wobei seine Augen zwischen den meinen und meinem Körper hin und her huschten. Langsam drückte er meine Schenkel auseinander und kniete sich dazwischen. Ich war bereit, ich wollte ihn, ich konnte nicht eine Minute länger diese Folter ertragen, wollte endlich die Lust empfinden, wenn er tief in mich hinein stößt.

Aber Devin kniete einfach nur da, hatte wieder dieses anzügliche Grinsen auf dem Gesicht, sein harter Schwanz ragte zwischen uns auf. Er beugte sich herunter und küsste die Innenseite meines Oberschenkels, wanderte aufwärts. Langsam leckte er mich und ich streckte mich ihm entgegen. Er wechselte das Tempo, mal schnell, mal langsam, mal fest, mal sanft, bis ich nicht mehr in der Lage war, irgendetwas zu tun, außer unkontrolliert zu stöhnen.

Ich drängte mich ihm entgegen, spürte die Erregung bei jeder seiner Berührungen durch meinen ganzen Körper fahren. Vollkommen überraschend entlud sich meine Lust und meine Beine krampften sich um seine Schultern.

Devin hörte nicht auf, während ich noch stöhnte und zitterte vor Lust. Seine Zunge bewegte sich noch zielstrebiger, als hätte er erst einen kleinen Teil von dem erreicht, was er sich für den Abend vorgenommen hatte.

Meine Beine zitterten und ich krallte mich in sein Haar, um ihn zu zwingen, mir eine Pause zu gönnen. Aber meine keuchenden Laute feuerten ihn an und seine Zunge trieb mich unbarmherzig dem nächsten Orgasmus entgegen.

Als seine Küsse endlich von meiner Klitoris meinen Bauch hinauf wanderten, konnte ich mich kaum bewegen, so intensiv war meine Lust. Devin griff hinüber zum Nachttisch, nahm ein Kondom und streifte es sich über. Er schaute mir tief in die Augen, als er endlich in mich eindrang.

„Oh, ja", keuchte ich, klammerte mich an ihn und zog ihn zu mir herunter, um ihn zu küssen.

Mein Stöhnen wurde durch unsere Küsse gedämpft, als Devin sich langsam in mir bewegte. Seine Hüften drängten sich langsam aber beständig gegen mich. Ich nahm ihn lustvoll in mich auf. Mein Körper war zum Bersten angespannt, als wir einen gemeinsamen Rhythmus fanden.

Ich fühlte mich bei unserem ersten Mal mit Devin viel entspannter als mit jedem anderen Mann. Vielleicht, weil er sich so viel Zeit nahm. Oder ich empfand einfach mehr für ihn, als für jeden anderen meiner bisherigen Bettgespielen. Was auch immer der Grund war, ich spürte eine tiefe Verbundenheit mit Devin und wollte, dass es die ganze Nacht lang dauerte.

Die Stöße seines Körpers wurden heftiger, Devin grunzte vor Erregung. Ich hielt mich einfach an ihm fest. Schneller und härter bewegte er sich, ich passte mich seinen Stößen an, warf mich ihm entgegen. Als unsere Körper sich schließlich einander zum Orgasmus drängten und voller Lust entluden, schrie ich auf und gab mich der Erschütterung hin.

Als Devin sich neben mich legte, schob er einen Arm unter meinen Kopf und zog mich mit dem anderen an sich. Wir waren beide vollkommen erschöpft und ich schloss die Augen. Es war immerhin schon fast 2 Uhr morgens und ich war total erschlagen.

„Das beste erste Date aller Zeiten“, flüsterte Devin und küsste meinen Nacken. Glücklich schlief ich ein.

*

Am nächsten Morgen schlüpfte ich in Devins Dusche, während er noch schlief. Ich wollte anschließend schnell nach Hause huschen und ein paar Sachen holen, bevor er aufwachte. Zu meiner Überraschung trat er aber gleich darauf hinter mir in die Dusche.

„Darf ich?“, fragte er und blieb in der Tür stehen.

„Ich schätze, die Dusche ist groß genug für mindestens acht Personen, ich nehme also an, ich kann dir ein wenig Platz machen.“ Ich zwinkerte ihm zu und schäumte mein Haar.

„Wenn wir hier fertig sind, können wir direkt zum Flughafen fahren, wenn es dir nichts ausmacht.“

„Ja, aber ich muss vorher schnell nach Hause und ein paar Sachen einpacken. Werden wir die Nacht dort verbringen?“

„Ja, das würde ich gern, wenn das geht?“

„Kein Problem. Ich muss nur auf der Arbeit Bescheid sagen.“

„Sicher." Devin stand da und beobachtete mich, wie ich mich einseifte. „Brauchst du vielleicht Hilfe?", bot er grinsend an.

„Wenn du hilfst, werden wir nie rechtzeitig fertig. Wann müssen wir am Flughafen sein?"

Devin kicherte ob meiner Unwissenheit.

„Wann immer wir da ankommen, ist in Ordnung. Sie werden auf uns warten."

„Oh, ach ja. Tut mir leid. Schätze, es ist ihnen egal, wann wir ankommen."

„Na ja, sie müssen schon auch einen Flugplan beachten. Aber sie richten sich möglichst nach mir. Immerhin bezahle ich sie dafür."

„Okay, ich brauche nur ein paar Minuten zu Hause und dann kann es losgehen." Ich spülte mir das Shampoo aus den Haaren und wollte an Devin vorbei aus der Dusche gehen.

„Guten Morgen", sagte er und hielt mich fest, presste meinen Körper gegen seinen.

Er küsste mich zärtlich, aber ich spürte seine wachsende Erregung. Ich wollte ihn so gern anfassen, über seinen Körper streichen, ihn ein wenig ärgern, aber ich widerstand und entzog mich ihm, um mich abzutrocknen und anzuziehen.

„Ich beeile mich besser", sagte ich lächelnd und wickelte mir das Handtuch um. „Das war ein tolles erstes Date."

Devin nickte und trat unter die Dusche, um sich ebenfalls zu waschen. Ich blieb noch einen Moment stehen und bewunderte seinen heißen Körper, seine Muskeln, als er sich zurücklehnte und das Wasser über sein Haar laufen ließ. Jeder Bereich seines Körpers war muskulös, er war wunderbar gebräunt, überall. Er hatte keine weißen Stellen am Körper, keine Bräunungsstreifen. Ein Mysterium, das ich auf jeden Fall später ergründen wollte.

Ich beeilte mich, schlüpfte wieder in meine Shorts und mein T-Shirt und ging nach Hause. Zum Glück waren meine Eltern nicht daheim, ich konnte also schnell ein paar Sachen einpacken und ließ ihnen eine Nachricht da, dass ich Sonntagabend wieder da sein würde. Sie konnten mich ja anrufen, wenn etwas war.

Es war nicht gänzlich ungewöhnlich, dass ich übers Wochenende mit meinen Freunden verreiste, aber zwei Wochenenden hintereinander, das war durchaus nicht üblich. Seit ich wieder hier eingezogen war, ließen meine Eltern mir alle Freiheiten. Anfangs dachte ich, es wäre ihnen nicht so recht, wenn ich wieder einzog, aber wann immer wir Zeit miteinander verbrachten, schien vor allem meine Mutter ganz glücklich damit.

Als ich wieder bei Devin ankam, wartete er bereits in der Garage auf mich. Er hatte einen kleinen schwarzen Rucksack in den Kofferraum gepackt und stellte meine kleine Tasche daneben. Wir fuhren direkt zum Flughafen und stellten das Auto an der gleichen Stelle ab wie beim letzten Mal.

Nach einem kurzen Sicherheitscheck gingen wir an Bord und waren schon bald darauf in der Luft. Dieses Mal bestand ich darauf, dass Devin direkt neben mir saß und hielt mich an ihm fest, anstatt während des Starts aus dem Fenster zu gucken. Mir wurde auch dieses Mal übel, aber es ging schneller vorbei als beim ersten Mal.

„Erzähl mir etwas über Ashley“, bat ich. „Was wird sie wohl über mich wissen wollen?“

Devin dachte lange über eine Antwort nach. Ich war mir nicht sicher, warum er zögerte. War es meine Frage oder musste er überlegen, wie er mir seine Ex darstellen sollte?

„Als Ashley und ich miteinander ausgingen, waren wir beide ständig auf Partys. Wir blieben die ganze Nacht auf, tranken, nahmen Drogen. Ich verdiente Unmengen Geld bei diesem Technik-Startup und wir gaben es mit vollen Händen aus. Wir liebten damals beide diesen Lebensstil.”

„Jetzt nicht mehr?“

„Ich ging weiter auf Partys, auch nach Izzys Geburt. Das war der Grund, warum sie sich von mir trennte. Ich habe zwar auch gearbeitet, aber ich gebe zu, meistens war ich auf Partys.“

„Selbst nach Izzys Geburt?“, fragte ich nach.

Das klang so gar nicht nach Devin. So wie ich ihn kennengelernt hatte, war er liebenswürdig und fürsorglich. Ich konnte mir einfach nicht vorstellen, dass er seine Freundin und das Baby sich selbst überließ. Aber ich musste ihm wohl glauben, dass er die Wahrheit sagte.

„Ich behauptete, es seien Geschäftsreisen. Ich rechtfertigte meine vielen Reisen damit, dass ich mir einen Namen als Investor aufbaute. Aber eigentlich war es nur so, dass ich jede Menge Geld hatte und einfach noch sehr jung war. Es gibt keine Entschuldigung. Als sie mich schließlich verließ und zu ihren Eltern zog, habe ich nicht widersprochen. Es erschien mir eine gute Idee.“

„Wow."

„Ich weiß. Wir waren kein Paar mehr und ich war erleichtert, dass sie jemanden hatte, der ihr half. Ich dachte, ich habe weniger Schuldgefühle, wenn ich ihr viel Geld gab, damit es Izzy an nichts mangelte, aber das brachte überhaupt nichts."

„Und wann hast du dich entschlossen, dass du dich mehr kümmern willst?"

„Das war vor einem Jahr, an Izzys Geburtstag. Mir wurde bewusst, dass ich sie öfter sehen wollte. Aber Ashley versuchte, es mir immer wieder auszureden. Wenn wir am Telefon darüber sprachen, sagte sie Izzy sei ohne das ständige Hin und Her besser dran und ich glaubte ihr."

„Aber du wolltest für sie da sein?", fragte ich.

„Ja, aber ich wusste nicht, ob ich ein Recht dazu hatte, mich ihnen aufzudrängen. Ich dachte die ganze Zeit, Ashley sei eine perfekte Mutter. Mir war nicht klar, dass sie so starke Alkoholprobleme hatte, und erst recht nicht, dass sie ständig Schmerzmittel einwarf. Als das vor ein paar Wochen unübersehbar wurde, wusste ich, dass ich etwas tun musste."

„Und da hast du behauptet, du wärst verheiratet." Ich versuchte, die Stimmung ein wenig aufzuheitern.

„Ich war so verzweifelt, weil ich unbedingt wollte, dass sie mich für einen verantwortungsvollen Menschen halten, dass ich das erstbeste gesagt habe, was mir in den Sinn kam. Ihre Eltern hatten uns immer vorgehalten, dass wir nicht verheiratet waren. Sie fanden es verantwortungslos von mir. Ich dachte, wenn ich sagte, ich sei verheiratet, dann würden sie denken, ich kann

Verantwortung übernehmen. Es war ein Fehler, aber im Augenblick kann ich daran nichts ändern."

„Auch wenn ich mich darüber lustig mache, ich verstehe schon, warum du es gesagt hast. Ich mache mir nur Sorgen, wie dein Endplan aussehen soll. Ich kann schließlich nicht bei dir und Izzy einziehen, wenn du Erfolg haben solltest mit deinen Bemühungen."

„Was? Ich dachte, du heiratest mich wirklich!", spottete er.

„Denk einfach mal drüber nach, wie es weitergehen soll. Früher oder später musst du es ihnen sagen. Oder wir tun so, als hätten wir uns getrennt, aber dann wirkst du vielleicht wieder nicht verantwortungsbewusst genug."

„Ich verstehe schon, was du meinst. Ich werde drüber nachdenken, wie wir unsere Beziehung beenden."

Seine Worte klangen lange nach und bereiteten mir Übelkeit. Ich hatte gerade eine fantastische Nacht mit diesem Mann verbracht, daher war ich ganz und gar nicht bereit, über ein Ende dieser Beziehung nachzudenken. Andererseits wollte ich auch nicht dauerhaft so tun, als sei ich mit ihm verheiratet, das bereitete mir nach wie vor Unbehagen. Wenn es um Izzy ging, bereitete mir das Lügen einfach arge Probleme.

Nach der Landung in Jacksonville fuhren wir direkt zur Suchtklinik anstatt zum Hotel. Mit jeder Meile, die wir uns der Einrichtung näherten, wuchs meine Nervosität. Ich hatte noch nie mit jemandes Ex-Freundin zu tun und erst recht nicht in der Rolle als falsche Ehefrau.

„Was soll ich ihr denn sagen?", fragte ich unterwegs.

„Hoffentlich musst du gar nicht viel reden. Ich gehe zunächst allein zu ihr rein und rede mit ihr, dann hole ich dich nach. Ich schätze, sie will dich einfach nur sehen, um abzuchecken, ob du normal bist. Wir müssen eben etwas improvisieren."

„Vielleicht kann ich ihr einfach aus dem Nebenzimmer zuwinken", schlug ich vor.

„Danke, dass du das nochmal machst. Ich weiß, das ist alles ziemlich verrückt und ich danke dir für deine Mühe."

„Werden wir Izzy heute auch sehen?"

„Hoffentlich. Ich habe Mrs. Edwards gefragt, ob ich sie für den Abend zu mir holen kann, aber sie hat sich noch nicht gemeldet. Wahrscheinlich will sie erst einmal abwarten, was Ashley dazu meint."

„Dann muss Ashley wirklich ins Gefängnis?", fragte ich.

Es war für mich schwer zu verstehen, wie man wegen Trunkenheit am Steuer und Drogenbesitzes so viele Jahre aufgebrummt kriegen konnte. Ich hatte Freunde mit solchen Vergehen und die mussten vor allem Sozialstunden ableisten und bekamen Bewährung. Das Rechtssystem war mir zu kompliziert. Ashley tat mir irgendwie sehr leid, mit allem, was sie durchmachen musste. Selbst wenn sie nicht die beste Mutter der Welt war, so liebte sie ihre Tochter doch. Und für Izzy würde es auch schwer werden, wenn man ihr die Mutter wegnahm.

„Ja, sie geht ins Gefängnis. Aber sie hat noch ihre Anhörung vor Gericht. Diese Woche hat ihr Anwalt nur ein paar Anträge gemacht. Und wenn sie Glück hat, darf sie nach dem Entzug erst einmal wieder nach Hause. Aber so wie ich es verstanden habe, wird sie bei der Anhörung mindestens fünf Jahre bekommen.“

„Wow, arme Izzy. Ihre Mutter wird eine Menge wichtiger Ereignisse in ihrem Leben verpassen.“

„Ich weiß. Ich hoffe, dass es vielleicht doch nicht stimmt und sie weniger bekommt. Vielleicht kann sie mit dem Entzug den Richtern beweisen, dass sie entschlossen ist, nüchtern und sauber zu bleiben.“

„Hoffentlich.“

Wir hielten vor der Entzugsklinik, die eher aussah wie ein Gefängnis und ich schaute zu Devin hinüber, ob wir hier richtig waren. Ich hatte eine Art Sanatorium erwartet, mit einem schönen Garten und Wanderwegen, wo man sich erholen konnte. Stattdessen hielten wir vor einem nüchternen Gebäude mit hohem Zaun und Stacheldraht. So hatte ich mir das nicht vorgestellt.

„Sie ist in einer geschlossenen Abteilung. Hier kommen die Kriminellen hin, die psychische Probleme haben oder auf Entzug müssen.“ Devin parkte und wir stiegen aus.

Ich konnte nicht aufhören, den Stacheldraht über dem Zaun anzustarren. Ashley war dort drin eingesperrt, es war wie ein Gefängnis. Sie konnte jedenfalls nicht raus, wann sie wollte.

„Warum ist sie hier?“

„Ihr Anwalt sagte ihr, es wäre besser, hierher zu kommen, um gleichzeitig ihre Alkoholprobleme und ihre Depressionen behandeln zu lassen. Außerdem kommt dieses Programm bei den Richtern gut an, weil es sehr streng ist und gut dokumentiert wird."

„Dass es streng ist, sehe ich. Das ist ja eher wie ein Gefängnis."

„Nun, einige der Frauen hier kommen aus dem Gefängnis. Wenn sie Probleme haben, kommen sie hierher zur Behandlung."

„Oh Mann, sie ist also hier mit den Kriminellen."

„Streng genommen ist sie auch eine Kriminelle", sagte Devin, während wir den Eingangsbereich betraten.

Es gab ein Fenster und dahinter saß eine Frau in der Uniform eines Sicherheitsbeamten. Devin checkte uns ein und wir setzten uns in eine Ecke. Meine Hände zitterten vor Aufregung. Ich war noch nie in einem Gefängnis gewesen oder in einer Suchtklinik, die wie eines aussah. Es war beängstigend.

Es standen eine Menge Stühle in diesem Eingangsbereich, sogar eine kleine Spielecke für Kinder gab es. Ich fand es traurig, dass Kinder hierher kommen mussten, um ihre Mütter zu sehen. Ich wollte es mir gar nicht vorstellen, aber wahrscheinlich war auch Izzy in den letzten Wochen schon mal hier gewesen, um Ashley zu besuchen.

„Devin Graham", sagte der Sicherheitsbeamte, als die Tür sich am anderen Ende des Raums öffnete.

„Ich hole dich später nach", sagte Devin, drückte meine Hand ganz fest und ging.

„Sir, bitte leeren Sie Ihre Taschen und legen Sie alles in diesen Container“, sagte der Beamte.

Devin tat, was man ihm sagte. Der Wachmann reichte den Container an die Kollegin hinter dem Fenster weiter. Ich nahm an, dass man sicherstellen wollte, dass nichts eingeschmuggelt wurde, aber der Beamte tastete Devin nicht ab.

Ich saß eine gefühlte Ewigkeit allein im Eingangsbereich und fragte mich, was Devin Ashley wohl über mich erzählte und was sie ihn wohl fragte. Ich konnte mir vorstellen, dass sie einiges wissen wollen würde und ging im Geiste ein paar Themen durch, während ich wartete.

Kapitel 14

Devin

Nachdem ich meine Taschen geleert hatte, folgte ich dem Wachmann einen Gang entlang, wo er mich schnell abtastete und dann in den Bereich führte, in dem Ashley untergebracht war. Es gab keinerlei Dekoration an den schlichten weißen Wänden. Vor einem Fernseher, der anscheinend mit stoßfestem Glas geschützt war, standen etwa ein Dutzend Stühle. Auf einigen saßen andere Patienten.

Ich suchte den Raum ab, konnte Ashley aber nirgends entdecken. Der Wachmann bedeutete mir, mich an einen der Tische zu setzen, dann ging er los, um sie aus ihrem Zimmer zu holen. Er stand in der Tür und sprach einen Moment mit ihr, aber ich konnte nicht verstehen, was sie sagten.

Als eine Frau schließlich aus dem Raum herauskam, war ich mir nicht sicher, wer das war. Auf jeden Fall war das nicht die Ashley, die ich kannte. Ich hatte sie seit fast einem Jahr nicht mehr gesehen, aber es war dennoch schwer vorstellbar, dass die Frau, die da auf mich zukam, dieselbe war, die ich einst geliebt und mit der ich ein Kind hatte.

„Hör auf, mich anzustarren“, verlangte Ashley, als sie sich mir gegenüber an den Tisch setzte.

„Tue ich doch gar nicht“, log ich. „Schön, dich zu sehen,

Ashley."

„Lüg mich nicht an", erwiderte sie ruppig. Einige Köpfe drehten sich zu uns um, neugierig, was bei uns los war.

Ashleys eigentlich blondes Haar war ein Stück weit herausgewachsen und die dunklen Ansätze waren sichtbar. Auch sah es nicht so weich und glänzend aus wie früher. Stattdessen war es struppig und ungekämmt. Sie knurrte mich an, ich konnte spüren, dass sie kurz davor war zu explodieren.

Sie war wütend auf mich. Bei fast allen unseren Begegnungen in den letzten Jahren war Izzy auch dabei gewesen. Aber jetzt waren wir alleine und Ashley gab sich nicht die geringste Mühe, nett zu sein. Außerdem nahm ich an, dass ihr Körper vom Entzug und den Medikamenten unter Stress stand.

„Du willst also Izzy? Ist schon merkwürdig, wo du dich doch die letzten zehn Jahre nicht für sie interessiert hast."

„Ich habe mich sehr wohl interessiert, Ashley. Ich ahnte nur nicht, dass du Hilfe brauchtest."

„Klar, weil alleinerziehende Mütter ja mit Leichtigkeit alles schultern", schnappte sie und rutschte auf ihrem Stuhl hin und her.

Ihre Hände verkrampften sich, lösten sich dann wieder. Sie schaute mich an, dann wieder weg. Offenbar fand sie einfach keine Ruhe.

Ich bemerkte eine Frau in Pflegerkleidung, die uns vom Schwesternzimmer aus zusah. Als ich sie anschaute, lächelte sie, machte sich dann aber wieder an ihre Arbeit. Es befanden sich noch einige andere Leute mit ihr dort und alle wirkten sehr beschäftigt, mit dem, was sie da taten.

„Es tut mir leid, ich hätte mir mehr Mühe geben müssen", sagte ich. Ich wollte mich nicht mit ihr streiten.

Ich hätte ihr all die Momente aufzeigen können, in denen sie mich weggestoßen hatte, aber das erschien mir in diesem Augenblick nicht sinnvoll. Ashley ging es eindeutig nicht gut und ich wollte nicht streiten. Genau genommen wollte ich sie eigentlich in den Arm nehmen und ihr meine Hilfe anbieten, bei dem, was sie da gerade durchmachen musste. Aber auch da entschied ich mich gegen.

„Klar tut es dir leid. Du interessierst dich einen Dreck für mich. Du schickst deinen monatlichen Scheck und vergisst uns beide sofort wieder."

„Ashley, ich bedaure, was du durchmachen musst. Aber entgegen deiner Meinung interessiere ich mich sehr wohl für dich und Izzy. Ich möchte, dass ihr glücklich seid. Nur eben nicht mit mir."

„Ach ja, richtig. Du bist ja jetzt verheiratet. Stimmt das wirklich? Meine Eltern haben es mir erzählt. Komisch, dass du es mir gegenüber nicht erwähnt hast."

Ich schluckte schwer, als sie mich intensiv anstarrte. Sie war wütend, ihre Hände ballten sich zu Fäusten, als sie sie unter dem Tisch versteckte.

„Tut mir leid", sagte ich. „Sie ist sehr nett. Ich denke, du würdest sie mögen."

„Oh, ganz bestimmt. Meinst du wirklich, ich mag die kleine Schlampe, die du rein zufällig irgendwo aufgelesen hast? Das bezweifle ich. Erst höre ich rein gar nichts über diese Frau und ganz plötzlich kommt ihr beide her und wollt mir meine Tochter wegnehmen."

„Sie ist unsere Tochter, Ashley. Und ich will sie dir nicht wegnehmen. Du wirst immer ihre Mutter sein. Ich möchte einfach nur helfen und mich um Izzy kümmern, solange du es nicht kannst."

„Was? Hast du mit meinen Anwälten geredet? Denkst du etwa auch, dass ich ins Gefängnis muss? Das ist doch bescheuert. Ich gehe nicht ins Gefängnis. Sie werden mich ermahnen, wie in den Fällen davor und ich komme nach Hause, sobald die Behandlung hier vorbei ist."

Ich wünschte mir, dass sie recht hatte. Egal, wie wenig wir uns noch verstanden, ich wollte nicht, dass Izzy jahrelang ohne ihre Mutter auskommen musste. Selbst wenn sie mit zu mir kam, würde es nicht dasselbe sein, ganz ohne ihre Mum.

„Tut mir leid, dass du das durchmachen musst", sagte ich und streckte ihr meine Hand hin.

Wenn wir uns früher gestritten haben, sagte ich nie, dass es mir leid tat. Meistens stritt ich noch stundenlang weiter, um sie von meinem Standpunkt zu überzeugen. Ich war selber überrascht, wie anders es sich jetzt anfühlte. Es war mir egal, ob ich recht hatte. Ich wollte sie trösten, selbst wenn sie mich hasste.

„Nimm deine Hand weg, ich will dich nicht anfassen",

zischte sie.

„Möchtest du Lilli kennenlernen? Sie ist draußen im Wartebereich und würde sich freuen, dich zu treffen.“

Ashley brach in derart lautes Gelächter aus, dass sich alle zu uns umdrehten. Ich kannte das Lachen, es bedeutete nichts Gutes. Ihre Augen verengten sich zu schmalen Schlitzen, ihre Kiefermuskeln verspannten sich und sie starrte mich an.

„Das einzige Mal, dass ich dieser Schlampe begegnen werde, ist in einem Gerichtssaal, wenn ein Richter versucht, mir das Sorgerecht wegzunehmen. Bis dahin bleib mir vom Leib. Und deine Hure auch.“

„Ashley“, sagte ich leise. „Ich versuche wirklich, dir zu helfen. Meinst du denn nicht, dass es für Izzy besser wäre, bei mir zu wohnen, solange du im Gefängnis bist?“

„Gefängnis! Ich wusste gleich, dass du mich loswerden willst. Nein, ich gehe nicht in den Knast und du kannst mich mal. Wir sehen uns vor Gericht, wenn du mir Izzy wegnehmen willst. Dann zeige ich dich wegen Kidnapping an!“, schrie sie und sprang auf. Ihr Stuhl kippte nach hinten und alarmierte den Wachdienst.

Ich hob die Hand zum Zeichen, dass alles in Ordnung war, aber der Wachmann kam dennoch herüber. Er blieb neben Ashley stehen und wartete, bis sie sich wieder hingesetzt hatte. Sie schien Angst vor ihm zu haben, hob den Stuhl auf und setzte sich. Die Pflegerin kam ebenfalls herüber, mit einem kleinen Becher und einem Glas Wasser.

„Nimm das, Ashley, es wird dich beruhigen“, sagte sie leise.

„Oh Gott, ich flippe schon nicht aus, meine Güte", sagte Ashley und rollte mit den Augen.

Aber sie nahm die Medizin und spülte sie mit dem Wasser herunter. Die Pflegerin und der Wachmann zogen sich ein wenig zurück und unterhielten sich, behielten Ashley aber im Auge.

„Sie denken, ich raste aus und haue dir in die Fresse, wie meinem Anwalt", sagte sie lachend. „Aber das würde dich glücklich machen. Du denkst, du kannst mir meine Tochter wegnehmen, doch das werde ich dir nicht leicht machen."

Die Ashley, die mir gegenüber saß, war nicht die Frau, die ich kannte. Diese Frau war wütend und boshaft, nicht im Mindesten die Frau, die mir einmal etwas bedeutete hatte. Aber ich war auch ein anderer Mann und ich sah keine Notwendigkeit, sie weiter aufzuregen.

„Ich werde jetzt gehen. Ruf mich bitte an, wenn du möchtest, dass ich dich besuchen komme. Oder lass deine Eltern anrufen. Ich werde dir Zeit geben, über alles nachzudenken, aber ich habe auch kein Problem damit, etwas zu unterschreiben, damit Izzy auf jeden Fall zu dir zurückkommt, sobald du das hier hinter dir hast, egal, wie lange es dauert. Ich habe nicht die Absicht, sie dir vorzuenthalten, Ashley."

Meine Stimme klang ruhig und aufrichtig, vielleicht wurde ihr das bewusst. Sie antwortete nicht, nickte aber. Ich sah, dass ihr Tränen über das Gesicht rannen. Ich hatte keine Vorstellung davon, wie es gerade in ihr aussah, was in ihr vorging. Es musste ziemlich furchtbar sein.

Ashley ging ohne ein weiteres Wort vom Tisch weg. Sie schaute sich auch nicht mehr um, sondern kehrte in ihr Zimmer zurück, dicht gefolgt von der Pflegerin. Ich stand langsam auf und der Wachmann kam, um mich hinaus zu begleiten.

„Die Medizin macht sie müde“, sagte er, als müsse er entschuldigen, dass sie sich nicht verabschiedet hatte.

„Ist schon okay; ich weiß, es ist schlimm für sie.“

„Seit sie hier ist, war das heute ihre Bestform, würde ich sagen.“

Wenn das schon ihre Bestform war, wollte ich mir liebe gar nicht vorstellen, wie die letzten Wochen gewesen sein mochten. Ich hatte nie eine solche Behandlung gehabt, aber ich erinnerte mich, dass der Drang, immer mehr zu trinken, zunahm, je mehr Probleme ich hatte. Ich hatte die Anfänge der Sucht kommen gespürt und es war nicht angenehm gewesen. Glücklicherweise hatte ich nur eine kurze Leidensphase und mein Leben schnell wieder unter Kontrolle gehabt. Es tat mir leid, dass Ashley so sehr damit zu kämpfen hatte.

Als ich zurück in den Eingangsbereich kam, stand Lilli auf und kam nervös auf mich zu.

„Sie ist noch nicht bereit, dich zu sehen“, sagte ich und nahm meine Sachen aus dem kleinen Behälter, den der Wachmann bereithielt.

„Darf Izzy dann zu dir kommen?“

„Noch nicht. Aber wir können sie heute besuchen.“

Lilli sah etwas verwirrt aus, aber ich konnte nicht mehr dazu sagen. Sie folgte mir raus zum Auto und wir fuhren schweigend zu Mr. und Mrs. Edward. Ich wollte nicht vorher fragen, ob es in Ordnung war, vorbeizukommen. Ich entschied einfach, dass wir sie besuchen kamen.

Ich war aufgewühlt von meinem Besuch bei Ashley. Die Vorstellung, sie vor Gericht zu zerren, damit ich meine Tochter öfter sehen konnte, bereitete mir Übelkeit. Zumal ich wusste, dass ich gewinnen würde. Das würde den letzten Rest an Kooperation zwischen uns zerstören.

Ich hatte das Geld, um gegen Ashley gerichtlich vorzugehen. Und da sie im Entzug war und sich nicht um Izzy kümmern konnte, war mein Sieg gewiss. Selbst mit meiner Vergangenheit konnte ich doch nachweisen, dass ich im Augenblick die bessere Wahl war, zumindest ging ich davon aus. Aber da war immer noch ein Rest Angst, dass das Gericht entscheiden würde, Izzy sollte bei ihren Großeltern bleiben. Und dieser Gedanke hielt mich davon ab, sofort meinen Anwalt zu kontaktieren.

„Devin“, sagte Mr. Edwards, als er die Tür öffnete. „Wir wollten gerade essen.“

„Tut mir leid, dass ich vorher nicht angerufen habe. Aber mein Besuch bei Ashley hat mich etwas mitgenommen.“

Mr. Edwards war immer nett zu mir gewesen, auch wenn er mich nicht mochte. Er ließ uns hinein und bat uns zu Tisch. Izzy sprang sofort auf, kam zu mir gerannt und schlang ihre Arme um mich.

„Daddy, du bist wieder da!“, schrie sie und hielt mich fest.

„Ich habe dich vermisst“, sagte ich und drückte sie. „Ich musste einfach wiederkommen.“

„Isst du mit uns Pizza?“

Ich schaute Mr. Edwards an, ob das okay war. Er nickte und schaute zu seiner Frau, die ebenfalls nickte.

„Ich denke, das ist eine gute Idee“, sagte Mr. Edwards. „Ich wette, dein Vater und Lilli müssen sehr müde sein. Sie können mit uns essen und sich dann etwas ausruhen.“

Es war seine Art zu sagen, dass wir hier essen durften, aber dass ich Lilli danach nicht mit ins Hotel nehmen und morgen wiederkommen durfte. Das war in Ordnung. Alles war besser, als unverrichteter Dinge wieder umzudrehen und wegzufahren.

„Ich mag Pizza“, sagte ich und nahm Izzys Hand, als wir zum Auto gingen.

„Kann ich mit Dad fahren?“, fragte sie ihren Großvater.

„Heute nicht“, sagte er.

Ich fragte mich, ob er wohl annahm, ich würde einfach mit Izzy wegfahren. Das hätte ich nie getan, aber ich verstand schon, dass er davon ausging, ich könnte zu einem so drastischen Mittel greifen, weil ich Izzy so gern bei mir haben wollte. Er verstand nicht, dass ich Izzy so sehr liebte, dass ich ihr niemals ein solches Trauma zumuten würde.

„Wir folgen euch“, sagte ich betont fröhlich.

Wir stiegen ein und ich fuhr hinter ihnen her, in eine Gegend mit vielen Läden. Die Pizzeria war voll und wir mussten eine Weile warten, bis wir Plätze bekamen. Izzy nahm meine Hand und Lilli blieb in unserer Nähe, während Mr. und Mrs. Edwards hinter uns standen und sich flüsternd unterhielten.

„Ihr habt uns noch gar nicht erzählt, wie ihr beide euch eigentlich kennengelernt habt", sagte Mrs. Edwards.

„Ich wohne in der Nachbarschaft und wir sind uns öfter beim Joggen begegnet", sagte Lilli und lehnte sich ein wenig zu mir hinüber. „Er ist viel sportlicher als ich, muss ich zugeben."

„Ich wette, ich könnte dich schlagen, Daddy", fügte Izzy hinzu.

„Oh, davon gehe ich aus. Ich werde langsam zu alt fürs Laufen. Lilli läuft Meile um Meile, aber ich kann nur noch kurze Strecken und dann brauche ich eine Pause."

Izzy lachte und lächelte Lilli an. Mr. und Mrs. Edwards waren misstrauisch, was Lilli und mich betraf, viel misstrauischer als bei unserem ersten Besuch. Ich nahm an, dass Ashley sie angerufen und etwas dazu gesagt hatte. Sie hatte mich gar nichts über Lilli gefragt. Aber vielleicht hatte sie ihre Eltern angerufen, um von denen etwas zu erfahren.

„Dann haben Sie ein Haus in der gleichen Gegend?", fragte Mrs. Edwards.

Lilli sah verunsichert aus, als sie mich anlächelte und darauf wartete, dass ich etwas dazu sagte. Ich geriet ein wenig in Panik, denn ich wollte nicht noch mehr Lügen erfinden. Ich wollte die Wahrheit sagen oder doch zumindest so viel Wahres wie möglich.

„Ihre Eltern wohnen in der Nachbarschaft. Sie reisen viel,

daher wohnt Lilli da, solange sie aufs College geht."

„Oh, College?", fragte Mrs. Edwards und warf ihrem Gatten einen vorwurfsvollen Blick zu.

„Ja, ich mache eine Ausbildung zur Krankenpflegerin", fügte Lilli hinzu.

Ich wusste nicht, ob das stimmte, aber ich war dankbar, dass sie etwas dazu gesagt hatte. Ich wandte mich schnell wieder Izzy zu, in der Hoffnung, dass die beiden aufhören würden, Fragen zu stellen. Es war offensichtlich, dass Lilli sich damit unwohl fühlte.

Das Essen verlief weitestgehend schweigend. Lilli, Izzy und ich saßen auf der einen Seite, Mr. und Mrs. Edwards auf der anderen Seite des Tisches. Ich versuchte, so viel wie möglich mit Izzy zu plaudern und Lilli klinkte sich hin und wieder ein. Aber die angespannte Stimmung war greifbar und ich war geradezu erleichtert, als wir fertig waren.

„Wann habt ihr angefangen, euch zu verabreden?", fragte Mr. Edwards.

Er schaute Lilli an, aber ich wusste, sie würde mir die Antwort überlassen. Lilli biss schweigend in ihre Pizza und zeigte auf mich, während sie kaute und mit vollem Mund natürlich nicht sprechen konnte.

„Wir sind erst seit einigen Monaten zusammen, aber es war Liebe auf den ersten Blick."

„Liebe?", fragte Izzy und schaute Lilli und mich lächelnd an.

„Ja, ich liebe sie", sagte ich. Merkwürdigerweise fühlte es

nicht wie eine Lüge an.

„Ich mag dich, Lilli. Mein Vater hat einen guten Geschmack“, sagte Izzy und aß weiter.

„Danke, Izzy. Ich bin sehr froh, dass wir uns kennengelernt haben.“

„Ich auch. Du bist wirklich nett. Ich verstehe, warum Dad dich geheiratet hat.“

Ich blickte hinüber zu den Edwards. Wir hatten eigentlich abgemacht, nicht zu sagen, dass Lilli und ich verheiratet waren. Ich war wütend, denn ich wollte nicht, dass Izzy das wusste. Ich wollte nicht, dass sie mit der Lüge umgehen musste.

„Ashley hat es ihr gesagt“, erklärte Mrs. Edwards entschuldigend.

„Ja, Mom war echt wütend darüber. Aber ich bin es nicht. Ich finde es cool“, sagte Izzy kauend. Sie bekam von den vielen Blicken, die über den Tisch wanderten, nichts mit.

„Ich bin froh, dass ihr beide euch mögt“, sagte ich. „Ihr seid meine Lieblingsmädchen auf der ganzen Welt.“

Auch das war keine Lüge. Auch wenn Lilli und ich uns gerade erst näherkamen, stand sie ziemlich weit oben auf der Liste der Menschen, die ich mochte. Natürlich war mir Izzy noch wichtiger, aber in den letzten Wochen waren die beiden in den Mittelpunkt meines Lebens gerückt und das war aufregend.

„Wann habt ihr denn geheiratet?“, fragte Mr. Edwards.

Seine Frage klang mehr wie ein Verhör und er starrte mich an. Die Lüge machte mich fertig, ich konnte kaum noch an mich halten. Aber die Angst, den Kontakt zu Izzy wieder zu verlieren, war noch viel schlimmer.

„Ach du meine Güte!“, schrie Lilli, als ihr Getränk umkippte und sich über ihre Kleidung ausbreitete.

Sie sprang auf und begann, sich hektisch mit Papiertüchern abzutupfen und das reinste Chaos zu verbreiten. Ihre Hose war klitschnass. Sie schaute mich an und ich wusste, dass sie das absichtlich gemacht hatte. Es war an der Zeit für uns, aufzubrechen. Lilli war fest entschlossen, nicht zu lügen und ich wollte die Sache heute auch nicht weiter forcieren.

„Was für ein Durcheinander“, sagte ich und reichte ihr noch mehr Papiertücher. „Wir fahren besser ins Hotel, damit du dich umziehen kannst.“

„Es tut mir so leid, Miss Izzy. Ich habe unser Pizzaessen ruiniert“, sagte Lilli.

„Nicht schlimm. Kommt ihr beide nächstes Wochenende wieder?“

Ich schaute Mr. und Mrs. Edwards an, um ihre Gesichter zu deuten. Sie sahen nicht so aus, als wollten sie mich so bald schon wieder sehen. Aber ich brauchte ihre Zustimmung nicht, um meine Tochter zu sehen.

„Ja, ich komme nächstes Wochenende wieder. Aber Lilli muss leider arbeiten, daher kann sie nicht mitkommen.“

„Oh, nicht so schlimm. Wir beide können auch allein tolle Sachen zusammen unternehmen“, sagte Izzy und umarmte mich. „Ich habe dich ganz doll lieb.“

„Ich dich auch. Du kannst mich immer anrufen. Deine Großeltern haben meine Telefonnummer."

Die beiden stimmten nickend zu. Ein Telefonat war aus ihrer Sicht besser als mein Besuch.

„Wir erwägen, den Sommer über zu verreisen. Wir sagen Bescheid, wenn wir uns entschieden haben", erklärte Mr. Edwards.

„Okay, denn ich möchte diesen Sommer auf jeden Fall mehr Zeit mit Izzy verbringen."

„Ich weiß", sagte er. Er wirkte nicht sonderlich erfreut darüber.

Wir verabschiedeten uns und ich drückte Izzy noch einmal fest, bevor wir gingen. Ich war geradezu erleichtert, als wir endlich draußen und dann im Auto waren. Die Spannung war zum Schneiden gewesen. Mein Blutdruck war in ungesunde Höhen gestiegen.

„Das war unangenehm", sagte Lilli und schnallte sich an.

„Ich weiß. Als ob sie wussten, dass wir lügen. Die Sache mit dem umgekippten Getränk war genial. Sehr schnell reagiert", sagte ich lachend.

„Ich wusste nicht, was ich sonst tun sollte. Sie hätten solange weiter gedrängelt, bis alles herausgekommen wäre." Lilli lachte ebenfalls und schüttelte den Kopf. „Sie wissen, dass irgendetwas im Busch ist. Was war mit Ashley?"

„Keine Ahnung. Sie denkt, ich will ihr Izzy wegnehmen. Ich glaube, es geht ihr gerade wirklich sehr schlecht. Ich weiß nicht, ob es der Entzug ist oder die Medizin, die sie nehmen muss. Sie war sehr zornig. So war sie in letzter Zeit auch immer, wenn wir telefonierten."

„Sie macht eine Menge durch", sagte Lilli mitfühlend. „Ich glaube nicht, dass ich die neue Frau meines Ex kennenlernen möchte, wenn ich selber solche Probleme habe. Es wäre ihr bestimmt lieber gewesen, sie hätte sich bei unserem ersten Treffen richtig schick machen könnten, um sicherzustellen, dass sie besser aussieht als ich. So würde ich es jedenfalls machen." Lilli lächelte so freundlich, dass ich fast von der Straße abgekommen wäre, so abgelenkt war ich.

„Du bist ein guter Mensch, Lilli."

„Nicht wirklich. Ich kenne eben die Frauen."

„Ich dachte das auch", erklärte ich lachend. „Aber ich beginne mich zu fragen, ob das nur Einbildung war."

Lilli lachte mit mir und ein wenig über mich. Ihre Hose zierte ein dicker Fleck, das Shirt ebenso. Aber als wir am Hotel ankamen, stieg sie aus, als sei nichts gewesen.

Ich nahm unser Gepäck, anstatt es dem Angestellten zu überlassen. So würden wir schneller in unser Zimmer gelangen und Lilli käme zügig aus den klebrigen Klamotten heraus.

Gemeinsam gingen wir hinein. Der Concierge erkannte mich von meinen früheren Besuchen und gab mir die gleiche Suite wie zuvor. Als wir ins Zimmer kamen, war es, als hätten wir es erst vor ein paar Stunden verlassen.

„Ich nehme eine Dusche", verkündete Lilli und verschwand

umgehend im Bad.

„Soll ich mitkommen?“, fragte ich.

„Jetzt noch nicht. Aber du kannst uns etwas zu trinken besorgen. Ich muss mich etwas beruhigen. Das Essen war sehr anstrengend.“

„Einverstanden.“

So sehr ich mich auch gern mit ihr im Bad vergnügt hätte, so hatte ich es wahrscheinlich noch nötiger als sie, mich zu beruhigen. Ein Drink klang gut. Ich rief den Zimmerservice an und ließ uns etwas kommen.

Ich stellte Lillis Tasche neben dem Bad ab und klopfte an die Tür.

„Deine Tasche steht gleich hier draußen, falls du sie brauchst“, rief ich.

„Okay, danke.“

Lilli brauchte nicht lange und stand schon ein paar Minuten später in der Tür. Sie hatte sich ein Handtuch umgeschlungen, stellte ihre Tasche auf das Bett und suchte darin nach etwas zum Anziehen. Ihr nasses Haar tropfte auf den Teppich, während sie ewig lange in der kleinen Tasche herumsuchte.

„Alles in Ordnung?“

„Tja, offenbar habe ich drei Shirts eingepackt, aber keine Hose“, sagte sie lachend.

„Hm, dann zieh einfach nur ein Shirt an“, sagte ich augenzwinkernd. „Oder du ziehst meine Badehose an und wir schicken deine Hose zum Waschen nach unten."

„Gib mir dein T-Shirt", verlangte Lilli und schaute mich ernst an.

„Warum?"

„Es ist größer als meins. Ich trage es, solange ich warten muss. Kannst du meine Hose sofort runterschicken? Kriegen wir die bis morgen zurück?"

„Ich bin sicher, das sollte gehen."

Ich tat, was sie verlangte, zog mein Shirt aus und warf es ihr zu. Sie zog es über das Handtuch und benutzte dieses dann, um ihre nassen Haare zu einem Turban aufzudrehen.

„Perfekt. Und wo ist der Alkohol? Ich brauche einen Drink." Sie lachte und machte es sich auf dem Liegestuhl bequem.

„Wie kommt es, dass du in dem Shirt fantastisch aussiehst und ich nur wie ein alter Mann?"

„Keine Ahnung. Aber ich mag das Shirt", sagte sie und rieb den Stoff zwischen den Fingern. „Ich denke, ich werde es behalten."

Kapitel 15

Lilli

Devin kümmerte sich rührend, schickte meine Hose zum Waschen, bestellte Getränke und eine Kleinigkeit zum Essen. Etwas Süßes war jetzt genau das Richtige, nach der ganzen Aufregung mit Familie Edwards und den vielen Fragen.

Ich fühlte mich immer elender mit den ganzen Lügen, die wir schon erzählt hatten. Ich wollte nicht, dass Izzy dachte, ihr Vater und ich seien verheiratet. Ich war sehr wütend auf Ashley, dass sie es ihr erzählt hatte. Aber auch wenn ich sauer war, so wollte ich Devin doch auch helfen. Ich ging davon aus, dass es Izzy bei ihm gefallen würde. Alles war schon so ein Durcheinander, dass man die Lüge jetzt nicht mehr zurücknehmen konnte.

„Wie wäre es mit einem Film?“, fragte Devin und schaltete den Fernseher ein.

Wir hatten den Liegestuhl neben das Bett gerückt und den Tisch davor. Devin zappte durch die Filme. Ich war erstaunt, wie viel Auswahl es gab. Ich hatte mich nie für die Auswahlliste für Filme in Hotels interessiert, wahrscheinlich, weil es auch nie so schicke Hotels gewesen waren wie dieses hier.

„Warte, den da“, sagte ich, als er Magic Mike angeklickt hatte. „Channing Tatum ist so süß.“

„Du möchtest einen Film über männliche Stripper anschauen?“

„Jap. Und ich wette, er wird dir gefallen.“

„Warte, du kennst den Film schon?“

„Selbstverständlich. Für was für eine Art Frau hältst du mich denn eigentlich?“

Devin lachte. Er klickte sich weiter durch die Filmliste. Aber ich hatte mich schon für Channing Tatum entschieden, daher nahm ich ihm in einem unaufmerksamen Moment die Fernbedienung weg.

„Ich hatte mich schon entschieden“, erklärte ich und schob seine Hand weg, als er die Fernbedienung wiederhaben wollte.

„Nein, wie kann ich als Mann so einen Film anschauen?“

„Ach was, ich verrate es niemandem. Das ist ein guter Film, vertrau mir“, antwortete ich verschmitzt und klickte auf den Film.

„Ich gucke den nur an, weil du mir heute so sehr beigestanden hast. Das ist der einzige Grund. Und wehe, du erzählst Jacob davon.“

Ich sah sein ernstes Gesicht und musste laut lachen. Offenbar machte es ihm sehr zu schaffen, dass sein Freund davon erfahren konnte, dass er sich einen Film über männliche Stripper anschaute.

„Ich sage es ihm nicht.“

„Schwöre es.“

„Na gut. Ich schwöre, ich werde ihm nicht sagen, dass du mit mir sexy Channing Tatum angeschaut hast."

„Ich kann nicht glauben, dass ich mich dazu habe überreden lassen."

Er krabbelte ins Bett, nahm sich einen Drink und hielt mir die Decke hoch, damit ich mich dazugesellte. Ich nahm mir ebenfalls einen Drink und kam zu ihm ins Bett. Wir arrangierten die Kissen und lehnten uns zurück, um den Film zu genießen.

Die Szenen, in denen die Jungs tanzen, waren ziemlich sexy und ich schaute zu Devin hinüber, um zu sehen, ob er hinguckte. Und tatsächlich folgte er dem Film ebenso aufmerksam wie ich. Aber als er merkte, dass ich ihn beobachtete, tat er so, als würde er gefoltert, rollte mit den Augen und schlürfte seinen Drink.

„Ich kann mich besser bewegen", beschwerte er sich, als Channing Tatum auf die Tanzfläche ging.

Ohne zu zögern, nahm ich die Fernbedienung und hielt den Film an. Wenn Devin sich so bewegen konnte, dann wollte ich das auf jeden Fall sehen.

„Zeig mal", sagt ich und bedeutete ihm, aufzustehen.

„Ich tanze nicht für dich. Das sind Dinge, die ich für besondere Gelegenheiten aufspare."

„Also kannst du in Wirklichkeit gar nicht so tanzen. Ist schon okay."

Das passte Devin wiederum nicht. Er sprang aus dem Bett

und stellte sich vor den Fernseher. Ich startete den Film wieder, damit er ein wenig Hintergrundmusik hatte. Devin fing an, mit dem Hintern zu wackeln, genau wie der Typ im Film. Um ehrlich zu sein, schaute ich mehr auf Devin als auf den Fernseher.

Er zog sich das Hemd aus und öffnete die obersten Knöpfe seiner Shorts. Sein Becken stieß nach vorn, er bewegte sich wie ein Mann, der wusste, dass er tanzen kann. Mein Körper prickelte bei der Erinnerung an sein Bett und wie diese Hüftstöße sich angefühlt hatten.

Devin sah das Begehren in meinen Augen und bedeutete mir, dass ich mich ihm anschließen sollte. Da hatte ich schon ein paar Drinks intus und fand die Idee, mit Devin zu tanzen, gar nicht schlecht. Ich krabbelte über das Bett, er packte mich und zog mich an sich, um zu tanzen, bevor ich überhaupt vom Bett runter war.

Seine Hand hielt mich fest, sein Becken kreiste und unsere Körper rieben sich aneinander. Wir sahen wahrscheinlich albern aus, aber es machte Spaß. Devin nahm die Sache offenbar ernst, bewegte sich immer noch zur Musik aus dem Fernseher hinter uns. Als die Szene wechselte, wurden seine Bewegungen langsamer, aber er hielt mich immer noch eng an sich gepresst, während wir weiter tanzten.

„Du bist ein besserer Tänzer, als ich dachte“, gab ich zu.

„Du wusstest, dass ich gut bin. Wie sagt man doch? Ein Mann, der gut tanzen kann, ist auch gut im Bett, oder so?“

Ich lief knallrot an, denn das waren exakt meine Gedanken

gewesen. Er hatte recht. Ich hatte geahnt, dass er einigermaßen gut tanzen konnte. Aber es war unterhaltsam zu sehen, dass er sich so viel Mühe gab.

„Du bist so wunderschön“, sagte er, blieb stehen und legte eine Hand auf meine Wange. „Habe ich dir das schon mal gesagt? Ist auch egal. Ich sage es noch einmal.“

„Danke“, wisperte ich und schaute zu ihm auf.

„Tut mir leid, dass wir uns unter solchen Umständen begegnet sind und ich mit diesen Lügen alles ruiniert habe.“

„Es gibt schlimmere Arten, sich kennenzulernen. Ich meine, man könnte zum Beispiel beim Joggen in jemanden hineinlaufen“, spottete ich.

Der Moment war zart und süß, er schaute mich an, als sei ich wirklich die schönste Frau der Welt. Keine Ahnung, ob er betrunken war oder mich wirklich für so schön hielt, aber seine Worte klangen aufrichtig. Als seine Lippen sich auf meine pressten, gab ich sofort nach.

Ich wollte ihn haben. Ich konnte es nicht abwarten, bis sich unsere Körper zusammen bewegten, die Eruption unserer Leidenschaft sich entlud.

Seine Hände blieben auf meinem Gesicht, unsere Lippen bewegten sich gemeinsam. Wir standen eine Weile so da und überließen uns ganz diesen Küssen. Ich verlor mich in seinen Berührungen. Seine Zärtlichkeit, sein straffer Körper, die Lust, die er mir bereitete, das war alles viel mehr, als ich je zu wünschen gewagt hatte.

Ich fühlte mich hier in Devins Armen zu Hause. Er war mehr als nur ein Liebhaber. Wir waren Freunde. Und das war neu für mich. Ich war nervös, als seine Hände nach meinem Shirt griffen und es mir über den Kopf zogen. Ich stand nackt am Fuß des Bettes, die Musik des Films spielte im Hintergrund.

Seine Bartstoppeln waren noch länger geworden. Ich bemerkte den Unterschied, als er sich vorbeugte und meine Brust in den Mund nahm. Sein Bart kitzelte etwas sanfter als beim ersten Mal. Es waren mehr als nur Bartstoppeln.

Ich griff mit den Händen in sein Haar, als er mich mit den Armen umschlang und an meinem Körper knabberte. Er stöhnte lustvoll, wanderte von einer Brust zur anderen. Es war erhebend zu erleben, wie sehr er mich begehrte. Seine Hände glitten über meinen Rücken, streichelten mich, zogen mich gegen ihn, alles gleichzeitig.

Mein Körper summte geradezu vor Lust, aber dieses Mal hatte ich es nicht so eilig. Ich genoss seinen Mund auf mir. Ich liebte die Momente, in denen er innehielt und mich anschaute. Das spielerische Glitzern in seinen Augen, als er mich auf das Bett drängte, kam überraschend und ließ mich kichern. Er folgte mir auf das Bett und legte sich auf mich.

Die anzügliche Musik des Films lief weiter im Hintergrund, aber ich interessierte mich längst nicht mehr für irgendwelche Filmstars. Schließlich hatte ich ein Prachtexemplar von Mann in meinen Armen. Ich hatte immer von Männern wie Devin fantasiert. Ich dachte immer, dass da der Schein sicher trügt. Kein Mann konnte so gut aussehen und gleichzeitig so nett sein, das hatte ich zumindest bislang gedacht.

Natürlich hatte Devin auch seine Macken, so wie ich auch. Doch er hatte mir davon aufrichtig erzählt, daher empfand ich sie nicht als schlimm. Offenbar hatte ich ihn an einem völlig anderen Punkt seines Lebens kennengelernt als seine Exfreundin. Ich hatte Glück. Egal, wie es mit unserer, wahrscheinlich recht kurzen, Beziehung weiterging, es war in Ordnung. Allein zu wissen, dass es Männer wie Devin da draußen gab, ließ mich für die Zukunft hoffen.

Als sich Devin meinen Körper entlang nach unten küsste, wurde mir bewusst, dass ich nicht erwartete, dass wir zusammenblieben. Merkwürdigerweise ging ich davon aus, dass es nur von kurzer Dauer war und das war okay für mich. Vielleicht lag es an der großen Lüge oder daran, dass es zu gut war, um wahr zu sein. Wie auch immer, ich ging davon aus, dass es wahrscheinlich bald vorbei sein würde mit uns.

Sobald Izzy bei ihm wohnte, würde ich mich mit Anstand zurückziehen und wieder mein eigenes Leben führen. Er konnte dann mit seiner süßen Tochter ein schönes Leben haben. Ich wäre sicher etwas traurig, aber das machte nichts. Zumindest dachte ich, es würde mir nichts ausmachen.

Devin schien nicht so viel Geduld zu haben, wie beim letzten Mal. Er verwöhnte mich ein wenig mit dem Mund, aber dann holte er schnell ein Kondom aus seiner Reisetasche.

„Du bist vorbereitet“, spottete ich.

„Ich war bei den Pfadfindern. Ich bin immer vorbereitet“, sagte er lachend. „Ich meine, ich war da zwar nur ein paar Monate, aber das habe ich mir gemerkt.“

Er stand am Fuß des Bettes und zog die Shorts mitsamt der Unterhose in einer Bewegung aus. Als ich seinen nackten Körper sah, konnte ich einfach nicht anders. Ich krabbelte zum Ende des Bettes und packte seinen Schwanz. Ich zog ihn etwas näher und nahm ihn in den Mund. Devin schien erstaunt.

„Oh, verdammt“, murmelte er und stieß mit dem Becken nach vorn.

Ich war nicht sonderlich erfahren im Oralsex, aber das Wesentliche kannte ich. Mit Devin fühlte ich mich wohl dabei. Es war mir egal, ob es perfekt war. Sex sollte doch Spaß machen. Und ich wollte viel Spaß mit Devin haben.

Meine Lippen schlossen sich fest um seinen harten Schwanz, meine Finger glitten daran auf und ab. Er gab ein leises Stöhnen von sich, während ich mich bewegte, und das gefiel mir. Mit meinem Exfreund war Oralsex nicht wirklich schön gewesen, wahrscheinlich, weil er einfach ein Idiot gewesen war. Aber es Devin zu besorgen, war heiß. Es gefiel mir, die Lage zu kontrollieren. Ich mochte das Gefühl der Macht, die ich über ihn hatte. Ich konnte ihm all diese Laute der Begierde entlocken.

Ich bewegte meinen Mund schneller, um ihn lauter stöhnen zu hören. Meine Lippen hatten ihn fest umschlossen, ich änderte meine Position, um ihn tiefer in mich aufzunehmen.

„Okay, okay, du solltest besser aufhören“, keuchte er und zog sich etwas zurück.

„Warum?“, fragte ich verführerisch und blickte zu ihm auf.

„Einfach weil. Das ist … wir tun das nicht“, stammelte er

schließlich.

„Warum nicht?“, fragte ich und drehte mich auf den Rücken, so dass ich mit dem Kopf auf dem Bettrand lag und meine Brüste nach oben ragten.

Ich spielte mit meinen Händen an meinen Brustwarzen und wartete auf eine richtige Antwort. Ich wusste, warum er nicht weitermachen wollte. Im Mund einer Frau zu kommen, die man noch nicht so gut kannte, war nicht so richtig sexy. Aber es machte Spaß, ihn ein wenig aufzuziehen.

Ich bog den Kopf zurück und griff nach ihm. Er schüttelte zwar den Kopf, kam aber doch näher. Es war aufregend, so viel Macht über diesen starken Mann zu haben. Ich genoss das Gefühl und spielte mit meiner Zunge an seinem Schwanz, dann drehte ich mich wieder um und kniete mich mitten auf das Bett.

„Komm her“, verlangte ich spielerisch.

Er tat es und kletterte zu mir auf das Bett. Er kniete ebenfalls und hielt das Kondom in der Hand. Ich nahm es ihm ab und öffnete es. Ich biss mir voller Konzentration auf die Unterlippe, während ich es ihm richtig überstülpte. Er lachte, als er das sah, aber ich kriegte es schließlich hin.

„Leg dich hin“, befahl ich und drängte ihn zurück auf das Bett.

„Mädchen, du bringst mich um“, stöhnte er und ließ sich nach hinten fallen.

Er war sehr erregt und hart. Ich hockte mich rittlings über ihn und ließ mich langsam auf ihm nieder, bis ich ihn in mich eindringen spürte. Das Gefühl war unglaublich. Ich ließ mich weiter sinken, bis ich ihn ganz in mich aufgenommen hatte.

Devin atmete tief durch. Offenbar war er schon kurz davor zu kommen. Er schloss für einen Moment die Augen und bewegte sich nicht, während ich langsam auf ihm auf und ab glitt. Schließlich packte er meinen Hintern und hielt mich fest, stieß gegen mich, um die Lust für uns beide zu erhöhen.

Die heftige Reibung brachte mich schnell zum Höhepunkt. Ich spürte, wie sich alles anspannte, wie sich mein ganzer Körper hart und schnell dem Orgasmus entgegen drängte. Von den Hüften breitete sich die Ekstase im ganzen Körper aus, während ich wieder und wieder nach vorn stieß.

„Komm für mich, Baby“, keuchte Devin mit rauer Stimme.

Mein Körper gab nach, ich presste mich ein letztes Mal gegen ihn. Devin hatte sich nur noch mit Mühe zurückhalten können und stieß noch einmal tief in mich hinein und kam auch. Es war nicht das langsame Liebesspiel wie beim ersten Mal, aber es war höchst befriedigend gewesen. Ich stieg von ihm herunter und kuschelte mich an seinen verschwitzten Körper.

„Wahnsinn“, sagte ich mehr zu mir selbst, als ich so da lag.

„Du bist der Wahnsinn“, sagte er lächelnd und küsste mich auf die Stirn.

Irgendwann in der Nacht gingen wir beide ins Bad und kuschelten uns dann wieder nackt unter die Decke. Mir gefiel die Wärme seines Körpers, ich wollte die wohlige Nähe seiner Arme nicht mehr verlassen.

Am Morgen konnte ich kaum glauben, dass wir schon wieder abreisen mussten. Dieses Reisen war anstrengend, ich hätte am liebsten den ganzen Tag im Bett verbracht, aber wir mussten nach Hause.

„Ich muss um 3 Uhr zur Arbeit. Meinst du, das schaffen wir?“, fragte ich, als ich aus dem Bett stieg.

„Sicher. Ich rufe unten an und bestelle uns was zum Frühstücken und um zu hören, ob deine Hose fertig ist.“

Während er telefonierte, schlüpfte ich schnell unter die Dusche, wusch mir die Haare und war fertig, bevor er die Gelegenheit hatte, sich mir anzuschließen. So spaßig Sex unter der Dusche auch sein mochte, ich war dazu einfach zu müde. Ich trocknete mich also bereits ab, als er an die Tür klopfte und fragte, ob er hereinkommen dürfe.

„Die Dusche gehört dir“, sagte ich und ließ ihn hinein.

Er war offensichtlich enttäuscht, aber er nahm es gelassen hin und stieg selber in die Dusche. Ich zog mir frische Wäsche und ein sauberes Shirt an, dann nahm ich das Essen in Augenschein, das von gestern übrig geblieben war. Ich überlegte, ob das wohl noch gut war. So schnell wurde das sicher nicht schlecht.

Ich hatte ein Stück Käsekuchen halb aufgegessen, als es an der Tür klopfte. Ohne drüber nachzudenken, ging ich hin, denn ich nahm an, dass man mir meine Hose brachte. Als ich die Tür öffnete, stand da ein pickeliger Junge, der den Mund nicht mehr zukriegte, als er meine nackten Beine sah. Er starrte auf mein Spitzenhöschen, dann riss er sich endlich zusammen und schaute mir ins Gesicht.

„Ihre Wäsche“, sagte er und wurde rot.

„Danke“, antwortete ich und nahm ihm den Beutel ab.

Nachdem ich die Tür geschlossen hatte, schlüpfte ich in meine Hose, keinen Moment zu früh, denn es klopfte erneut an der Tür.

„Du hast dich unter die Dusche verdrückt, während ich hier den Massenansturm an der Tür bewältigen muss“, rief ich Richtung Dusche.

„Sorry, ich komme, wenn du möchtest, dass ich die Tür aufmachen soll“, sagte er und kam aus dem Bad.

Er hatte sich ein kleines Handtuch um geschlungen und machte Anstalten, die Zimmertür zu öffnen, bevor ich antworten konnte. Dieses Mal war es ein älterer Angestellter, der uns das Essen auf einem Tablett servierte. Ich trat zur Seite und Devin hielt ihm die Tür auf, um ihn hereinzulassen.

„Soll ich das andere hier mitnehmen?“, fragte er Devin.

„Ja, bitte.“

„Warten Sie“, rief ich, lief hin und nahm einen letzten Happen Käsekuchen. „Der ist lecker.“

Devin lachte und suchte in seiner Hose nach der Brieftasche. Er nahm zehn Dollar heraus und reichte sie mir, während der Mann die Reste vom Vorabend zusammenräumte. Als Devin im Bad verschwand, um sich anzuziehen, fiel mir auf, dass ich dem Wäschejungen kein Trinkgeld gegeben hatte. Immerhin hatte er eine nette Aussicht, während ich mich wie ein Idiot benommen und ihm nichts gegeben habe.

„Danke“, sagte ich und reichte dem Mann das Geld.

Es war aufregend, jemandem einen Zehner Trinkgeld zu geben. So viel hatte ich noch nie gegeben. Wenn ich mit meinen Freundinnen unterwegs war, dann gab ich dem Kellner meistens einen Dollar und die anderen schlossen sich an. Aber wir hatten alle wenig Geld. Zehn Dollar war praktisch unser Budget zum Trinken für eine Nacht, nicht das Trinkgeld. Und normalerweise versuchten wir an unsere Getränke zu kommen, ohne zu bezahlen, indem wir mit Männern flirteten, die uns dann zu Drinks einluden.

„Ich habe praktisch alles bestellt, was auf der Karte stand“, sagte Devin, als er aus dem Bad herauskam.

Sein Haar war zurückgekämmt, so hatte ich ihn noch nie gesehen. Es sah auch so aus, als habe er sich den Bart ein wenig gestutzt. Er sah wie immer sehr gut aus.

„Gut, denn der alte Käsekuchen braucht ein paar Freunde in meinem Magen. Ich habe Hunger.“

„Ich auch.“

Wir setzten uns an den Tisch und schauten hinunter auf die Stadt, während wir frühstückten. Mir war schon richtig flau im Magen. Ich versuchte, mich ausgewogen zu ernähren, nahm Proteine und Früchte. Nachdem ich mehrere Sachen probiert hatte, ging es mir schon etwas besser und ich nahm auch noch Müsli. Ich stand mit der Schale auf und trat ans Fenster.

„Meinst du, sie lassen Izzy bei dir wohnen, wenn Ashley

verurteilt wird?“

„Keine Ahnung. Ich hoffe es. Aber Ashley war sehr wütend auf mich. Ich weiß nicht, ob sie in der Lage ist, zu erkennen, dass es für Izzy das Beste wäre.“

„Wirst du vor Gericht, falls sie sich weigert?“

„Ja.“

„Gut. Ich denke, dass solltest du tun“, sagte ich, schaute aber weiterhin über die Stadt.

„Ich hoffe allerdings immer noch, dass es nicht dazu kommt.“

„Ja, das wäre wirklich hart.“

„Wenn du fertig bist, können wir zum Flughafen aufbrechen. Ich schätze, wir werden gegen 1 Uhr daheim sein. Musst du noch mal nach Hause, bevor du zur Arbeit gehst?“

„Ja, ich muss mich umziehen. Ich brauche mit dem Zug 45 Minuten, das sollte also kein Problem sein.“

„Dem Zug?“

„Ja, mein Auto ist immer noch kaputt.“

„Oh, Mist. Ich wollte dir ja eines kaufen. Es tut mir so leid. Das hatte ich total vergessen. Wow, du musst mich für einen ziemlichen Mistkerl halten, dass ich erst so etwas verspreche und dann nicht liefere.“

„Nein, das denke ich nicht“, sagte ich lachend. Er holte sein Handy heraus und schrieb eine Nachricht.

„Mach dir keine Sorgen, ich kümmere mich sofort darum.“

„Du kümmerst dich jetzt gerade um das Auto?“, fragte ich skeptisch.

„Ja.“

Ich griff nach seinem Handy, um zu sehen, wem er schrieb. Wie konnte er einfach eine Textnachricht schicken und mir so ein Auto besorgen? Das war mir zu hoch.

„Wem schreibst du?“, fragte ich, als er das Handy an sich zog, damit ich es nicht greifen konnte.

„Das geht dich nichts an“, erklärte er lachend. „Ich habe dir ein gebrauchtes Auto, das viele Meilen runter hat, versprochen, und genau das werde ich dir besorgen.“

„Und Beulen. Es muss Beulen haben. Ein gutes gebrauchtes Auto hat immer welche“, behauptete ich ebenfalls lachend.

„Natürlich.“

Er grinste von Ohr zu Ohr, als er das Telefon wieder einsteckte und anfing, unsere Sachen einzupacken. Ich ärgerte mich, dass ich dieser Autogeschichte überhaupt zugestimmt hatte. Aber es war noch besser, als für diese Reise Geld von ihm zu nehmen. Und für die Lügen.

Auch wenn mir das Lügen missfiel, so wollte ich doch, dass Devin seine Tochter zu sehen bekam, denn ich wusste, das bedeutete ihm viel. Ich hätte ihm auf jeden Fall auch ohne Geld geholfen und das wusste er sicher.

Wir verließen das Zimmer, gingen zu den gläsernen Fahrstühlen, die mir so gefielen und fuhren nach unten. Ich presste meinen Körper gegen das Glas und spürte die schnelle

Abwärtsfahrt. Dafür waren die Dinger doch gedacht, oder?

Ein Angestellter brachte uns das Auto und wir fuhren zum Flughafen. Keine Ahnung, wie das alles organisiert war, aber Devin konnte den Leihwagen einfach auf dem Flugplatz zurücklassen, während wir an Bord gingen. Er musste nichts unterschreiben und zurückbringen musste er den Wagen offensichtlich auch nirgendwohin.

Wir gingen an Bord und machten es uns wie beim letzten Mal auf der Couch bequem. Der Pilot und der Co-Pilot gingen die übliche Routine durch, als Devins Handy klingelte. Er sah auf die Nummer und nahm dann schnell ab.

„Hallo“, sagte er und schaute mich besorgt an.

Er hörte eine Weile stumm zu, während am anderen Ende jemand sprach. Sein Gesicht wirkte sehr ernst, so dass ich mir schon Sorgen machte, wer das wohl sein konnte. Ich wusste nach wie vor nicht sehr viel über ihn, also gab es eine Menge Möglichkeiten, was passiert sein konnte.

„Natürlich. Ich bringe sie nächstes Wochenende mit. Aber Lilli wird nicht mitkommen, sie muss arbeiten.“

Devin hörte wieder zu. Ich ahnte, dass es entweder Izzys Großeltern waren oder Ashley. Da er sehr ruhig blieb, nahm ich eher an, dass es Mr. oder Mrs. Edwards war. Er schüttelte den Kopf, auch wenn sein Gesprächspartner das nicht sehen konnte.

„Nein, sie hat schon die letzten beiden Wochenenden die Arbeit versäumt. Die ist ihr wichtig. Sie wird nicht da sein“, beharrte er.

Die Strenge in seiner Stimme musste gewirkt haben.

„Auf Wiederhören", sagte er und legte auf.

„Was ist passiert? Wer war das?"

„Ashley sagte, sie will sich erneut mit mir treffen und vielleicht ein Papier unterschreiben, dass mir vorübergehend das Sorgerecht überträgt. Das war gerade ihre Mutter."

„Wow, das ist doch perfekt. Ich wusste, es würde sich alles einrenken. Glückwunsch", sagte ich und umarmte ihn.

Aber Devin wirkte längst nicht so aufgeregt, wie ich erwartet hatte. Er schob mich von sich fort und wir beide blickten zum Piloten, der in der Tür zum Cockpit stand.

„Bereit zum Abflug?", fragte er Devin.

„Alles bereit, danke." Devin zeigte dem Piloten den erhobenen Daumen.

„Was ist los?", fragte ich, nachdem der Pilot die Tür des Cockpits hinter sich geschlossen hatte.

„Ashley besteht darauf, dass ich Bilder von unserer Hochzeit mitbringe", sagte Devin. Er war blass geworden.

„Oh, wow."

„Ja, keine Ahnung, was ich jetzt machen soll. Ich habe sie fast soweit, dass sie zustimmt. Vielleicht kann man mit Photoshop irgendetwas machen? Keine Ahnung."

Devin sah echt verzweifelt aus, als er das Problem hin und her wälzte. Mir erschien es nicht so dramatisch. Eigentlich musste er doch nur einen Frack anziehen und ein paar Fotos mit mir im weißen Dress machen. Wie schwierig konnte das schon sein?

„Dann machen wir eben ein paar Bilder. Kein Problem."

„Hochzeitsbilder? Komm schon, Lilli. Das ist lächerlich. Das kann ich nicht von dir verlangen."

Das Flugzeug startete und beschleunigte auf dem Weg zur Startbahn. Ich hielt mich an Devins Arm fest, als wir abhoben und fast senkrecht in die Luft stiegen.

„So schlimm ist das doch nicht. Wir gehen in einen Laden für Brautmoden, ich probiere ein Kleid an, du einen Frack. Wir gehen raus, kaufen ein paar Blumen und machen ein Foto. Fertig."

Devin lachte über meinen Vorschlag. Aber die Idee war gut und er wusste es. Er fasste mich am Arm und zog mich zu sich, um mich zu küssen.

„Du bist viel zu gut zu mir. Ich besorge uns einen professionellen Fotografen und ich kaufe dir ein Kleid."

„Du musst mir kein Kleid kaufen. Was soll ich denn bitte schön mit einem Hochzeitskleid, wenn wir damit durch sind? Ich kann es ja wohl kaum zu einer echten Hochzeit anziehen, wenn ich es schon auf einer falschen anhatte", witzelte ich.

„Du kannst tun, was auch immer du willst. Du kannst es auch spenden, wenn du möchtest."

„Das könnte ich. Okay, dann organisierst du das alles und ich suche nach einem passenden Kleid. Was meinst du?"

„Ehrlich gesagt denke ich, dass ich mitkommen sollte, beim

Kleiderkauf. Dann kann ich es sofort kaufen und wir machen die Bilder noch am selben Tag."

„Oh, nein. Der Bräutigam soll doch die Braut nicht vor der Trauung sehen."

Devin fand das offenbar amüsant, aber ich meinte es ernst. Ob es nun eine echte Hochzeit war oder nicht, er würde mich nicht zu sehen bekommen vor dem Fotoshooting. Ich war einer wirklichen Hochzeit noch nie so nahe gekommen und ich konnte wahrlich kein Pech herausfordern. Oder noch mehr Pech, denn da war immer noch die Lügerei.

„Na gut, wenn du darauf bestehst, dann hinterlasse ich meine Kreditkarte bei dem Geschäft und du suchst dir ein Kleid aus. Dann machen wir für die Fotos einen Tag aus, an dem du nicht arbeiten musst."

„Perfekt. Ich habe am Mittwoch frei. Ich suche mir am Dienstag mit Anna zusammen ein Kleid aus. Wie klingt das?"

„Klingt nach meiner Traumhochzeit. Alles erledigt und bezahlt innerhalb von zwei Tagen. Es könnte nicht besser sein."

Ich weiß, er machte Witze, aber ich fand es schon ein wenig schade, dass es keine richtige Hochzeit war. Nicht, dass ich ihn jetzt tatsächlich heiraten wollte oder so. Aber ich hätte mir gewünscht, ein Brautkleid für meine wirkliche Hochzeit auszusuchen und nicht für eine Inszenierung. Das berührte mich doch ein wenig und ich kuschelte mich an Devin, um den Rest des Fluges zu verschlafen. Das war besser, als jetzt schon daran zu denken, wie das alles bald enden würde.

Kapitel 16

Devin

Ich hätte mir keine bessere Person wünschen können, bei all dem Durcheinander mit Ashley und Izzy. Lilli half mir wirklich sehr. Ich wollte ihr meine Dankbarkeit unbedingt zeigen.

Ich hatte ihr versprechen müssen, einen Gebrauchtwagen mit vielen gefahrenen Meilen zu kaufen. Aber das konnte man ja unterschiedlich interpretieren. Ich hatte Jacob beauftragt, ein Auto bei dem Händler zu besorgen, wo ich auch meines gekauft hatte. Glücklicherweise war er an dem Abend nicht anderweitig beschäftigt, so dass ich bei unserer Landung in Chicago eine Textnachricht von ihm erhielt, er habe einen Wagen gekauft und würde ihn vor meinem Haus abstellen. Die Schüssel deponierte er unter der Fußmatte vor der Haustür.

Ich war auf unserer Rückfahrt vom Flughafen sehr aufgeregt. Ich konnte es kaum abwarten, bis Lilli das Auto sah. Wahrscheinlich würde sie wütend werden, aber den Wagen dennoch mögen. Jacob hatte mir ein Foto geschickt, ich hatte einen schnellen Blick darauf geworfen und das Handy dann eingesteckt.

„Warum lächelst du?“, fragte Lilli.

„Nur so.“

„Ich glaube dir kein Wort. Du heckst doch irgendetwas aus.“

Ich lächelte einfach nur und fuhr in meine Einfahrt, direkt neben das andere Auto, das Jacob dort geparkt hatte. Der Wagen war erst zwei Jahre alt, fiel also eindeutig in die Kategorie gebraucht. Aber er sah schick aus und glänzte in der Sonne.

„Was ist das?“, fragte Lilli und schaute mich stirnrunzelnd an.

„Das ist dein Gebrauchtwagen“, sagte ich und bemühte mich, nicht allzu breit zu grinsen.

„Ich sagte doch gebraucht, mit vielen Meilen runter und vielen Beulen“, sagte sie und verschränkte die Arme vor der Brust. „Du hast viel zu viel ausgegeben. Das kann ich nicht akzeptieren.“

„Er hat 30.000 Meilen runter. Das scheint mir doch ziemlich viel zu sein“, widersprach ich. „Und er ist auf jeden Fall gebraucht, denn er ist zwei Jahre alt.“

„Devin!“

„Oh, er hat keine Beulen. Warte.“

Ich stieg aus, ging nach hinten und holte das Radkreuz aus dem Kofferraum. Dann trat ich zu dem neuen Wagen, bewunderte einen Moment seine Makellosigkeit, dann schlug ich schwungvoll mit dem Werkzeug gegen den hinteren Kotflügel.

„Was tust du denn da?“, rief Lilli und sprang aus dem Wagen, um mich davon abzuhalten, erneut zuzuschlagen.

„Ich verbeule es für dich“, sagte ich.

„Du kannst doch nicht einfach darauf herumschlagen. Meine

Güte, Devin! Der ist so schön“, sagte sie und fuhr mit der Hand über den glänzenden Lack.

„Dann soll ich aufhören, ihn noch mehr zu verbeulen?“, fragte ich spöttisch.

„Genau.“ Sie schüttelte tadelnd den Kopf, öffnete die Tür und setzte sich auf den Fahrersitz.

Ich beeilte mich, die Schlüssel unter der Fußmatte hervorzuholen und setzte mich auf den Beifahrersitz. Das schwarze Leder war warm von der Sonne, aber das war der einzige Nachteil, den ich entdecken konnte. Der Wagen war in perfektem Zustand und als Lilli den Motor startete, schnurrte er wie ein Kätzchen.

„Wie soll ich das denn meinen Eltern erklären?“, fragte sie und rollte mit den Augen.

„Du könntest einen Kredit aufgenommen haben.“

„Ha, als ob mir irgendjemand einen Kredit für so einen Wagen geben würde. Außerdem kann ich sie nicht anlügen. Ich werde sagen, ich hätte ihn gewonnen.“ Sie lachte.

„Das ist eine bessere Lüge.“

„Vielleicht bekäme ich doch einen Kredit dafür. Was hat er denn gekostet?“

„Das sage ich nicht“, beharrte ich. „Aber du würdest bestimmt einen Kredit bekommen. Jeder bekommt einen für den Autokauf. Im schlimmsten Fall nehmen sie einem das Auto eben wieder weg, wenn du die Raten nicht bezahlen kannst.“

„Ich möchte nicht, dass man mir mein Auto wieder

wegnimmt", empörte sie sich, als wäre das Szenario wirklich real und nicht nur eine Spinnerei von uns.

„Das wird auch nicht passieren. Du bist ja eine verantwortungsvolle junge Dame."

„Na gut, ich werde das so hinnehmen. Aber ich werde ihnen auch sagen, dass ich mit dir aus war. So wird die Lüge ein wenig ausgeglichen."

„Einverstanden. Aber bitte sag ihnen nichts von unserer Hochzeit am Mittwoch." Ich lachte und stieg aus dem Wagen. „Vielleicht fährst du ein wenig damit herum, bevor du nach Hause gehst?"

„Ja, das ist eine gute Idee." Ihre Augen leuchteten auf, als sie sich anschnallte und rückwärts aus der Einfahrt fuhr. „Wir sehen uns Mittwoch. Vergiss nicht, deine Kreditkarte in dem Brautgeschäft zu hinterlegen."

Sie winkte, als sie losfuhr und ich konnte nicht aufhören zu grinsen. Lilli und das Auto passten sehr gut zusammen. Ich war sehr froh, dass sie den Wagen angenommen hatte. Sie verdiente ein verlässliches Fahrzeug, um zur Arbeit zu kommen. Egal, was sonst noch zwischen uns lief, ich schuldete ihr einiges dafür, dass sie mir an den beiden letzten Wochenenden so sehr geholfen hatte, um das Sorgerecht für Izzy zu bekommen. Für mich war das enorm wichtig und ich konnte ihr dafür nicht genug danken. Das Auto war nur ein kleines Dankeschön und für sie absolut perfekt.

*

Die nächsten Tage vergingen wie im Flug, da ich versuchte,

die Arbeit der ganzen Woche in wenige Tage zu quetschen. Ich fuhr wie vereinbart bei dem Brautgeschäft vorbei, das nicht weit entfernt war, und hinterlegte meine Kreditkarte mit dem Hinweis, dass Lilli damit ein Kleid kaufen würde.

Die Damen schienen überrascht, dass ich ihr damit freie Hand ließ. Sie schlugen vor, ein Budget festzulegen, um es Lilli leichter zu machen, sich zu entscheiden. Aber es war mir vollkommen egal, wie viel sie für das Kleid ausgab. Ich verlangte schon eine Menge von ihr, jetzt auch noch mit den Hochzeitsfotos, so dass sie sich wenigstens ein Kleid aussuchen sollte, in dem sie sich wohlfühlte.

„Was ist denn das teuerste Kleid, das Sie hier haben?“, fragte ich.

„Nun, wir haben Kleider, die sich im Rahmen von etwa 50.000 Dollar bewegen“, antwortete die Frau und deutete auf einen Bereich im Geschäft, wo mit Diamanten besetzte Kleider ausgestellt waren.

„Okay, mein Budget ist 50.000“, sagte ich und unterschrieb die notwendigen Unterlagen, bevor ich den Laden verließ.

Der verblüffte Gesichtsausdruck der Damen hatte mich zum Lachen gebracht. Sie hätten erkennen können, dass Geld keine Rolle spielte, als ich meine schwarze American Express Karte vorlegte. Aber es war lustig zu sehen, wie aufgeregt sie immer noch waren, als ich wegfuhr. Ich konnte sehen, dass sie über mich redeten. Ich hoffte, dass es bedeutete, sie würden am Mittwoch zu Lilli besonders nett und zuvorkommend sein.

Früh am Mittwochmorgen schaute ich aus dem Fenster, ob

Lilli schon auf war. Aber ihre Vorhänge waren zugezogen. Ich schickte ihr eine Nachricht, aber ich wusste, sie würde nicht antworten, wenn sie noch schlief. Also musste ich warten. Ich hatte die Fotografin für 13 Uhr unten am Hafen bestellt. Die Umgebung war ideal und die Fotografin war begeistert, uns dort abzulichten. Ich hatte ihr einen ordentlichen Bonus gezahlt, dafür dass sie uns kurzfristig aushelfen konnte. Ich nahm an, das war auch ein Grund für ihre Begeisterung.

Gegen 10 Uhr wurde ich ziemlich nervös, denn ich hatte noch nichts von Lilli gehört. Ich schaute immer wieder zu ihrem Schlafzimmerfenster hinüber, ob sich dort etwas tat. Dann fiel mir auf, dass das Auto nicht in der Einfahrt stand. Entweder war sie schon weg oder sie war in der Nacht gar nicht nach Hause gekommen.

Mir drehte sich der Magen um bei dem Gedanken, sie sei nicht nach Hause gekommen. Ich hatte natürlich kein Recht, mich in ihr Privatleben einzumischen. Es war ja schließlich nicht so, als würden wir wirklich heiraten. Wir hatten ein einziges Date gehabt und waren zweimal miteinander verreist. Sie war mir keine Rechenschaft schuldig. Aber ich wählte mit einem sehr unguten Gefühl ihre Nummer.

„Hey, denkst du an die Fotos heute?“, fragte ich so beiläufig wie möglich.

„Klar. Ich lasse mir gerade die Haare und ein anständiges Make-up machen. Wir treffen uns unten am Hafen.“

„Bist du sicher, dass ich dich nicht abholen soll?“

„Ganz sicher. Es soll doch eine Überraschung sein.“

Sie klang fröhlich und aufgeregt. Ich bemühte mich, meine Nervosität zu verdrängen und mich ein wenig von ihrer Stimmung anstecken zu lassen.

„Ich kann kaum erwarten zu sehen, welches Kleid du genommen hast. Ist es eines für 50.000 Dollar? Das blinkte und glitzerte mächtig.“

„Auf gar keinen Fall. Wieso sollte man so viel Geld für ein Kleid ausgeben? Das ist ja eine Anzahlung für ein Haus.“

„Du hättest es kaufen können, wenn es dir gefallen hat“, versicherte ich ihr.

„Habe ich aber nicht. Ich habe das perfekte Kleid für mich gefunden. Also, ich muss jetzt Schluss machen. Solange ich telefoniere, geht das mit dem Make-up hier nicht weiter. Wir sehen uns um eins.“

„Okay, ich kann es kaum erwarten.“

Ich erledigte noch ein wenig Arbeit und zog mir dann meinen Frack an. Auch wenn ich selten zu so besonderen Anlässen ging, war es doch angenehm, einen eigenen Frack zu besitzen, nur für denn Fall, dass ich schnell einen brauchte. Seit ich ihn hatte, war ich aber bisher nur auf etwa einem Dutzend wohltätiger Anlässe gewesen.

Gegen Mittag war ich mit dem Auto unterwegs in die Stadt. Es würde etwas dauern, eine Parkmöglichkeit zu finden und mich mit der Fotografin zu treffen. Ich wollte möglichst mit ihr reden, bevor Lilli eintraf.

Ich fuhr am Hafen vorbei und sah die Fotografin, die bereits ein paar Dinge vor Ort vorbereitete. Sie hatte zwei Assistentinnen dabei und genug Ausrüstung für ein richtiges Fotoshooting für eine Zeitschrift. Es war beeindruckend. Aber ich wusste auch, dass der Bonus von 10.000 Dollar ihre Motivation sicher gesteigert hatte.

Nachdem ich den Wagen in der Nähe abgestellt hatte, ging ich am Hafen entlang zu der Stelle, die die Frauen vorbereitet hatten.

„Nancy?“, fragte ich.

„Devin? Schön, Sie kennenzulernen. Ich Ihre Braut auch unterwegs?“

„Ja, sie sollte in Kürze eintreffen. Ich weiß, das ist ein wenig unkonventionell, aber wir wollten ein paar schöne Fotos vor der Hochzeit und sie dann beim Empfang ausstellen. Wir sind vielleicht etwas schrullig.“

„Nein, das ist in Ordnung. Das verstehe ich absolut. Bis Freitag habe ich ein paar kleine Abzüge fertig, dann können Sie sich die aussuchen, die Sie in groß haben möchten.“

„Dann hat Ihre Verlobte kein Problem damit, Ihnen in dem Kleid vor der Hochzeit unter die Augen zu kommen?“, fragte eine der Assistentinnen.

„Sie ist da nicht so abergläubisch.“

Es war schon fast 13 Uhr, als ich einen Anruf von Lilli erhielt.

„Bist du schon in der Nähe?“, fragte ich.

„Nur die Straße runter. Dreh dich um, damit du mich nicht

siehst, bis ich da bin."

„Okay, bis gleich."

Ich legte auf, trat an die Brüstung am Hafen und blickte hinaus auf das Wasser. Ich war sehr gespannt, welches Kleid Lilli ausgesucht hatte. Irgendwie lustig, dass es mir nicht egal war. Aber ich wusste, dass sie aufgeregt war und das machte es für mich auch spannend.

„Kommt sie?", fragte Nancy.

„Ja, sie meinte, ich sollte mich umdrehen, damit ich sie nicht zu früh sehe."

„Oh, da ist sie", sagte Nancy und begann, ihren Assistentinnen Anweisungen zu geben. „Nimm die Kamera und lauf ihr entgegen. Mach Fotos von ihrem Weg hierher. Du nimmst das Licht und wir stellen uns hier hin, dann haben wir sein Gesicht im Sucher, wenn er sich zu ihr umdreht."

Ich musste lächeln über den plötzlichen Aktionismus hinter mir. Für einen Moment fühlte es sich an, wie ein Shooting für echtes Hochzeitsfoto. Die Anspannung war echt. Die Aufregung seitens der Fotografin ebenfalls. Ich klammerte mich an die Reling und wartete darauf, dass man mir erlaubte, mich umzudrehen.

„Wow, was für ein Aufwand", hörte ich Lilli sagen. „Ich denke, du kannst dich jetzt umdrehen."

„Langsam", befahl Nancy.

Ich tat, was verlangt wurde und drehte mich langsam um. Lilli stand nur ein paar Schritte entfernt von mir. Sie sah aus wie eine Erscheinung, eine Göttin, die nur für mich auf die Erde gekommen war. Ich konnte nichts anderes tun, als ihre wundervolle Figur anzustarren.

Ihr Make-up war makellos, wie es bei ihrer echten Hochzeit sicher der Fall wäre. Ihr Haar fiel in Locken über ihre Schultern. Das Kleid war einfach perfekt.

Sie trug ein schlichtes weißes Kleid mit dünnen Trägern. Es war in seiner Schlichtheit überwältigend. Ich war jedenfalls überwältigt. Sie sah umwerfend aus. Das Kleid schmiegte sich an jede ihrer Kurven, sie war sich ihrer Schönheit in diesem Kleid sehr bewusst. Ihre selbstbewusste Körpersprache ließ keinen anderen Schluss zu.

„Wow, Lilli, du bist wunderschön“, sagte ich, nahm ihre Hand und küsste sie.

„Perfekt, bleibt einen Moment so“, sagte Nancy.

Ich hatte ganz vergessen, dass die Fotografin da war, so sehr war ich von Lillis Anblick bezaubert. Sie sah so schön aus, dass ich sie an mich ziehen und küssen musste. Aber sie schob mich spielerisch von sich weg.

„Mein Lippenstift“, sagte sie und berührte mich nur sanft mit ihren Lippen. „Das muss vorerst reichen.“

„Ihr beide seht sehr verliebt aus“, sagte Nancy und machte weiter Bilder. „Ich möchte das Riesenrad im Hintergrund. Dann gehen wir da rüber, nur mit dem Wasser als Hintergrund.“

„Okay“, sagte Lilli und lächelte für die Kamera. „Ist das gut?“

„Alles ganz wunderbar. Einfach nicht drüber nachdenken. Reden Sie miteinander, berühren Sie sich. Ich bewege mich um Sie herum, wie es nötig ist. Genießen Sie einfach den Moment."

Natürlich wusste die Fotografin ja nicht, dass dies keine echten Hochzeitsbilder waren. Ich beschloss, das Beste daraus zu machen und meine Zeit mit Lilli zu genießen. Ich hatte die Idee, sie auf den Arm zu nehmen. Also fasste ich unter ihre Knie und hob sie hoch. Dann küsste ich sie auf die Wange, denn ich wollte das Make-up nicht ruinieren.

„Devin, meine Güte", quiekte sie völlig überrascht.

„Ich konnte nicht widerstehen. Du siehst aus wie eine Göttin. Das Kleid ist absolut perfekt für dich", flüsterte ich ihr ins Ohr.

„Danke. Du siehst aber auch fabelhaft aus."

„Das ist nichts im Vergleich zu dir."

„Okay, gehen wir hier runter", sagte Nancy und ich folgte ihr. „Lassen Sie sie noch nicht runter."

Lilli verzog das Gesicht, blieb aber in meinen Armen, als ich sie die wenigen Schritte zum Hafen runter trug. Die Fotografin platzierte ihre Assistentinnen mit den Reflektoren neben uns, damit das Licht perfekt war und machte weiter Bilder.

„Schauen Sie sie an. Sie lieben sie. Sie können den Blick nicht von ihr lassen", sagte Nancy.

„Du liebst mich. Du kannst den Blick nicht von mir lassen", witzelte Lilli.

„Das kann ich wirklich nicht. Möchte ich auch gar nicht."

Lilli lachte und warf ihren Kopf in den Nacken. Ihr Lachen war ansteckend und schon bald lachte ich mit ihr. Nancy knipste und knipste, während wir uns einfach unterhielten.

„Ich werde dich jetzt wieder abstellen. Meinst du, Nancy wird protestieren?“

„Nein, ich werde meine Arme um dich schlingen und du kannst mich herumwirbeln. Das wird ein gutes Bild ergeben.“

„Gute Idee.“

Wir machten eine gute Stunde lang Bilder in verschiedenen Posen. Ich war mir ziemlich sicher, dass wir schon nach fünf Minuten genug tolle Bilder hatten, aber Lilli sah so schön aus und ich wollte nicht aufhören, Fotos mit ihr zu machen. Sie strahlte, ihr Lächeln war so breit, dass ich so lange weitermachen wollte, wie nur möglich.

Nancy hätte wahrscheinlich für den Rest des Tages weitergemacht, aber gegen 15 Uhr erklärte ich das Shooting für beendet. Inzwischen taten mir die Arme weh, weil ich Lilli immer wieder hochgehoben hatte. Und ich hatte angefangen zu schwitzen. Lillis Lächeln war auch weniger geworden.

„Danke nochmals, dass Sie das so kurzfristig einrichten konnten“, sagte ich zu Nancy. „Ich weiß das zu schätzen.“

„Jederzeit. Hier ist meine Karte, wenn Sie in Zukunft mal Babyfotos machen möchten.“

„Oh, wow“, sagte Lilli lachend und drehte sich weg.

„Vielen Dank, Nancy“, sagte ich mit ernster Miene.

Wir schüttelten uns die Hand, dann ging sie mit ihren

Assistentinnen Richtung Parkhaus. Ich wartete, bis sie außer Sichtweite waren, dann drehte ich mich um und kitzelte Lilli.

„Hast du etwa über den Babytraum gelacht? Was? Ich werde eines ausleihen und sie in einem Jahr anrufen, um wieder Bilder von uns zu machen."

„Oh, du meinst, so lange bin ich noch da?"

Ich drängte sie gegen die Brüstung und küsste sie. Ich hatte keine Ahnung, ob sie in einem Jahr noch da war, aber der Gedanke hatte etwas. Ich konnte mich nicht mehr erinnern, wann ich zuletzt mit einer Frau so weit in die Zukunft gedacht hatte. Wahrscheinlich nicht mehr seit ich mit Ashley zusammen gewesen war.

Endlich gewährte sie mir den Kuss, auf den ich die letzten zwei Stunden so gewartet hatte. Es war anders als zuvor, ich wollte sie länger als nur für diesen Moment. Zwischen uns entwickelten sich Gefühle, es ging um mehr als nur um die sexuelle Anziehungskraft.

„Wer zuerst daheim ist?", fragte Lilli und wandte sich zum Parkhaus um.

„Wie wäre es, wenn ich dich heimfahre und du erzählst deinen Eltern, dass du die Nacht bei Anna verbringst?", schlug ich vor, als ich sie eingeholt hatte.

„Hm, eine Schlummerparty?", fragte sie spielerisch.

„Ja, ich möchte mit dir eine Schlummerparty machen, die ganze Nacht."

„Nun, ich könnte behaupten, bei Anna eine Schlummerparty

zu haben. Aber hast du auch so viel Eiscreme wie sie?"

„Ich besorge alles, was du möchtest, damit unsere Schlummerparty perfekt wird."

„Schlagsahne und Schokoladensauce?", fragte sie. Ich war mir ziemlich sicher, dass es nicht mehr um die Eiscreme ging.

„Das lässt sich einrichten."

„Mmm, weißt du, ich mache sehr gern Schlagsahne auf die harte Eiscreme und lutsche sie dann runter", sagte sie, steckte sich einen Finger in den Mund und folterte mich gleich hier in aller Öffentlichkeit.

„Du kriegst auf jeden Fall Schlagsahne, versprochen." Wir eilten zu meinem Auto ins Parkhaus.

Lilli kicherte beim Einsteigen und wir fuhren los. Sie sah so glücklich aus. Ihr Gesicht strahlte noch immer, als wir in meine Einfahrt einbogen und ausstiegen. Ich hatte sie noch nie so glücklich gesehen.

„Was ist mit der Schlagsahne?", fragte Lilli und schmollte.

Ich nahm mein Handy heraus und klickte auf die App vom Supermarkt. Ich bestellte alles, was wir brauchten und hatte die Sache erledigt, noch bevor wir die Garage verlassen hatten.

„Sollte alles in etwa einer halben Stunde da sein", sagte ich und hielt ihr die Tür auf. „Oh, warte, ich muss dich doch über die Schwelle tragen."

„Nein, musst du nicht", sagte sie, aber da hatte ich sie schon auf meine Arme genommen.

Ich trug sie bis ins Wohnzimmer und ließ sie auf die Couch fallen. Dann setzte ich mich daneben und genoss den entspannten Moment, während wir auf das Essen warteten.

„Möchtest du einen Film sehen?“, fragte ich, um die Zeit zu überbrücken.

„Nein, ich möchte einfach nur hier so sitzen.“

„Ich hole etwas Eiswasser. Möchtest du auch etwas?“

„Gern.“

Es war merkwürdig, wie sich die Stimmung ein wenig verkrampfte, seit wir im Haus waren. Wir trugen noch unsere Hochzeitskleidung, saßen da und wussten nicht recht, worüber wir reden sollten. Zugegeben, unsere Situation war etwas ungewöhnlich. Daran bestand kein Zweifel.

Ich machte uns Eiswasser und setzte mich wieder neben Lilli auf die Couch. Es war ein so schöner Tag gewesen, mit dem Fotoshooting, und es war schön, hier zu sitzen, wenn sie das wollte.

„Hast du wirklich geweint, als du dich umgedreht hast? Du bist ein guter Schauspieler. Ich habe wirklich geglaubt, du weinst.“

Ich hatte nicht den Nerv, ihr zu gestehen, dass die Tränen echt gewesen waren. Ihre Schönheit hatte mich in dem Moment einfach überwältigt.

„Das ergibt sicher ein sehr gutes Foto.“

„Auf jeden Fall. Die Bilder sind so überzeugend, dass Ashley sofort alle Unterlagen unterschreiben wird.“

„Das hoffe ich."

Ich nahm ihre Hand und hielt sie ein wenig, bevor sie sich mir entzog, um etwas zu trinken. Die Leidenschaft und die Verbindung zwischen uns waren noch da, aber Lilli schob das beiseite. Sie sah mich nicht einmal an, während wir auf die Lieferung vom Supermarkt warteten. Sie wirkte irgendwie abwesend, völlig in Gedanken versunken.

Als der Lieferservice an die Tür klopfte, war ich erleichtert, dass ich etwas zu tun bekam. Ich sprang auf, öffnete die Tür, bedankte mich mit einem großzügigen Trinkgeld und trug die Tüten in die Küche.

„Die liefern wirklich Eiscreme? Wie schaffen die das, ohne dass das Zeug schmilzt?"

„Genau wie wir, wenn wir es im Laden kaufen. Sie beeilen sich."

Ich nahm die Vanilleeiscreme heraus und stellte sie mit all den anderen Zutaten auf den Schrank. Ich hatte so ziemlich alles aus dem Eissortiment bestellt. Wir hatten Schokoladensirup, Karamell, Kirschen, Streusel, Schlagsahne und einen Schokoguss, der fest wurde, wenn er auf das kalte Eis traf. Die Auswahl war besser als in jedem Fastfoodladen, in dem ich je war.

„Oh, wow. Ich ziehe das Kleid aus und esse das alles. Hast du etwas für mich zum Anziehen?"

„Ich habe oben im Schlafzimmer ein paar T-Shirts. Such dir eines davon aus."

Lilli eilte die Treppe hinauf und war in Windeseile umgezogen wieder unten. Sie trug eines meiner weißen T-Shirts und eine Trainingshose, die ihr viel zu groß war und immer wieder rutschte.

„Schicke Hose", sagte ich lachend. Sie versuchte, den Bund so eng wie möglich zu ziehen. „Warte, ich helfe dir."

Ich zog die Kordel stramm und rollte das Bündchen dann nach unten, um einen festen Wulst zu bilden. Das sollte wohl halten. Meine Hände verharrten einen Moment auf ihren Hüften und ich wartete darauf, dass sie mich anschaute, damit ich sie küssen konnte. Aber sie vermied den Blickkontakt und lud sich stattdessen Eiscreme in eine Schüssel.

„Das sieht köstlich aus, ich kann mich nicht bremsen."

„Nur zu. Ich hatte schon ewig kein Eis mehr."

„Ich schon. Es gehört zu meinen Hauptnahrungsmitteln."

Wir luden uns die Schüsseln voll und kippten Sirup je nach Geschmack darüber. Mit den vollen Schüsseln kehrten wir zurück ins Wohnzimmer und setzten uns wieder auf die Couch. Ich zog mir den Frack und das Hemd aus und saß nur noch im Unterhemd da. Immerhin hatte Lilli sich mir zugewandt, aber irgendetwas war eindeutig nicht richtig.

Ich war hin- und hergerissen, ob ich sie darauf ansprechen sollte. Aber ich entschied mich dagegen, denn ich wollte den Tag nicht mit so einer Frage ruinieren. Sie würde es mir schon sagen, wenn sie soweit war.

Als wir aufgegessen hatten, brachte ich die Schüsseln in die

Küche. Lilli folgte mir. Das Strahlen war verschwunden. Sie blieb am anderen Ende der Küche stehen.

„Du brauchst mich nicht mehr für die Besuche in Jacksonville, richtig?“

„Ist das der Grund für deine Traurigkeit? Natürlich kannst du mitkommen, wenn du möchtest. Ich wollte nur nicht, dass du dich verpflichtet fühlst, mir zu helfen. Du hast schon so viel für mich getan.“

„Sobald du Ashley die Fotos gezeigt hast, wird sie dir erlauben, Izzy zu dir zu nehmen. Wir können uns trennen und du kannst wieder in dein normales Leben zurückkehren.“

„Ist es das, was du möchtest?“, fragte ich und trat näher zu ihr.

„Wenn es das ist, was du möchtest.“

„Ich möchte dich wiedersehen. Ohne diese verrückte Ehegeschichte.“

„Möchtest du?“

„Ja. Ich wollte schon mit dir ausgehen, bevor das alles anfing. Lilli, du bist wunderbar. Ich kann mir nicht vorstellen, dass eine andere Frau das alles mitgemacht hätte.“

„Ja, sie hätten dich wahrscheinlich für verrückt erklärt.“

Sie hatte recht. Keine andere Frau, mit der ich ausgegangen war, hätte das je so überzeugend hingekriegt. Wir stritten uns nicht. Sie hatte kein Durcheinander verursacht, bis auf die kleine Anekdote mit dem verschütteten Getränk. Aber Lilli machte eben auch nicht den Eindruck, als sei sie unbedingt darauf aus, Durcheinander zu verbreiten.

„Tut mir sehr leid, falls ich den Eindruck erweckt haben sollte, dass ich dich danach nicht mehr sehen will."

„Nein, hast du nicht. Ich habe wahrscheinlich einfach zu viel darüber nachgedacht. Ich bin froh, dass wir das geklärt haben."

Lilli griff nach der Schlagsahne, öffnete ihren Mund und ließ einen Löffel voll auf ihre Zunge tropfen. Mein Körper reagierte sofort darauf, wie sie sich die Lippen leckte und die Sahne runterschluckte. Das war die Lilli, die ich kannte.

Kapitel 17

Lilli

Es machte mir Spaß, Devin zu reizen, mit ihm zu spielen. Ich fühlte mich gleich viel besser, nachdem wir geklärt hatten, wo wir miteinander standen. Einen Moment lang dachte ich, er wollte nichts mehr mit mir zu tun haben, sobald die Angelegenheit mit seiner Tochter geklärt war.

„Ich werde diese Sahne über deinen ganzen Körper verteilen, wenn du mich weiter so reizt", sagte Devin.

Ich konnte nicht widerstehen und sprühte etwas Sahne in meinen Mund, dann schob ich einen Finger nach und lutschte daran. Ich leckte aufreizend meinen Finger ab, dann leckte ich mir über die Lippen, um ihn noch ein wenig mehr zu reizen.

„Tut mir leid, aber es tut mir gar nicht leid", stichelte ich.

„Jetzt reicht's", sagte er, nahm mir die Sahne weg und hob mich hoch.

Er warf mich über seine Schulter, hielt mich mit einer Hand auf meinem Hintern fest und trug mich die Treppe hinauf. Er spurtete zwar nicht, aber er hatte es eilig, und das mit meinem zusätzlichen Gewicht auf der Schulter. Ich kicherte den ganzen Weg hinauf und noch mehr, als er mich auf sein großes Bett warf.

Ich landete weich und federte ein wenig zurück, aber ich

konnte den Stoff unter mir nicht fühlen, bevor er mir nicht die Trainingshose auszog. Das ging sehr flott, sie war mir ja viel zu groß.

Devin wandte sich als Nächstes meinem T-Shirt zu und zog es mir ohne zu zögern über den Kopf. Meine Arme blieben darin gefangen, er hielt sie über meinem Kopf fest und griff zur Sahne.

„Siehst du diese Flasche?“

Ich nickte und lächelte zu ihm auf.

„Alles, jeden einzelnen Tropfen werde ich von dir ablecken.“

„Dann wirst du anschließend Bauchschmerzen haben“, sagte ich lachend.

„Ich tue es“, beharrte er, sprühte eine große Menge über meine Brüste und leckte sie ab.

Die Bewegungen seiner Zunge kitzelten, er saugte und leckte abwechselnd, bis die Sahne weg war. Es war längst nicht so erotisch, wie ich es mir vorgestellt hatte. Aber ich hatte nichts dagegen, dieses Spiel zu spielen.

Er sprühte noch mehr auf meine Brustwarzen und gestaltete eine Art Bikini-Höschen.

„Ein sich selbst auflösender Bikini“, sagte er, ließ meine Arme los und bewunderte sein Werk. „Ich werde ihn jetzt essen.“

Devin verlor keine Zeit, sondern leckte den Bikini ab, dann sprühte er Sahne auf meinen Bauch, sternenförmig. Auch das leckte er auf. Er machte ein Herz und leckte es ab. Bis die

Flasche leer war, hatte er einiges an Schwung verloren.

„Du hast Bauchschmerzen, richtig?“, spottete ich, als er sich in die Kissen sinken ließ.

„Oh Gott, ja. Das ist der Preis, den ich für dieses ganze Junkfood bezahlen muss. Ich habe noch nie so viel Zucker gegessen.“

„Ich werde in den riesigen Pool in deinem Bad steigen. Jemand hat mich ganz klebrig gemacht. Du bist willkommen, falls du dich mir anschließen möchtest“, sagte ich und küsste ihn sanft.

„Ja, ich komme mit. Gib mir nur einen Moment, bis sich mein Magen beruhigt hat.“

„Ich werde auf dich warten.“

Ich winkte ihm zu als ich nackt in der Tür zum Bad stand. Ich ließ sie offen, suchte nach einem schönen Schaumbad und ließ das Wasser ein. Es dauerte beinahe 20 Minuten, bis die Wanne voll war.

„Kommst du?“, fragte ich und ging zur Tür.

Aber Devin war fest eingeschlafen. Er trug noch die Anzughose und das Unterhemd und sah vollkommen erschöpft aus. Ich ließ ihn schlafen, stieg in die Wanne und genoss das warme, wohltuende Wasser.

Ich hätte noch Stunden im Wasser bleiben können, aber ich wurde ebenfalls müde. Ich wickelte mir ein Handtuch um und stieg zu Devin ins Bett. Schon nach zehn Minuten war ich in seinen Armen eingeschlafen und blieb dort die ganze Nacht.

Wir waren ziemlich früh zu Bett gegangen, aber irgendwann mussten wir auch mal Schlaf nachholen.

*

Am Donnerstag nahm ich mir frei, um mit Anna abzuhängen. Ich hatte meinen Eltern in letzter Zeit häufig erzählt, dass ich bei ihr war, aber ich hatte sie in Wirklichkeit seit einer Woche nicht mehr gesehen. Wir hatten uns wie üblich Nachrichten geschrieben, aber da gab es etwas, das an mir nagte.

„Gehen wir oder laufen wir?“, fragte ich, als ich zu ihrem Haus kam.

„Gehen. Wieso fragst du mich das überhaupt?“

„Wie läuft es mit deinem heißen Nachbarn?“, fragte ich spöttisch.

Anna hatte den Humor in der Frage offenbar überhört und ließ sich lang und breit über jede einzelne Begegnung mit ihm aus, die sie in der letzten Woche gehabt hatte. Sie war dramatisch und aufgebracht, während sie jede Begegnung bis ins Detail analysierte.

„Ich habe ihn am Samstag gesehen, er hat mich nicht einmal angeschaut. Ich dachte schon, er weicht mir aus. Aber dann am Montag, da hat er mir zugewunken. Keine Ahnung, was für ein Spiel er spielt, aber es ist absolut uncool.“

„Vielleicht hat er dich wirklich nicht gesehen?“

„Wie auch immer“, sagte sie, ohne diese Möglichkeit ernsthaft zu erwägen.

„Nun, ich habe ein paar Bedenken, was Devin angeht."

„Wie, du meinst, seine Tochter und die Großeltern anzulügen?"

„Genau. Ich konnte deswegen schlecht schlafen. Was, wenn Izzy wirklich bei Devin einzieht? Ich wohne ja nicht bei ihm. Ich werde das Mädchen sein, dass nebenan mit seinen Eltern wohnt. Izzy ist alt genug, um sich einen Reim darauf zu machen und das wiederum behagt mir nicht."

Anna und ich verließen ihr Haus und sofort schaute sie hinüber zu Jasons Haus, um zu sehen, ob er da war. Ihre Schwärmerei für ihn wuchs und ich wusste, sie war nicht zu bremsen. Sie würde den Mann bekommen, egal, ob ihm das bewusst war oder nicht. Anna kriegte immer, was sie wollte.

„Dann hör auf, ihn zu sehen. Trenn dich. Geh mit den Mädels und mir am Wochenende aus."

„Ich finde es außerdem schrecklich, Ashley anzulügen. Sie macht sowieso schon so viel durch. Wäre Izzy meine Tochter, wäre ich so wütend, wenn jemand mich so sehr anlügt, wie Devin es tut. Er muss ihr die Wahrheit sagen oder es wird böse enden. Ich weiß aber nicht, wie ich ihm das vermitteln soll. Er denkt, wenn er die Wahrheit sagt, wird er jede Chance verlieren, Izzy zu sich holen zu dürfen."

„Okay, ich spiele jetzt mal des Teufels Anwalt. Du hast ja keine Ahnung, wie gern ich den Bösewicht spiele." Anna grinste bösartig und rieb sich genussvoll die Hände. „Ich sehe nicht, inwiefern dieser Devin besser als dein Ex ist."

„Was? Natürlich ist er das. Devin ist ein netter Typ. Er

schreit mich nie an. Er hat immer mein Wohlergehen im Sinn, egal, was er tut. Guck dir nur das Auto an, das er mir gekauft hat. Komm schon, wie kannst du nur so etwas sagen?“

„Überleg doch mal, wie leicht es ihm fällt, die Mutter seines Kindes anzulügen. Er zeigt dir doch damit ganz eindeutig, dass er bereit ist, einfach alles zu tun, solange es seinen Interessen dient.“

Ihre Worte trafen mich schwer, denn sie klangen so verdammt wahr. Ich ging zwar nicht davon aus, dass Devin weiterhin lügen wollte, aber die Tatsache, dass er es tat, sagte schon einiges. Vielleicht interessierte Ashley das alles gar nicht. Sie würde bald ihre Anhörung haben und dann entscheiden, dass Izzy bei Devin leben konnte. Diese ganze falsche Ehe wäre komplett überflüssig gewesen. Aber jetzt musste er weiter lügen, um die Geschichte aufrechtzuerhalten und als Wahrheit zu präsentieren, was sie nun mal nicht war.

„Ich sehe, was du meinst. Ich glaube nicht, dass er das immer so macht, aber ich verstehe, dass es ihn in keinem guten Licht erscheinen lässt. Genau deshalb konnte ich in der letzten Zeit wohl so schlecht schlafen. Aber ich weiß nicht, was ich tun könnte. Es ist ja seine Entscheidung.“

„Du kannst dich weigern, weiterhin mitzuspielen“, erklärte Anna energisch.

„Das könnte ich.“

„Lilli, ich sehe doch, dass du dich in ihn verliebst. Ich glaube, er ist nicht gut für dich. Aber wenn du wirklich eine richtige Beziehung mit ihm aufbauen willst, dann musst du ihm sagen, wie du dich fühlst."

„Ich habe ihm gesagt, dass es mir nicht gefällt."

Wir gingen den Weg hinunter zum Fluss. Anna schaute sich einen Moment um, ob sie Jason irgendwo sah. Aber sein Auto hatte nicht in der Einfahrt gestanden, daher würde er wohl im Augenblick nicht hier spazieren gehen.

Wir schwiegen eine Weile, während ich über alles nachdachte. Ich wollte Devin wiedersehen. Ich mochte ihn wirklich und wir hatten eine gute Zeit zusammen. Aber wenn er Izzy zu sich nahm und sie mich wirklich für ihre Stiefmutter hielt, dann konnte ich ihr diese Enttäuschung einfach nicht antun.

Nicht, dass sie besonderen Wert darauf legte, mich zu sehen. Wir waren gut miteinander ausgekommen und es würde ihr vielleicht gefallen, jemanden in der Nähe zu haben, der ihr mit ihrem Haar und beim Kleiderkauf zur Hand ging. Nur mit ihrem Vater zusammenzuleben wäre auch für sie eine gewaltige Umstellung. Sie sollte die volle Wahrheit wissen, bevor sie herkam.

„Du musst standhaft bleiben. Sag ihm, dass du ihn nicht mehr sehen kannst, wenn er die Lüge aufrechterhält."

„Nie mehr?", fragte ich und ließ den Gedanken sacken.

Ich wusste nicht, ob ich das konnte oder wollte. Ich mochte Devin und ich wollte ihn sehen. Ich wollte nur, dass die Lügerei aufhörte. Das war einfach zu viel für mich. Ich konnte nicht gut lügen und tat es auch nicht gern. Ich erkannte schließlich, dass Anna absolut recht hatte. Ich konnte Devin nicht mehr treffen, wenn er die Lügerei nicht beendete.

„Ja, du musst auf deinem Standpunkt beharren.“

„Richtig. Es gefällt mir zwar nicht, aber ich kann sowieso an nichts Anderes denken, wenn wir zusammen sind. Selbst in ein paar Jahren wüsste ich doch, dass er immer weiter seine Tochter, seine Ex und ihre Familie angelogen hat.“

„Ich kenne dich, Lilli. Du könntest das nicht vergessen. Lass ihn gehen. Es ist sein Leben. Er kann selbst entscheiden, was er tun will, aber du musst dir selber treu bleiben.“

„Wow, das ist heute sehr tiefschürfend.“

„Ich bin immer für solche Gespräche da. Komm, wann immer du möchtest.“

„Danke, Dr. Anna“, spottete ich. „Können wir jetzt etwas laufen? Ich brauche ein paar Endorphinausschüttungen.“

Ich lief auf der Stelle und Anna schloss sich mit zögernd an, den Weg hinunter. Ihre Arme wedelten, sie sah aus, als würde sie umfallen. Kein Wunder, dass sie nicht gern lief, sie konnte es einfach nicht besonders gut. Dabei war es doch gar nicht schwer, die richtige Technik zu lernen.

Wir liefen nur etwa fünfzehn Minuten und kehrten dann zu Annas Haus zurück. Ich wollte, dass sie dabei war, wenn ich Devin anrief, um ihm zu sagen, was ich fühlte.

„Meinst du wirklich, dass ich das am Telefon tun sollte?“, fragte ich.

„Sicher. Aber natürlich wäre es besser von Angesicht zu Angesicht. Das ist es doch bei allem“, sagte sie augenzwinkernd.

„Ich weiß nicht, ob ich die Kraft dazu habe, es ihm persönlich zu sagen. Er ist so verdammt sexy."

„Ich komme mit, wenn du möchtest."

„Äh, ja, das möchte ich wohl, aber ich schätze, das muss ich allein hinkriegen. Dieses verdammte Erwachsenwerden wird immer komplizierter."

„Du schaffst das. Du wirst dadurch stärker. Ich habe gesehen, wie du nach der Trennung von deinem Ex warst. Jetzt bist du zehnmal so stark. Stell dir vor, wie es sein wird, wenn du die Liebe deines Lebens triffst."

„Du hast vollkommen recht."

Mein Problem war, dass mir viel an Devin lag. Mir gefielen nur die Umstände nicht, was da mit seiner Tochter abging. Ich mochte ihn sogar sehr. Wenn wir einen Weg finden würden, das Problem aus der Welt zu schaffen, war ich sehr dafür. Aber ich kannte mich, solange diese Lüge wie ein Damoklesschwert über uns hing, würde ich ihn nicht mehr sehen können.

„Also, geh direkt zu ihm nach Hause. Ist er daheim? Willst du ihn vorher anrufen, um das sicherzustellen? Ich bin da für dich, egal was du brauchst."

„Ich denke, ich gehe direkt zu ihm, sehe, ob er da ist und sage ihm dann, was mich beschäftigt. Wenn ich zu lange damit warte, verliere ich den Mut dazu."

„Perfekt. Dann mal los. Geh direkt zu ihm." Anna schob mich geradezu aus der Tür. „Ruf mich hinterher an. Ich will alle Einzelheiten hören."

Mich aus der Tür zu schubsen gab mir den nötigen Schwung. Ich joggte hinüber zu Devins Haus. Während ich lief, überlegte ich, was ich sagen wollte. Je mehr ich darüber nachdachte, desto klarer konnte ich sehen, was zu tun war.

Als ich bei seinem Haus ankam, klopfte ich und schaute dann hinein, ob er da war. Da er immer in der Garage parkte, konnte man nie wissen, ob er daheim war oder nicht.

Ich wartete etwa eine Minute, dann klingelte ich und klopfte erneut. Dieses Mal hörte ich drinnen Schritte. Mein Herz raste, als ich mich innerlich darauf vorbereitete, ihm zu sagen, was sich von nun an ändern würde.

„Lilli", sagte er leise, als er die Tür öffnete. „Was für eine wunderbare Überraschung."

Ich stand da und brachte kein einziges der vorbereiteten Worte heraus. Ich wusste, was ich sagen wollte. Ich hatte unterwegs geübt. Aber ich konnte die Worte nicht finden, als ich sie brauchte. Stattdessen stand ich da wie eine Irre und starrte ihn an.

„Komm rein. Möchtest du etwas trinken? Es ist ein wenig zu warm zum Joggen, meinst du nicht?"

„Ja", murmelte ich und setzte mich auf die Couch.

„Was ist los? Ich dachte, du müsstest heute arbeiten."

„Äh, ja. Habe ich abgesagt, um mich mit Anna zu treffen. Es gibt etwas, das ich dir sagen muss, Devin, und ich möchte nicht, dass du wütend wirst. Ich kann diese Lüge nicht länger aushalten. Ich weiß, dass du das durchziehen willst, aber ich kann das nicht mehr. Es frisst mich innerlich auf. Ich will mir nicht vorstellen, wie Izzy herkommt, um mit dir zu leben und dann erfährt, dass ich gar nicht da bin. Sie wird sich verraten fühlen, wenn sie herausfindet, dass ich einfach nur nebenan wohne. Ich bin sicher, sie ist alt genug, um das zu durchschauen und ich möchte damit nichts mehr zu tun haben“, sprudelte es aus mir heraus.

Als ich schließlich verstummte, war ich mir nicht ganz sicher, ob Devin überhaupt ein Wort verstanden hatte. Er saß auf einem der Stühle, mir gegenüber, und schaute mich intensiv an. Sein Gesicht zeigte keine Wut, aber ich hatte ihn auch noch nie wütend gesehen, daher wusste ich nicht, woran ich das erkennen sollte.

„Ich kann es ihnen jetzt nicht sagen, Lilli. Ich kann nicht riskieren, um Izzy kämpfen zu müssen.“

„Verstehe ich. Ich wollte nur, dass du meinen Standpunkt hörst.“

„Das heißt, du willst mich nicht mehr treffen?“, fragte er, um zu verstehen, was genau ich gemeint hatte.

„Genau. Ich denke, es ist das Beste, wenn wir getrennte Wege gehen. Es gefällt mir nicht, Devin, aber ich kenne mich selbst gut genug, um zu wissen, dass ich diese Lüge jedes Mal auf den Tisch bringen würde, wenn wir streiten. Selbst wenn wir nur ein paar Monate lang miteinander ausgehen, hätte ich es immer im Hinterkopf. Ich kann so etwas nicht einfach verdrängen.“

„Ich verstehe.“

„Ehrlich, ich glaube, dass Ashley es verstehen würde. Sie wird in einem Monat verurteilt werden, richtig?“

„Ja, es sei denn, sie macht vorher einen Deal mit dem Richter.“

„Dann warte, bis sie verurteilt ist. Dann wird sie dir Izzy überlassen. Ihr die Fotos zu zeigen, wird die Lüge nur noch schlimmer machen. Aus der Nummer kommst du dann nicht mehr raus. Wenn sie je die Wahrheit erfährt, wird sie sich verraten und betrogen vorkommen. Ich kann mir nicht vorstellen, wie sehr ihr das wehtut, zumal auch ihr Kind davon betroffen ist.“

„Lilli, ich kann nicht. Ich kann das nicht riskieren.“

Ich wollte Devin weiterhin sehen. Einfach nur in seiner Nähe zu sein, ließ meinen ganzen Körper kribbeln. Er sah gut aus, war witzig, und ich hielt ihn wirklich für einen guten Menschen. Aber er hatte in diesem Punkt Unrecht. Ich hätte ihm das von Anfang an sagen müssen, aber da kannte ich ihn einfach noch nicht gut genug.

Jetzt war ich darin verwickelt. Ich hatte falsche Hochzeitsfotos gemacht. Ich hatte einem kleinen Mädchen und den Großeltern vorgespielt, mit Devin verheiratet zu sein. Ich hatte zwar die genauen Worte vermieden, aber ich hatte mitgespielt und das nicht zu knapp.

So sehr ich Devin auch mochte, ich konnte die Lüge nicht mehr länger mitmachen. Ich musste standhaft bleiben. Er musste allein klar kommen, denn ich wollte nicht mehr ein Teil davon sein.

„Okay, dann gehe ich jetzt mal besser“, sagte ich und umarmte ihn.

Er hielt mich ganz fest und hob mich etwas hoch. Seine Lippen küssten sanft meinen Hals und pressten sich dann hart auf meinen Mund, als Abschiedskuss.

„Immerhin können wir noch befreundet sein“, sagte er spöttisch.

„Ja, ich meine, ich wohne ja nebenan. Vielleicht begegnet man sich mal beim Laufen oder so. Ich wünsche dir, dass alles gut ausgeht, auch für Ashley.“

„Danke. Wäre es in Ordnung, wenn ich dir eine Nachricht schicke, wie es ausgeht?“

„Sicher. Das wäre nett. Pass gut auf dich auf.“ Ich drehte mich um. „Ich sollte dir wohl das Auto zurückgeben“, sagte ich. Der Gedanke war mir gerade erst gekommen, beim Anblick des schönen Wagens in meiner Einfahrt.

„Auf keinen Fall. Das ist dein Wagen, gebraucht, mit Beulen und vielen Meilen runter. Den will ich nicht wiederhaben.“

„Ha, na gut. Dann danke schön. Und pass auf dich auf.“

„Lilli“, sagte Devin und ich drehte mich zu ihm um, um zu hören, was er zu sagen hatte.

Aber irgendetwas hielt ihn davon ab und er sagte gar nichts, sondern winkte mir einfach zu. Ich winkte zurück und ging nach Hause.

„Alles in Ordnung?“, fragte mein Vater, sobald ich zur Tür hereinkam. „Hast du dich mit dem Nachbarn gestritten?“

„Was?“, fragte ich, vollkommen überrascht von diesen Worten.

„Der Nachbar, mit dem du aus warst. Habt ihr euch gestritten? Du siehst traurig aus.“

„Oh, ach so. Ja, ich denke nicht, dass daraus etwas wird. Er ist ein netter Typ, aber nicht der Richtige für mich. Ich muss jetzt erst einmal duschen. Bis später, Dad.“

Ich konnte mich kaum noch beherrschen, als ich die Treppen hinauflief und meine Zimmertür hinter mir schloss. Ich atmete tief durch, als die ersten Tränen fielen. Meine Brust war wie zugeschnürt, ich sank weinend zu Boden.

Wieso war ich so mitgenommen? Ich war es doch, die es beendet hatte. Es war meine Idee gewesen, ihn nicht mehr zu sehen, und jetzt heulte ich mir die Augen aus.

Es war der Gedanke an Devin, der mich so traurig machte. Wir hatten uns so gut verstanden. Ich hatte mich mit ihm in allem so wohlgefühlt. Alles hatte gepasst, trotz der zehn Jahre Altersunterschied. Ich hoffte, eines Tages einem Mann zu begegnen, mit dem ebenfalls alles so klickte. Aber im Moment trauerte ich einem verlorenen Traum nach. Ein Traum mit Fehlern, aber ich hatte ihn dennoch ein paar Wochen lang geträumt, bis alles über mir zusammengestürzt war.

Die Wucht der Gefühle traf mich so hart, weil ich mich Devin vollständig hingegeben hatte. Ich hatte mich ihm geöffnet wie noch keinem Mann zuvor. Ich hegte die vage Hoffnung, eines Tages noch einmal mit einem Mann dazu in der Lage zu sein.

Kapitel 18

Devin

Lilli würde vielleicht ihre Meinung ändern.

Ich musste mich an diese Hoffnung klammern. Sie würde vielleicht doch noch ihre Meinung ändern und mich wiedersehen wollen, auch wenn Izzy bei mir wohnen sollte. Mir hat es auch nicht gefallen, diese Lügengeschichte zu erzählen. Seitdem ich es einfach so gesagt hatte, machte mir das schon zu schaffen.

Mr. und Mrs. Edwards hätte es wahrscheinlich nicht interessiert, ob ich verheiratet war oder nicht. Ich hätte einfach hingehen können, um mich mehr mit Izzy zu befassen, wie ich es in den letzten Wochen auch getan habe. Aber als die Katze aus dem Sack war, konnte ich es nicht mehr rückgängig machen.

Wie sähe das denn aus, wenn ich plötzlich behauptete, gar nicht wirklich verheiratet zu sein? Ashley würde auf gar keinen Fall erlauben, dass Izzy bei mir wohnt. Nachdem ich gesehen hatte, wie überdreht sie war, konnte ich mir lebhaft vorstellen, was für eine Szene sie machen würde, wenn sie wüsste, dass ich die Ehe nur erfunden hatte.

Auch wenn es mir schwer zu schaffen machte, ich konnte diese Lüge jetzt nicht aus der Welt schaffen, ich hatte einfach keine Wahl. Und wenn das bedeutete, dass ich Lilli nicht mehr sehen konnte, dann musste ich eben lernen, damit klarzukommen, denn ich würde diese Lüge durchziehen.

Am Freitagabend flog ich nach Jacksonville. Ich konnte keine Minute länger in meinem Haus sitzen und daran denken, dass Lilli nur wenige Schritte von mir entfernt war. Nach unserem Gespräch hatte sie sehr verstört gewirkt.

Ich parkte den Wagen am Flughafen und die Einsamkeit überkam mich schlagartig. Ich würde allein in den Flieger steigen. Lilli war nicht bei mir. Niemand war bei mir. Vielleicht hätte ich einen Linienflug nehmen sollen. Ein Privatjet war eine solche Verschwendung. Mit schweren Schritten stieg ich die Stufen hinauf und begrüßte die beiden Piloten.

„Nur Sie allein heute, Sir?“, fragte der Co-Pilot.

„Ja, nur ich.“

Das auszusprechen, machte die Einsamkeit noch realer. Ich ignorierte die Couch, auf der ich bei den letzten Flügen mit Lilli gesessen hatte und setzte mich stattdessen auf einen der Sessel. Ich schnallte mich an und nahm beinahe mechanisch eine Tageszeitung, um damit die Zeit zu überbrücken und mich abzulenken.

Ich wollte einfach nur nicht an Lilli denken, aber meine Gedanken waren voller Erinnerungen an sie. Wohin mein Auge auch schweifte, alles erinnerte mich an die beiden Reisen, die wir unternommen hatten.

Wir kannten uns erst ein paar Wochen. Man sollte doch meinen, dass man schnell über eine so kurze Bekanntschaft hinweg kommen sollte. Aber Lilli war anders. Ich war anders, wenn ich mit ihr zusammen war. Ich wusste, es würde dauern, bis ich über den Verlust dieser Beziehung hinweg war.

Als das Flugzeug beschleunigte, erinnerte ich mich daran, wie Lilli beim ersten Mal in Panik nach meinem Arm gegriffen hatte, und musste lachen. Ich umklammerte selber die Armlehnen meines Sessels, als das Flugzeug steil in den Himmel stieg.

Mein Pilot fand Gefallen an diesen Steilflügen. Mir war das erst nach den Flügen mit Lilli bewusst geworden, als ich sah, wie sehr ihr das zu schaffen machte. Und jetzt auf einmal war ich selber nervöser als sonst. Ich lachte über mich selbst. Sie hatte meinen Blick auf das Fliegen verändert und ich hatte jetzt mehr Angst als vorher.

Zu wissen, dass Lilli mich in einigen Dingen verändert hatte, und dass wir eine so besondere Verbindung hatten, ließ mich hoffen, dass ich eines Tages wieder einer Frau begegnen würde, die so gut zu mir passte. Sie war witzig, neigte nicht zum Drama, etwas, von dem ich dachte, dass es so etwas heutzutage bei Frauen gar nicht mehr gäbe. Die meisten Frauen hätten eine solche Abschiedsrede nicht hingekriegt, ohne alles schlecht zu machen, herumzuschreien oder eine große Szene zu machen. Aber selbst als sie mit mir Schluss machte, hatte Lilli die Ruhe bewahrt.

Ich konnte mich auf die Zeitung kein bisschen konzentrieren und entschloss mich, ein Nickerchen zu machen. Ich würde etwa gegen Mitternacht in Jacksonville eintreffen und hatte Ashley bereits mitgeteilt, dass ich sie früh am nächsten Morgen besuchen würde. Ein bisschen Schlaf half mir vielleicht, die Nerven zu beruhigen und mich auf den nächsten Tag zu konzentrieren.

Wenn ich nur dieses Gespräch mit Ashley durchstand, dann wusste ich, würde sie meine Sichtweise der Dinge verstehen und Izzy erlauben, bei mir zu wohnen. Ich hatte es ernst gemeint, als ich ihr sagte, dass ich einfach alles unterschreiben würde, um das zu erreichen. Ich wollte ihr Izzy nicht wegnehmen und das war die Wahrheit. Die enge Bindung zwischen Ashley und Izzy sollte nicht beschädigt werden, denn sie war für beide sehr wichtig.

Wie immer stand ein Leihwagen für mich am Flughafen bereit und ich fuhr zu dem üblichen Hotel. Der Concierge lächelte mich an und war ausgesucht höflich, aber ich hatte ihn bei meinen bisherigen Besuchen noch nie gesehen.

Ich verzichtete auf den Hotelpagen und trug meinen Rucksack selber hinauf. Natürlich hatten sie mir dasselbe Zimmer gegeben, in dem ich mit Lilli geschlafen hatte. Ich hatte vergessen, dass man hier viel Wert auf Service legte und sich solche Details merkte.

Das Zimmer fühlte sich seltsam leer an, als ich eintrat. Sofort ging ich hinüber zum Fenster und schaute raus, über die Stadt. Das hatte Lilli bei unseren beiden früheren Aufenthalten hier getan und es beruhigte meine Nerven ein wenig, genau das ebenfalls zu tun.

Ich schloss die Vorhänge und schaute zum Bett. Lilli hatte beide Male auf der linken Seite geschlafen. Natürlich nahm ich auch allein die rechte Seite für mich, als ich zu Bett ging. Die Stille des Raums war erdrückend. Ich schloss die Augen und versuchte zu schlafen.

Vielleicht lag es an dem Nickerchen im Flugzeug oder weil ich mir so sehr wünschte, Lilli wäre hier, jedenfalls bekam ich nur sehr wenig Schlaf in dieser Nacht.

Ich fühlte mich wie ein Zombie, als ich am nächsten Morgen hinunterging in die Lobby und auf meinen Wagen wartete. Ich tastete in der Tasche meines Jacketts nach den Hochzeitsfotos von mir und Lilli. Der Drang, sie mir anzuschauen, war beinahe überwältigend. Ich zog den Umschlag heraus, während ich wartete. Aber gerade als ich sie anschauen wollte, fuhr mein Auto vor und ich steckte sie wieder ein.

Auf dem Weg zu Ashleys Entzugsklinik war ich so in Gedanken versunken, dass ich sogar vergaß, das Radio einzuschalten. Ich merkte es erst, als das Klicken des Blinkers mich aus meinen Gedanken holte, aber da war ich schon am Ziel angekommen.

Das Gebäude sah heute Morgen besonders trist aus. Besonders der Stacheldraht über dem Zaun war ein niederschmetternder Anblick. Das Leben spielte Ashley gerade übel mit. Ich durchlief den üblichen Prozess, um Zugang zu bekommen, musste aber dieses Mal viel länger warten als bei meinem letzten Besuch. Im Wartebereich hielten sich beinahe ein Dutzend Besucher auf. Es war Samstagvormittag, da kamen mehr Besucher als unter der Woche. Ein Besuch am Vormittag bedeutete, dass man für seine Angehörigen da sein konnte und anschließend ein halbwegs normales Familienleben am

Wochenende hatte.

Es dauerte beinahe eine Stunde, bis man mich zu Ashley brachte. Ich gab dem Wachmann die Dinge, die ich bei mir hatte, und folgte ihm in den Bereich, wo er mich kurz abtastete. Es war derselbe Wachmann wie beim letzten Mal, aber er erkannte mich nicht. Sein Blick wirkte distanziert, während er seinen Job erledigte und mich anschließend zu dem Tisch führte, an dem ich schon beim letzten Besuch gesessen hatte.

Es gab sechs verschiedene Bereiche in dieser Einrichtung und nicht alle Besucher wollten in denselben, in dem ich war. Ich schaute mich um und beobachtete sie, wie sie sich mit ihren Angehörigen trafen. Ich hoffte, Ashley war in einer besseren Verfassung als beim letzten Mal.

Als der Wachmann sie hereinführte, sah ich sofort, dass es ihr heute besser ging. Sie hatte das blonde Haar zu einem Pferdeschwanz zusammengebunden und auch wenn sie kein Make-up trug, so sah ihr Gesicht doch sauberer aus, weniger krank als bei meinem letzten Besuch.

Ashley lächelte mich sogar an, als sie sich zu mir an den Tisch setzte. Ich erwiderte das, überrascht, wie sehr sie sich verändert hatte.

„Du siehst gut aus“, sagte ich, nachdem wir einen Moment lang einfach nur da gesessen hatten.

„Danke, es geht mir auch besser. Tut mir leid, dass du mich beim letzten Mal so anders erlebst hast. Es waren ein paar höllische Wochen, aber jetzt bin ich endlich wieder ich selbst.“

„Das freut mich wirklich sehr für dich, Ashley. Ich weiß, das alles ist nicht leicht für dich."

„Nein, das ist es nicht. Und ich habe lange Zeit die Augen vor der Wahrheit verschlossen: dass ich ins Gefängnis gehen werde. Aber mein Berater und ich haben darüber gesprochen und ich habe mich endlich damit abgefunden."

„Hast du?"

„Nun, ich schätze, so richtig kann man das wohl nie. Aber ich versuche alles, um ein geringeres Strafmaß zu bekommen und ich habe meine Anwälte beauftragt, einen Deal auszuhandeln. Als der arme Kerl mir das zum ersten Mal vorgeschlagen hatte, war ich kurz davor, ihm den Hals umzudrehen. Aber jetzt weiß ich, dass er mir nur helfen will, hier herauszukommen, bevor Izzy 16 wird."

„Es tut mir so leid, Ashley. Egal, was zwischen uns passiert ist, ich wusste doch immer, dass du eine gute Mutter bist."

Und das war die Wahrheit. Ich hatte nur deshalb aufgehört, Izzy zu sehen, weil ich wusste, dass sie in guten Händen war. Trotz der aktuellen Situation war ich dennoch der Ansicht, dass Ashley für Izzy eine tolle Mutter war.

„Im letzten Jahr war das aber leider nicht der Fall. Damit muss ich nun irgendwie umgehen. Aber ich möchte mit dir über das Sorgerecht reden. Izzy kommt hier mit meinen Eltern gut klar. Ich weiß, sie sind schon etwas älter und sie ist vielleicht nicht so glücklich, wie man es sich für sie wünschen würde, aber es ist eine stabile Umgebung für sie."

„Ashley, mein Leben ist nicht mehr so, wie es einst war, als wir zusammen waren, oder auch ein paar Jahre danach noch.

Ich lebe jetzt viel zurückgezogener. Ich reise viel weniger und ich könnte auch ganz darauf verzichten. Izzy wäre meine oberste Priorität."

„Was ist mit Lilli?", fragte Ashley.

Es war eine durchaus berechtigte Frage, ob meine Gattin denn nicht auch Priorität hatte. Ich zögerte, auf der Suche nach der richtigen Antwort. Ich erinnerte mich an Lillis Worte, während ich versuchte, genug Mut zusammenzukratzen, um Ashley die Wahrheit zu sagen. Ashley ging es gut, sie schien langsam wieder klarzukommen. Wenn es einen günstigen Zeitpunkt gab, alles richtigzustellen, dann war der jetzt gekommen.

„Natürlich, Lilli auch", sagte ich.

Ich war ein Feigling.

„Hast du Fotos von ihr?"

„Ja, ich habe Bilder von der Hochzeit mitgebracht", sagte ich, zog den Umschlag aus meiner Tasche und reichte ihn ihr.

„Du hättest mir nicht die Hochzeitsfotos bringen müssen", sagte sie lachend. „Irgendein Bild hätte mir schon gereicht. Ich wollte nur sehen, wie sie aussieht."

Ich rollte mit den Augen. Ihre Eltern hatten darauf bestanden, dass es Hochzeitsfotos sein sollten. Sie hatten ganz offensichtlich Verdacht geschöpft und wollten mich bei meiner Lüge ertappen, als sie darauf bestanden. Aber daraus wurde nichts, denn ich hatte einen ganzen Batzen falscher Hochzeitsfotos, um die Lüge weiterzuspinnen, die ich besser nie erzählt hätte.

„Sie ist sehr hübsch“, sagte Ashley und ging die Bilder durch. „Aber du hast dir schon immer die schönsten Mädchen geschnappt.“ Sie grinste verschmitzt und setzte sich in Pose.

„Danke.“

„Izzy sagt, dass Lilli sehr nett ist. Und meine Eltern meinten, sie wäre kein Partygirl.“

„Ja, sie arbeitet als Pflegeassistentin und wird eine Ausbildung zur Pflegefachkraft machen. Sie ist jung, also geht sie schon mal aus, aber nicht so, wie wir beide das getrieben haben.“

„Ich freue mich für dich, Devin. Ich weiß, ich habe mich bei deinem letzten Besuch wie eine Zicke aufgeführt, aber ich möchte wirklich, dass du glücklich bist. Himmel, ich möchte selber auch irgendwann wieder glücklich sein. Ich denke, ihr beide werde gut auf Izzy achtgeben, solange ich es nicht kann.“

„Dann erlaubst du es, dass Izzy zu mir kommt?“

„Ja, sie wird bei dir unendlich mehr Spaß haben als bei meinen Eltern. Aber du musst sie in der Schule anmelden und darauf achten, dass sie fleißig lernt. Sie wird bestimmt versuchen, dir ganz viel Tanzunterricht abzuschwatzen, also achte darauf, dass alles andere nicht zu kurz kommt.“ Ashley zählte weitere Einzelheiten auf, die ich zu beachten hatte, auf die ich im Leben nicht gekommen wäre.

„Sie wird bald ihren ersten BH kaufen gehen, es ist okay, wenn Lilli sie begleitet. Das wird sie wohl nicht mit dir machen wollen. Vertrau mir. Und achte darauf, abends Zeit für sie zu haben. Sie liest gern. Wenn du dasselbe Buch liest, dann könnt ihr darüber diskutieren. Das habe ich immer gemacht und es war etwas ganz Besonderes."

„Ashley, auch im Gefängnis darf man Bücher lesen. Ich denke, das sollte etwas Besonderes zwischen euch beiden bleiben. Dann könnt ihr über Bücher reden, wenn wir zu Besuch kommen."

„Ihr kommt zu Besuch?" Ashley war sichtlich gerührt.

„Natürlich. Ich bringe sie so oft wie möglich. Mindestens einmal im Monat. Und ich werde Papiere vorbereiten, damit du beruhigt bist, dass Izzy zu dir zurückkommt, sobald du dazu in der Lage bist. Wie lange auch immer das dauern mag."

„Vielleicht verbringt sie ihre gesamte Kindheit bei dir", schluchzte Ashley. „Ich kriege vielleicht zehn Jahre, wenn aus dem Deal nichts wird."

„Izzy ist meine Tochter. Ich werde mich immer um sie kümmern."

„Devin, ich habe so eine Angst. Das ist alles so schrecklich. Wie konnte mein Leben nur so aus dem Ruder laufen?"

„Wir alle machen Fehler", sagte ich und dachte dabei auch an meine eigenen.

„Ja, aber du hast nie so einen Fehler gemacht wie diesen. Es tut mir leid, dass ihr beide jetzt damit belastet werdet. Bitte sag Lilli, ich weiß das zu schätzen. Und ich würde mich freuen, wenn sie bei eurem nächsten Besuch mitkäme."

„Ich habe auch einige große Fehler in meinem Leben gemacht", sagte ich. Meine Gedanken kreisten um all die falschen Entscheidungen, die ich getroffen hatte.

Ashley kriegte endlich ihr Leben wieder in den Griff, traf vernünftige Entscheidungen. Es war merkwürdig, dass sie nun mein Vorbild war, endlich mit der Lüge aufzuräumen.

„Du hast Glück, jemanden wie Lilli gefunden zu haben. Mach nicht noch einmal denselben Fehler wie mit mir." Ashley streckte ihre Hand aus und legte sie auf meine.

Wir saßen beide schweigend da und weinten. Endlich konnten wir unsere Beziehung anständig abschließen. Es fühlte sich gut an. Wir waren echte Heulsusen. Aber es hatte zehn Jahre gedauert, um endlich an diesen Punkt zu gelangen.

„Ich sollte mich auf den Weg machen", sagte ich und wischte die Tränen fort. „Danke, dass du erlaubst, dass Izzy zu mir kommt."

„Ich muss auch los. Ich habe gleich Gruppentherapie." Ashley zuckte mit den Schultern. „Ich freue mich darauf, allen zu erzählen, dass wir beide uns ausgesöhnt haben. Pass gut auf dich auf, Devin, und sag Izzy, dass ich sie liebe."

„Mache ich."

Ashley gab mir die Bilder zurück und drehte sich um. Das oberste Bild war das, wo die Fotografin meinen Blick eingefangen hatte, als ich Lilli zum ersten Mal im Brautkleid sah. Die Emotionen auf meinem Gesicht waren sehr intensiv. Ich hatte Tränen in den Augen gehabt. Es war ein sehr bewegendes Bild und hatte Ashley sicher überzeugt, dass die

Lüge stimmte.

„Warte, Ashley", sagte ich, das Bild noch immer in meinen Händen.

„Ich muss dir etwas sagen. Und ich hoffe, du hasst mich anschließend nicht und änderst deine Meinung über alles."

Sie blieb stehen, kam zurück und setzte sich wieder hin. Ich hielt mich an dem Foto fest und suchte nach der Kraft, um ihr die Wahrheit zu sagen.

„Was ist denn?", fragte sie.

„Ich bin nicht wirklich verheiratet. Ich habe deine Eltern angelogen als sie mir erzählten, was mit dir los war. Sie waren der Ansicht, ich sei verantwortungslos und ich wollte ihnen das Gegenteil beweisen. Dann ist mir die Lüge über den Kopf gewachsen, aber ich musste damit weitermachen. Lilli ist meine Nachbarin. Ich überredete sie, mitzukommen und mir zu helfen. Es war gelogen. Es tut mir so leid. Bitte, lass Izzy dennoch zu mir kommen."

Ashley war still und schaute sich die Fotos noch einmal an. Schließlich nahm sie das, welches ich noch immer in der Hand hielt. Sie blickte es lange an. Ich hatte das Gefühl, mich jeden Moment übergeben zu müssen, so angespannt war ich. Wer konnte schon ahnen, wie sie reagieren würde?

„Dann liebst du diese Frau nicht?", fragte Ashley und hielt mir das Bild hin.

„Nun, streng genommen denke ich schon, dass ich sie liebe, aber sie hat sich von mir getrennt, wegen dieser

Lügengeschichte."

„Sie hat die falsche Ehe beendet?", fragte Ashley, sichtlich verwirrt.

„Wir waren uns nähergekommen. Wir sind ein paar Mal miteinander ausgegangen. Sie hat Izzy kennengelernt. Und schließlich meinte sie, sie könnte sich nicht mehr mit mir treffen, wegen der Lügerei."

„Dann war es wirklich eine Lüge?", fragte Ashley.

„Ja, war es. Es tut mir sehr leid."

„Aber ich glaube nicht, dass deine Gefühle für sie eine Lüge waren. Schau dir dieses Foto an. So kann man Gefühle nicht vortäuschen. Sie bedeutet dir etwas, richtig?"

Da war sie. Die reine Wahrheit, nichts als die Wahrheit. Lilli bedeutete mir etwas. Der Gedanke, die Sache zwischen uns nie wieder gerade rücken zu können, hatte mich fertig gemacht. Ich hatte die erste gute Beziehung seit zehn Jahren ruiniert. Nur ich konnte so etwas Dummes tun.

„Sie bedeutet mir sehr viel", gab ich schließlich zu.

„Devin, ich weiß, dass du nicht verheiratet warst. Guck doch die Bilder an. Auf keinem einzigen trägt einer von euch einen Verlobungsring. Und meine Eltern sagten, Lilli habe auch keinen getragen bei ihrem Besuch. Glaube mir, ein Mädchen möchte den immer zur Schau tragen, wenn sie einen so guten Fang wie dich gemacht hat." Ashley lachte auf.

„Du wusstest es?"

„Nun, nicht hundertprozentig. Aber ich hatte einen

Verdacht."

„Aber du hast dennoch zugestimmt, dass Izzy zu mir kommt?"

„Weil es das Richtige ist, Devin. Egal, was du von meinem Verhalten denkst, es ging mir immer nur um Izzys Wohlergehen. Und nachdem ich mit ihr gesprochen hatte und wusste, wie gut ihr beide miteinander ausgekommen seid, wusste ich, dass ich mir nie vergeben würde, wenn ich es ihr verbieten würde, bei dir zu wohnen."

„Wow. Wahnsinn." Mir kamen schon wieder die Tränen.

„Und jetzt hast du ein ganz anderes Problem", sagte Ashley und hielt mir erneut das Foto hin. „Du liebst dieses Mädchen. Ich erinnere mich an diesen Blick. Als Izzy geboren wurde, hast du sie genauso angesehen. Du liebst Lilli und du musst alles wieder einrenken."

„Sie will mich nicht sehen", sagte ich.

„Sie liebt dich, Devin, sie wird sich mit dir treffen. Warte nicht damit. Beweg deinen Hintern nach Hause und bring die Sache in Ordnung. Ich sage meinen Eltern, dass sie alles vorbereiten sollen, damit Izzy am nächsten Wochenende mit dir nach Hause kommen kann."

„Meinst du wirklich, Lilli wird mir verzeihen?"

„Devin, weißt du wirklich so wenig über Frauen? Du bedeutest ihr etwas. Du bedeutest ihr so viel, dass sie versucht hat, dich dazu zu bringen, das Richtige zu tun. Auch wenn du lange genug dafür gebraucht hast, wird sie froh sein, zu sehen, dass du es am Ende doch geschafft hast."

„Verdammt, okay", meine Gedanken überschlugen sich. Wie sollte ich Lilli dazu bringen, mich anzuhören?

„Jetzt guck dich mal an. Du bist so nervös, dass man sich ja Sorgen machen, dass du ohnmächtig wirst. Du liebst sie, kein Zweifel."

„Ich dachte, ich sei verliebt, aber dann habe ich es mir ausgeredet."

„Typisch Mann. Rede dir niemals etwas aus. Schaff deinen Hintern ins Flugzeug und flieg heim. Mach etwas schrecklich Romantisches und gewinn sie zurück." Ashley stand auf und umarmte mich zum Abschied. „Ich verlasse mich darauf, dass du es dieses Mal nicht vergeigst."

„Das hoffe ich auch", sagte ich nervös, sammelte die Fotos ein und steckte sie in meine Tasche. „Danke, Ashley."

„Jetzt geh schon. Ich muss zur Therapie", sagte sie und schickte mich mit einer dramatischen Geste fort.

Ich tat wie mir geheißen, eilte zur Tür hinaus, durch die Sicherheitsschleusen, um meine Sachen zu holen. Mir schlug das Herz bis zum Hals, als ich zum Hotel zurückfuhr. Es dauerte nur fünf Minuten, dann hatte ich alles zusammengepackt und ausgecheckt und war wieder auf dem Weg zum Flughafen.

Aber als ich am Flughafen ankam, fiel mir ein, dass ich den Jet nicht bis zum Rückflug am Sonntag reserviert hatte. Der Pilot war gar nicht da. Also ging ich hinüber zum normalen

Ticketschalter.

Es war kein Problem, den Leihwagen loszuwerden, aber danach war ich etwas ratlos. Es gab unendlich viele Fluglinien. Ich wählte den Schalter mit der kürzesten Schlange und stellte mich an.

Meine Hände schwitzten vor Aufregung, als ich endlich an die Reihe kam und an den Schalter trat.

„Ich muss nach Chicago", sagte ich aufgeregt. „Mit dem nächsten Flug. Egal, welche Klasse."

„Sie haben kein Ticket?"

„Nein, ich kaufe eines."

Ich holte meine schwarze American Express-Karte heraus und legte sie auf den Tisch. Die Angestellte erkannte sofort, wie viel Geld dahinter steckte und begann, in ihren Computer zu tippen. Meine Finger tappten nervös auf den Tisch, während ich darauf wartete, dass sie mir einen Flug buchte.

„Ich hätte einen Mittelsitz in der Touristenklasse. Der Flug geht in einer halben Stunde", sagte sie mit gerunzelter Stirn.

„Sehr gut. Nehme ich."

„Wenn sie bis 5 Uhr warten wollen, hätte ich einen Sitz erster Klasse für Sie", bot sie an.

„Nein, ich kann nicht warten. Ich nehme diesen."

Sie gab meine Daten ein und druckte mir das Ticket aus, nachdem sie meinen Führerschein überprüft hatte. Ich eilte durch die Sicherheitskontrolle und joggte zum Durchgang, um zu meinem Flug zu gelangen, gerade als er das letzte Mal aufgerufen wurde.

Inzwischen war ich schweißgebadet, vor Aufregung und Stress. Eine Angestellte nahm mein Ticket und ich ging an Bord. Mein Platz war leicht zu finden, denn es war der einzige, der noch frei war.

Am Fenster saß ein sehr großer Mann und zum Gang hin ein sehr kräftiger. Beide reichten über ihre Sitze hinaus. Ich stieg über ihre Beine und setzte mich, die Arme eng an den Körper gepresst.

Ich hätte nie erwartet, dass ein Flug so unbequem sein konnte wie dieser. Drei Stunden in dieser Enge. Wir saßen alle drei möglichst unbeweglich da, um uns nicht gegenseitig ins Gehege zu kommen. Es war unglaublich unbequem. Als hätte man große Sardinen in eine extra kleine Büchse gestopft.

Als wir in Chicago landeten, war ich mir sicher, Klaustrophobie entwickelt zu haben. Man konnte sich unmöglich mit dem Aussteigen beeilen, weil alle gleichzeitig aufstanden und hinaus wollten. Ich wartete, bis ich an der Reihe war und zwängte mich dann mit den anderen Sardinen aus der Büchse.

Am Terminal trank ich fast den ganzen Wasserspender leer, während ich auf den Shuttleservice wartete. Ich brauchte beinahe eine halbe Stunde, um das richtige Shuttle zu finden und zu meinem Wagen zu kommen, der ja im Bereich der Privatjets geparkt war. Aber irgendwann hatte ich ihn gefunden.

Ich stieg aus und musste an einer Absperrung warten, bis ein

Sicherheitsbeamter mich hereinließ. Zum Glück war es einer der Männer, die mich kannten. Er lachte angesichts meiner verschwitzten Erscheinung.

„Sind sie Touristenklasse geflogen?“, fragte er.

„Allerdings. Die reine Folter.“

„Willkommen in der realen Welt, in der wir alle leben müssen.“ Er lachte und öffnete das Tor. „Besser, Sie geben Ihren Job nicht auf.“

„Oh, ich werde noch härter arbeiten als sonst. Das mache ich nicht noch einmal durch.“ Lachend lief ich zu meinem Auto und fuhr vom Parkplatz.

Als ich in meine Einfahrt einbog, sah ich zu meiner Freude Lillis Wagen vor ihrem Haus stehen. Ohne nachzudenken, eilte ich zu ihr und klopfte an die Tür.

„Hallo“, sagte Lillis Vater, als er mir öffnete.

„Äh, hi. Mr. Baxter, richtig?“, fragte ich, auf der Suche nach den richtigen Worten.

„Ja. Lilli ist joggen. Ich kann ihr sagen, dass Sie vorbeigeschaut haben, wenn Sie möchten.“

„Äh … nein … ich meine, ja. Oder besser, ich rufe sie später an.“

„Was auch immer“, sagte er und schloss die Tür.

Ich konnte aber nicht warten. Ich lief nach Hause und zog mir meine Joggingsachen an, dann rannte ich die Straße runter, um nach ihr zu suchen. Ich erinnerte mich an die Strecke, die sie genommen hatte, als wir ineinander gerannt waren. Also nahm ich die entgegengesetzte Richtung und hoffte, ich würde sie finden.

Meine Muskeln protestierten. Ich hatte zu viel gesessen in den letzten Stunden. Aber ich lief dennoch weiter. Ich musste mit Lilli reden. Ich konnte nicht warten. Ich musste das jetzt sofort tun.

Ich war in Gedanken versunken, als ich um eine Ecke bog und mit jemandem zusammenprallte. Der Aufprall war so stark, dass ich zu Boden ging.

„Devin?“ Lilli lachte. Sie war ebenfalls zu Boden gegangen. „Wir müssen uns abgewöhnen, uns so zu treffen.“

Sie strahlte, trotz der unerwarteten Begegnung und derjenigen Tatsache, dass wir auf dem Boden saßen. Ihr rotes Haar war zu einem Pferdeschwanz zusammengebunden und in ihren wunderschönen blauen Augen spiegelte sich das Sonnenlicht. Sie trug ihr Zungenpiercing, aber kein Make-up. Sie lächelte mich an, wie wir so da auf dem Boden saßen.

„Ich muss mit dir reden“, sagte ich, holte tief Luft und stand wieder auf.

Ich nahm sie bei den Händen und zog sie auf die Füße. Für einen kurzen Moment hielt ich ihre Hände noch fest, aber sie zog sie weg, als sei es ihr unangenehm.

„Ich kann nicht, Devin. Wir können befreundet sein, aber selbst das braucht seine Zeit. Ich muss jetzt los.“ Sie drehte sich um, bereit zu gehen.

„Ich habe Ashley die Wahrheit gesagt“, platzte es aus mir heraus.

Lilli blieb stehen, drehte sich aber nicht zu mir um. Ich musste etwas sagen, damit sie blieb, also redete ich einfach weiter.

„Sie hat es verstanden. Wir haben uns ausgesprochen. Du hattest recht. Ich hätte es ihr von Anfang an sagen sollen.“

Lilli war noch immer von mir abgewandt. Ich griff nach ihrer Hand. Dieses Mal entzog sie sie mir nicht.

„Das ist großartig, Devin. Ich muss jetzt los.“ Sie wollte gehen, aber ich hielt ihre Hand fest.

„Lilli, würdest du mit mir ausgehen?“, fragte ich.

Sie war still. Mein Herz drohte zu zerspringen. Sie musste einfach mit mir ausgehen. Ich konnte den Gedanken nicht ertragen, sie nun doch noch zu verlieren, nach allem, was geschehen war. Ich zog an ihrer Hand, um sie zu mir umzudrehen.

Als sie sich mir zuwandte, rannen ihr Tränen über das Gesicht. Sie konnte sie nicht zurückhalten und vermied es, mich anzuschauen.

„Devin“, sagte sie, verstummte dann aber wieder.

„Lilli, hör mich an. Ich weiß, dass du recht hattest und ich falsch lag. Ich war ein Idiot, nicht auf dich zu hören und mit dieser Lüge weiterzumachen. Ich bitte dich um nichts anderes als um eine einzige Verabredung. Vielleicht mehrere“, sagte ich leichthin und zuckte mit den Schultern. „Natürlich nur, wenn du möchtest."

„Darf ich jetzt auch mal was sagen?", fragte sie, wischte sich die Tränen fort und lächelte sanft.

„Sicher. Es sei denn, du sagst nein. Dann rede ich weiter, bis ich dich überzeugt habe."

„Ja, ich gehe mit dir aus", sagte sie und grinste breit.

„Ja?"

„Ja!", rief sie und schlang ihre Arme um mich, während mein Hirn das noch verarbeiten musste.

„Eine richtige Verabredung. Du holst mich daheim ab. Ich trage ein schönes Kleid, alles ganz normal", beharrte sie.

„Natürlich."

„Und du musst meinen Vater kennenlernen."

„Das habe ich bereits. Ich sprach mit ihm vor ein paar Minuten. Ich denke, er mag mich", sagte ich fröhlich. „Soll ich meine neue Drohne mitbringen, damit wir unsere Verabredung dokumentieren können?", fragte ich, drehte mich um und deutete auf die Drohne, die mir beim Laufen gefolgt war.

„Was ist das?"

„Meine neueste Investition. Ich habe die Firma aufgekauft und werde diese Dinger produzieren. Sind die nicht cool?"

„Du hast jetzt deine eigene Firma?", fragte sie mit einem lieblichen Lächeln. Sie hatte noch immer ihre Arme um mich geschlungen und schaute der Drohne nach. „Das ist ziemlich cool."

„Dies ist der schönste Tag seit Izzys Geburt“, sagte ich, beugte mich vor und küsste sie sanft. „Ich kann es kaum erwarten, dich bei unserem zweiten Date zu beeindrucken.“

Wir mussten beide lachen bei diesem Gedanken und stellten uns zu einem Foto für die Drohne auf. Mein Leben entwickelte sich endlich in die Richtung, die ich wollte. Und das hatte ich alles nur Lilli zu verdanken.

Epilog

Lilli

„Daran werde ich mich nie gewöhnen“, sagte ich und griff nach Devins Hand, um mich daran festzuklammern.

„Du bist in den letzten drei Jahren mindestens hundertmal mit diesem Jet geflogen. Wieso bist du immer noch nervös deswegen?“

„Weiß ich auch nicht. Ich kann es nicht erklären. Aber es macht mich wahnsinnig“, sagte ich, schloss die Augen und versuchte mich zu entspannen, während das Flugzeug in den normalen Flugmodus überging.

„Lilli, alles ist gut. Du stellst dich wie ein Baby an“, sagte Izzy. Sie hockte im Schneidersitz und hörte ihre Musik. Dass wir fast senkrecht in die Luft geflogen waren, störte sie überhaupt nicht. „Du machst das jedes Mal. Ich kann nicht glauben, dass du immer noch Angst hast.“

„Hey, junge Dame, ich weiß, du bist ein altkluger Teenager, aber ich kann nun mal nicht anders“, sagte ich lachend, ohne die Augen zu öffnen.

„Ist bei dir alles gut, Izzy?“, fragte Devin.

„Ja, alles prima. Ich bin ja kein Baby mehr“, sagte sie mit dem klassischen Teenager-Unterton, an den wir uns inzwischen gewöhnt hatten. „Wird Mom am Flughafen sein?"

„Ja, ich habe heute Morgen mit ihr gesprochen und sie wird mit deinen Großeltern kommen", erklärte Devin. Ich hielt noch immer seine Hand fest umklammert.

Ashley hatte einen Deal ausgehandelt und drei Jahre bekommen. Zunächst waren drei Jahre wie eine Ewigkeit erschienen, aber die Zeit war dann doch wie im Fluge vergangen. Izzy ging es sehr gut bei Devin und ich war immer häufiger bei ihnen geblieben. Mein Stundenplan am College war allerdings ziemlich vollgepackt und dieser Ausflug war gefühlt das erste Mal, dass ich ein wenig von all den Prüfungen und Hausaufgaben abschalten konnte.

Als der Flieger endlich die normale Flughöhe erreicht hatte, öffnete ich die Augen und entspannte mich. Devin lachte angesichts meiner Nervosität, aber ich konnte ja schließlich nichts dafür.

„Ich dachte, du entspannst dich etwas mehr, wo du doch jetzt endlich eine richtige Pflegekraft bist", sagte Devin und rieb mir beruhigend über das Bein.

„Nein, noch bin ich keine Pflegefachkraft. Ich muss noch am Ende des Sommers die Abschlussprüfung machen. Ich werde die ganze Zeit die Nase in die meine Bücher stecken", erklärte ich energisch.

„Vielleicht nicht den ganzen Sommer über", sagte Devin und spielte mit dem Ring an meinem Finger. „Warte wenigstens bis nach den Flitterwochen damit."

Devin hatte recht. Wir waren auf dem Weg, um Ashley und ihre Eltern einzusammeln und dann nach Paris zu fliegen, um dort zu heiraten. Natürlich würde ich versuchen, mich zu entspannen und die nächsten Wochen zu genießen. Die Hochzeit würde ziemlich groß ausfallen und danach wollten Devin und ich durch Europa reisen und ein paar Wochen lang unsere Flitterwochen genießen.

Ich hatte ihm eine Liste gegeben, mit all den Orten, die ich sehen wollte, und er hatte uns eine Route erstellt, die uns zu jedem einzelnen Ort führte. Ich lehnte mich an seine Brust und kuschelte mich an ihn. Er war der Mann, von dem ich immer geträumt hatte. Ich war die glücklichste Frau der Welt, ihn bekommen zu haben.

„Das ist ja widerlich, nehmt euch doch bitte ein Zimmer“, schimpfte Izzy mit gespielter Empörung.

„Ach, ja?“, fragte Devin, packte mein Gesicht und küsste mich leidenschaftlich. „Wie ist es damit?“, spottete er.

„Dad!“

„Ja, ich weiß, abstoßend. Küsse ja nie irgendwelche Jungs“, sagte Devin und küsste mich zärtlich.

„Ich liebe dich, Devin Graham“, sagte ich leise und schaute ihm tief in die Augen.

„Ich liebe dich auch.“

Unser Flug verlief ziemlich ereignislos und wir landeten in Jacksonville. Bevor wir nach Europa fliegen konnten, musste aufgetankt werden. Izzy schaute aus dem Fenster, während wir von der Landebahn rollten. Sie winkte aufgeregt, als sie ihre Mutter und ihre Großeltern erspähte.

„Da ist sie. Da unten ist sie. Meine Güte, ich kann es gar nicht glauben“, rief Izzy, schnallte sich ab und rannte zur Tür, noch bevor das Flugzeug stand.

„Izzy, beim nächsten Mal wartest du, bis das Flugzeug still steht“, mahnte Devin.

„Dad, es wird kein nächstes Mal geben, wenn ich auf meine Mutter warte, nachdem sie aus dem Gefängnis gekommen ist. Nur keine Panik“, sagte sie und rollte mit den Augen.

Devin wollte noch etwas zu diesem Verhalten sagen, aber ich legte eine Hand auf seinen Arm und die andere auf seine Lippen, um ihn davon abzuhalten.

„Sie ist doch nur aufgeregt. Lass es gut sein“, drängte ich.

„Nur dieses eine Mal“, stimmte er zu.

Devin und ich gingen zum Fenster und schauten hinaus, als Izzy die Treppe hinunterrannte und ihrer Mutter in die Arme sprang. Drei lange Jahre hatte es gedauert, bis sie sich endlich wieder umarmen konnten, ohne dass ein Wachmann sie lautstark ermahnte, dass sie keinen Körperkontakt haben durften. Ich musste beim Anblick der beiden weinen.

Devin hatte ebenfalls Tränen in den Augen, genau wie Izzys Großeltern, die ganz aufgelöst waren, als wir aus dem Flugzeug stiegen, um sie alle zu begrüßen. Wir umarmten uns alle. Unsere kleine Familie hatte viel durchgemacht, um endlich an diesen Punkt zu gelangen.

Ashley hatte ihre Zeit mit Anstand abgesessen. Ich hätte das nie fertiggebracht. Sie hatte gewissenhaft Bücher mit Izzy gelesen, sie hatten sich viele Briefe geschrieben und sich lang und breit über ihre gemeinsame Lektüre ausgelassen. Ashley hatte sich außerdem entschlossen, eine Ausbildung zur Alkohol- und Drogentherapeutin zu machen, sobald sie wieder draußen war. Das passte wirklich gut, sie hatte den Menschen viel zu sagen, die sich in einer ähnlichen Situation befanden, die sie selber durchgemacht hatte.

„Danke, dass du dich so gut um meine Tochter gekümmert hast", sagte sie, als sie mich umarmte.

Ich konnte meine Gefühle bei diesen Worten nicht im Zaum halten. Es hatte sich wirklich so angefühlt, als sei sie meine Tochter. Ich liebte sie wie meine eigene. In den letzten drei Jahren hatte ich alles unternommen, damit sie trotz der schwierigen Umstände wirklich wohlfühlte.

„Danke, Ashley", sagte ich und schluchzte.

„Wow, wer hätte gedacht, dass ich mich einmal freuen würde, dich zu sehen", sagte sie, als sie Devin umarmte. „Du siehst gut aus. Ich denke, diese Hochzeit wird dir gut bekommen."

„Ja, ich fühle mich auch großartig", gab er zu. „Wie geht es dir? Du siehst ziemlich gut aus für einen Ex-Knacki", scherzte er.

„Das waren ideale drei Jahre für eine Diät und viel Sport. Die sollten das Knastessen verkaufen, die Leute würden es lieben", sagte sie lachend.

„Wir brauchen noch zehn Minuten", erklärte der Pilot, der

oben auf der Treppe erschienen war. „Ich warte noch auf einen anderen Co-Piloten und eine Stewardess, wenn das in Ordnung ist.“

„Ja, sicher. Kein Problem“, antwortete Devin dem Piloten. „Können Sie dafür sorgen, dass wir Champagner an Bord haben? Es gibt heute etwas Besonderes zu feiern.“

„Natürlich, Sir.“ Der Mann drehte sich um und kehrte ins Flugzeug zurück.

Es war in der Tat ein besonderer Tag und trotz der vielen Tränen war ich überglücklich. Ashley war aus dem Gefängnis raus, sie war wieder bei Izzy. Und die beiden hatten nun zwei Wochen Zeit, sich wieder aneinander zu gewöhnen, während Devin und ich auf Reisen waren.

Devin hatte angeboten, dass Izzy sofort wieder bei Ashley einzog, aber dann hatten sie sich alle drei geeinigt, dass es besser für Izzy war, noch eine Weile bei Devin zu bleiben. So hatte Ashley genügend Freiraum, um wieder auf eigenen Füßen zu stehen.

„Ich hörte, wir fliegen nach Paris?“, fragte Ashley an Izzy gewandt, während sie beide aufgeregt herumzappelten.

„Meine Freunde in der Schule sind ja so neidisch auf mich“, sagte Izzy. „Ich werde die ganze Zeit Bilder für Snapchat und Instagram machen.“

„Daran habe ich keinen Zweifel“, meinte Ashley lachend. „Sollen wir wieder an Bord gehen und es uns gemütlich machen?“, schlug sie vor.

„Ich bin auch ganz schön aufgeregt“, sagte Mrs. Edwards zu Izzy, als wir alle die Treppe wieder hoch gingen und das Flugzeug betraten.

Der Flug war lustig, alle redeten durcheinander und unterhielten sich prächtig in den zehn Stunden bis nach Paris. Izzy und ihre Großeltern schliefen irgendwann ein, während Ashley, Devin und ich uns weiter bis in die Morgenstunden unterhielten.

Obwohl Ashley und ich sehr unterschiedlich waren, hatten wir uns doch angefreundet. Meine Beziehung zu Devin und Izzy brachte es mit sich, dass wir etwas gemeinsam hatten. Ich freute mich, dass wir das auf diesem Flug nach Paris noch vertiefen konnten.

„Bist du nervös?“, fragte sie, als Devin kurz aufgestanden war, um uns ein paar Snacks zu holen.

„Nein. Ich dachte, ich wäre es. Aber ich war mir noch nie im Leben so sicher, das Richtige zu tun.“

„Werden deine Freunde und deine Familie auch da sein?“

„Ja, Devin hat sie gestern alle auf die Reise geschickt. Ich hörte, sie sind alle im selben Hotel untergebracht und holen gerade ihren Schlaf nach. Meine Freundin Anna liebt Paris jetzt schon. Kann sein, dass sie eine Weile da bleibt, falls ihre Eltern nichts dagegen haben.“

„Ich möchte, dass du weißt, dass ich mich aufrichtig für dich und Devin freue. Ich weiß, er und ich waren nicht füreinander bestimmt. Ihn mit dir zusammen zu sehen, gibt mir ein gutes Gefühl. Es ist so offensichtlich, dass er der Mann ist, der er immer sein wollte, wenn er mit dir zusammen ist. Ich kann nur hoffen, dass ich eines Tages auch einen solchen Partner finde.“

„Das wirst du, Ashley, ich weiß es ganz genau.“

„Danke.“ Sie umarmte mich, als Devin gerade zurückkam.

„Das ist genau das, was ich sehen will. Zwei meiner drei Lieblingsfrauen, die sich in den Armen liegen“, sagte er leise.

„Wer ist deine andere Lieblingsfrau?“, fragte Izzy mit halb geöffneten Augen.

„Du natürlich, Spatz. Du bist meine absolute Lieblingsfrau“, erklärte er leise, stand auf und küsste sie auf die Stirn.

„Dad, ich bin keine Frau. Ich bin ein Kind.“

„Nun, du bist schon fast eine Frau. Und mein Liebling.“

„Ich liebe dich“, sagte sie schläfrig und legte sich wieder hin.

Als wir in Paris landeten, war es Morgen und wir hatten die Chance verpasst, ein wenig zu schlafen. Aber das war es wert gewesen. Wir hatten gelacht und geredet und Ashley auf den neuesten Stand gebracht. Das hatte ich gebraucht, bevor ich Devin heiraten konnte.

Wir hatten nur noch einen Tag Zeit bis zur Trauung und es gab noch so unendlich viel zu erledigen. Ich konnte es nicht fassen, als ich bei unserer Ankunft im Hotel erfuhr, dass die Floristin sich noch nicht wegen der Blumen gemeldet hatte.

„Was? Aber ich kann doch nicht ohne Blumen heiraten“, stöhnte ich und überlegte, was zu tun war.

„Ich kümmere mich darum“, erklärte Mrs. Edwards, trat zum

Concierge und redete auf Französisch auf den Mann ein.

Ashley, Devin und ich schauten uns verwundert an, während sie mit dem Mann verhandelte. Es dauerte eine Weile, bis sie sich zu uns umdrehte, ein breites Lächeln auf dem Gesicht.

„Alles in Ordnung. Er ruft da an und lässt die Blumen sofort kommen", erklärte sie.

„Mom!", rief Ashley erstaunt aus. „Du sprichst Französisch?"

„Nachdem du und Izzy nicht mehr im Haus ward, habe ich mich gelangweilt. Ich musste doch irgendetwas mit meiner Zeit anfangen."

Wir alle lachten herzlich über diese schräge Situation. Das Gepäck wurde auf unsere Zimmer gebracht, wir machten eine Zeit aus, wann wir uns wieder treffen wollten, um etwas zu essen. Izzy hatte ein Zimmer mit Ashley, Mr. und Mrs. Edwards gingen ebenfalls in ihr Zimmer, Devin wohnte mit seinem Freund Jacob zusammen und ich mit Anna.

Egal, was wir schon zusammen durchgemacht hatten, ich war doch ein wenig abergläubisch, was die Nacht vor der Hochzeit anging. Es war irgendwie witzig, sich vor der Hochzeit zu trennen und ich konnte es kaum erwarten, Anna zu sehen.

„Lilli!", schrie sie, als ich unser gemeinsames Zimmer betrat. „Du musst heute mit mir zum Eiffelturm kommen und ein paar Fotos machen. Er ist so schön. Und wir müssen unbedingt shoppen gehen. Meine Güte, ich kann kaum glauben, dass es diesen Ort gibt und ich noch nie zuvor hier gewesen bin." Sie war vollkommen aufgelöst.

„Anna, ich bin müde und ich heirate morgen. Vielleicht können wir beide in ein paar Monaten noch einmal gemeinsam herkommen. Dann besuche ich all diese Orte mit dir.“

„Oh ja, klar. Tut mir leid. Hatte ich vergessen. Du heiratest!“

„Ist es zu glauben? Ich hätte nie gedacht, jemanden wie Devin zu finden. Himmel, ich hatte nicht einmal daran gedacht, jemals zu heiraten.“

„Er ist der Richtige, Lilli. Ich weiß es. Ich fühle es jedes Mal, wenn ich euch beide zusammen sehe.“

„Ich fühle es auch. Ich bin ein besserer Mensch, wenn er bei mir ist. Ich habe nicht den geringsten Zweifel. Und ich kann es kaum erwarten, seine Frau zu werden.“

„Weißt du, ich musste an Jason denken, als ich am Fluss entlang spazierte.“

„Anna, schon wieder Jason?“

„Warte, hör mir zu. Ich dachte nämlich daran, dass ich ihn aufgebe“, erklärte sie voller Ernst.

„Anna, du hattest ihn nie. Da gibt es nichts aufzugeben“, sagte ich lachend.

„Nun, du verstehst schon, was ich meine. Ich werde mir keine Hoffnungen mehr machen, sondern mir einen Mann suchen für eine richtige Beziehung.“

„Das ist eine ausgezeichnete Idee.“

Wir redeten viel und schauten uns ein bisschen was an, dann holte ich ein wenig Schlaf nach, bevor ich zum Essen nach unten ging. Wir waren im Ritz abgestiegen. Der Saal war mit Blumen dekoriert und mit goldenen Verzierungen. Hier würde am nächsten Tag auch unser Hochzeitsempfang stattfinden. Ich war sofort erleichtert, dass ich mich nicht mehr mit der Blumenlieferung befassen musste. Die, die sie hier im Saal hatten, waren schon perfekt.

Unser Hotel war voll mit unseren Freunden und Familien. Viele von ihnen schlossen sich uns an diesem Vorabend vor der Hochzeit an. Es war wie eine Szene in einer romantischen Liebesgeschichte, wir lachten und tranken bis spät in die Nacht. Devin kam irgendwann zu mir und zog mich etwas beiseite, bevor wir uns alle zur Nacht zurückzogen.

„Mich mit dir zu verabreden, war das Beste, was ich je getan habe“, flüsterte er.

„Deine Einladung anzunehmen, war das Beste, was ich je getan habe.“

„Ich kann es kaum erwarten, dich zu heiraten“, sagte Devin, während wir zu der langsamen Musik tanzten, die im Hintergrund spielte.

„Ich bin verdammt aufgeregt, dich zu heiraten.“

„Ihr beide schon wieder. Spart euch das doch für die Hochzeitsnacht“, sagte Anna, die mit Izzy in der Nähe stand.

Die beiden kicherten und zogen mich und Devin auseinander. Devin ging mit Izzy und ich folgte Anna, als wir uns für den Abend verabschiedeten.

Der nächste Morgen war ein Wirrwarr aus Haaren, Make-up,

Fotos und Besuchen von jedem, der mich sehen und ein paar Worte mit auf den Weg geben wollte. Die Begegnung mit meinem Vater war mir besonders wichtig. Wir standen vor der Tür zum Festsaal und warteten darauf, dass es losging.

„Ich habe immer gehofft, du würdest eines Tages den Richtigen finden. Ich habe mir diesen Moment mindestens ein Dutzend Mal vorgestellt und was ich dir sagen würde, falls ich dachte, du machst einen Fehler."

„Dad", protestierte ich.

„Aber du machst keinen Fehler. Er ist ein guter Mann, Lilli. Und ihr beide werdet ein märchenhaftes Leben führen."

„Danke, Dad", sagte ich. Er küsste mich auf die Wange und die Türen öffneten sich. Als ich den Gang hinunterblickte und meinen zukünftigen Mann sah, fühlte ich das Gewicht eines glücklichen Lebens auf meinen Schultern. Ich hatte es selbst in der Hand, meinen Traum immer wieder wahr werden zu lassen. Ich würde alles in meiner Macht Stehende tun, um jeden einzelnen Moment perfekt zu machen.

ENDE

Liebe/r Leser/in,

vielen Dank für das Interesse an meinem Buch! Ich lade dich hiermit herzlich ein, meinem Newsletter beizutreten!

Besuche einfach

https://jsf-success.lpages.co/sjb-deutsch/

und schon verpasst du keine News, Updates oder Rabattaktionen mehr!

Liebste Grüße und bis bald!

Deine Sarah

34196532R00175

Printed in Poland
by Amazon Fulfillment
Poland Sp. z o.o., Wrocław